btb

LAIRD HUNT

# DIE VÖGEL SANGEN IHRE LETZTEN LIEDER

Roman

Aus dem Amerikanischen
von Kathrin Razum

btb

Für die vielen Tausend

OTTIE LEE

ICH DREHTE DIE KURBEL an unserem neuen Anspitzer, fütterte ihn mit frischen Ticonderoga-Bleistiften, versuchte, sie genau richtig hinzukriegen. Spitz genug sollten sie sein, damit sie stechen würden, ohne dass man zu fest drücken musste, und stumpf genug, damit sie nicht abbrachen und wichtige Beweisstücke hinterließen. Die Person, an der ich diese spitzen Bleistifte zum Einsatz bringen würde, war mein Chef, Bud Lancer. Ich würde meine hochhackigen Schuhe abstreifen und strümpfig zu ihm schleichen, wenn er zurückgelehnt in seinem Sessel saß und sich durch ein Mittagsschläfchen schnarchte. Er war ein Trumm von einem Kerl, deshalb würde ich gleich zwei Bleistifte in jede Hand nehmen. Ich würde einmal kichern, während ich am Werk war, und dann noch einmal, wenn ich die Bleistifte abwischte. Bud, der dieses Spiel erfunden hatte, würde schallend lachen, wenn ich ihm davon erzählte. Ich würde mich auf die Ecke seines Schreibtischs setzen, den einen Fuß schwingen, ihn anstrahlen, wie er es so gern hatte, und meine perfekten Mordbleistifte hochhalten, und er würde brüllen vor Lachen. Vorerst allerdings brachte die neue Maschine nicht mehr zustande, als gute Schreibwerkzeuge zu ruinieren, meinen Arm zu ermüden und mich zum Fluchen zu nötigen.

Der nächste Bleistift brach mir ab, ich spuckte in meinen

Papierkorb und sagte: »Verdammte Scheiße«, und in diesem Moment platzte Bud herein, eine Zigarre in der Hand.

»Sag bloß, du weißt es noch nicht.«

»Was denn?«

»Dass in Marvel welche gelyncht werden sollen.«

»Ge… was?«

»Ein paar Maisblätter haben ein Maishaar erschossen, und dann haben sie haufenweise Häuser in Brand gesteckt und randaliert. Sie sitzen alle im Knast, aber da werden sie nicht lang bleiben. Ein paar Jungs wollen sie mit dem Vorschlaghammer rausholen, wenn der Sheriff nicht von selbst aufschließt.«

»Und dann?«

»Hab ich doch gerade schon gesagt. Sie wollen sie aufhängen wie Hühner. Und sie vorher ordentlich rupfen.«

Bud lachte und sagte, ich solle die Bleistifte weglegen, er würde mich mitnehmen, wir könnten in seinem Auto zusammen hinfahren.

»Eigentlich wollte ich dich erst mit diesen Bleistiften umbringen«, sagte ich.

Bud schnappte sich seinen Hut und kramte dann in seiner Schreibtischschublade nach dem Schlüssel. Er sagte, das wär jetzt nicht der Moment für solche Spielchen, in Indiana wär seit ewigen Zeiten niemand mehr gelyncht worden. Wenn wir einen guten Platz wollten, müssten wir uns auf die Socken machen. Womöglich würden sie die guten Plätze unterm Baum ja sogar versteigern, schließlich wär das besser als jedes Kintopp. Wenn wir was zu sehen kriegen wollten, müssten wir jetzt los. Ich hab zu Bud gesagt, ich wüsste nicht so recht. Spiel oder nicht Spiel, ich müsste diese Bleistifte spitzen und zwei Schreiben zu Policenanpassungen aufsetzen, ganz zu schweigen vom Abendessen für Dale und den Einkäufen, die ich noch erledigen müsste.

»Dale, zum Teufel«, sagte Bud und zog kurz an seiner Zigarre. »Wenn der nicht eh schon dort ist, macht er sich bestimmt gerade auf den Weg, jede Wette.«

»Glaubst du?«, fragte ich.

»Da gibt's nichts zu glauben. Wenn es darum geht, ein bisschen Spaß mit Maisblättern zu haben, ist er doch immer ganz vorn dabei.«

Ich lachte, hielt aber nicht dagegen. Bud war nun mal Bud. Er war seit fünf Jahren und sechs Wochen mein Chef, und es gab ein paar Dinge, die man besser nicht tat, wenn man bei der Arbeit war und er eine Zigarre in der Hand hatte, mochte er auch noch so gut gelaunt sein, zum Beispiel widersprach man ihm nicht. Jetzt hatte er eine Zigarre in der Hand. Sobald er ins Auto gestiegen war und den Motor angelassen hatte, würde er einen letzten tiefen Zug davon nehmen und sie aus dem Fenster werfen. Dann würde er den Gang einkuppeln und seine Hand auf mein Bein legen. Einmal, als er seine Zigarre in der Hand hatte und auf ein bisschen Fummeln aus war, sagte ich ihm, der Aktenordner, von dem er kurz zuvor geredet hatte, läge auf seinem Schreibtisch, was auch stimmte, aber er hatte behauptet, da läge er nicht. Ich hielt dagegen und wurde an diesem Tag nicht zu einer Autofahrt eingeladen, und auch den ganzen folgenden Monat nicht. Es wurde dermaßen trostlos im Büro, bevor das Schiff endlich wieder ins richtige Fahrwasser kam, dass ich schon dachte, er würde mich auf die Straße setzen. Und dann hätte ich Dale so einiges erklären müssen.

Nicht dass Dale irgendwas unternommen hätte, dachte ich. Ein Mann von Bud Lancers Statur hätte alle Dales dieser

Welt ausspucken können wie alte Zähne. Ich hab mal erlebt, an einem Freitag war das, wie Bud einen ausgewachsenen Burschen an den Armen gepackt, umgedreht, ordentlich geschüttelt und dann wie eine Handvoll Schweineabfälle auf den Müll geschmissen hat. In seiner Highschool-Zeit war Bud Lancer ein Außenverteidiger gewesen, an dem die besten Spieler verzweifelten, und jetzt war er mein Chef.

»Komm schon, Ottie«, sagte er.

»Maisblätter sollen da aufgeknüpft werden?«

»Wie oft soll ich es denn noch sagen? Wer denn sonst? Leg die verdammten Bleistifte weg und hol deine Sachen.«

ICH HATTE GEDACHT, DER famose große Plan wäre, direkt nach Marvel zu fahren, aber Bud wurde von einigen der Jungs aufgehalten, die in der Druckerei ein paar Türen weiter arbeiteten, und sie mussten ein bisschen palavern von wegen, das würde das größte Ereignis aller Zeiten werden. Einer der Jungs, Charley Goodwin, der mit Bud zur Schule gegangen war und ihn nicht ausstehen konnte, genauso wenig wie Bud ihn, behauptete, er hätte schon mal erlebt, wie jemand gelyncht wurde, und zwar in Kentucky, wo er etwas hätte ausliefern müssen, aber keiner glaubte ihm. Er sagte, ihm sei es schnurz, ob ihm jemand glaubte oder nicht, denn es sei die Wahrheit. Die hätten einen Maisblatt-Hausmeister am Schild eines Saloons aufgeknüpft und ihn dort eine Woche hängen lassen. Die Leute in dem Ort in Kentucky, an dessen Namen Charley sich nicht mehr erinnerte, hätten Kartentische auf der Straße aufgestellt und direkt unter diesem Schauspiel einen Truthahnschmaus veranstaltet. Als der Truthahn gegessen war, sang ein kleines Mädchen »Dixie« und jonglierte mit fünf blauen Bällen, und danach wurde der Tote mit Heizöl bespritzt und angezündet.

»Ein Essen direkt unter einem Toten, und dazu ein Feuerwerk«, sagte Bud Lancer. »Hast du das gehört, Ottie?«

Die Jungs kicherten natürlich noch ein Weilchen über

dieses Essen, und obwohl ich es eigentlich nicht so amüsant fand, kicherte ich mit. Bud gefiel mein Kichern. Er sagte immer, das und die Tatsache, dass ich eine Bluse so schön ausfüllte, auch wenn sie nicht eng geschnitten war, sei der Grund, dass ich die Stelle bei ihm bekommen hätte.

Charley Goodwin hätte mir auch gern eine Stelle angeboten, wenn er eine gehabt hätte. Aber er bediente bloß die Druckmaschine, und außer einem gewissen Bohnenfeld-Charme und der orangen Tinte unter seinen Fingernägeln hatte er nichts zu bieten. Was seine Augen aber nicht davon abhielt, alle zwei Sekunden zu mir herüberzuspazieren, und ihn hielt es nicht davon ab, als wir uns schließlich auf den Weg machen wollten, Bud zu fragen, ob er vielleicht zur Show mitfahren könnte.

»Wenn die Hölle zufriert und all die gefrorenen Hühner in den Himmel kommen, Charley-Boy«, sagte er.

»Die ist vielleicht schneller zugefroren, als es dir recht ist«, sagte Charley.

»Was soll denn das heißen?«, fragte Bud.

»Das soll heißen, dass sich eine Menge Leute so ihre Gedanken machen. Und Fragen stellen.«

»Fragen, so, so – was denn für Fragen?«, wollte Bud wissen und machte dabei einen großen Schritt auf Charley zu. Der zuckte mit den Achseln und lachte nervös.

»Ich red doch nur so daher.«

»Dann hör auf daherzureden.«

»Du weißt doch, dass ich nur Witze mache.«

»Ja«, sagte Bud und schob seine Brust noch etwas weiter vor, »das nehm ich mal an.«

Bud sagte, ich solle unter der Markise von Frisch's warten, während er das Auto holen ging. Beim Warten musste ich an dieses kleine Mädchen und den brennenden Mann denken, und ein Schauder kroch mir von den Zehenspitzen die Beine hoch, denn ich hab mich gefragt, ob sie die Maisblätter in Marvel auch lynchen und dann noch verbrennen würden, aber da kam Sally Gunner aus dem Drugstore auf der anderen Straßenseite. Sally Gunner war durch ihren Vater halb Maiswurzel. Sie arbeitete drei Tage die Woche im Holzlager, und jedes zweite Mal, wenn man mit ihr redete, erzählte sie, dass sie morgens beim Frühstück Engel sah. Einer der Engel steckte gern den Finger in ihren Haferbrei und sagte ihr, ob er zu heiß oder zu kalt war. Ein anderer lebte in dem Porträt von Abraham Lincoln, das bei Sally hing. Sie sagte, das sei ihr Lieblingsengel, und er würde sie manchmal anlächeln und ihr Geschichten aus dem Himmel erzählen. Sie hatte klitzekleine Augen und eine schöne Adlernase, sodass sie immer so aussah, als wäre sie in großer Eile. Ich kannte sie schon fast mein Leben lang. Sie war meine erste Freundin außerhalb vom Frohen Heim der Spitzers gewesen, wo mich mein Alter, dieses Dreckstück, in meiner Kindheit oft monatelang untergebracht hatte, während er unterwegs war. Sally und ich waren nicht mehr so eng befreundet wie früher, aber es war noch keine Woche her, da hatte sie mich, als *ich* gerade aus dem Drugstore gekommen war, mitten auf der Straße umarmt und gesagt: »Mein Abraham-Lincoln-Engel hat mir heute Morgen gesagt, dass dich etwas ganz Besonderes erwartet, etwas, das du nicht verpassen darfst und das alles klarstellen wird!«

»Was denn klarstellen?«

Aber sie hatte mich nur angestrahlt und mit den Schultern gezuckt und war davongeeilt. So war Sally.

»Hallo, Ottie Lee Henshaw!«, rief sie jetzt.

»Hallo, Sally Louise Gunner!«, rief ich zurück.

Ich schaute ihr einen Moment lang nach, während sie

weitereilte, was weiß ich was im Kopf, bis drei andere Mädels, die ich kannte, des Wegs kamen, aufgetakelt, als wollten sie sich dem nächstbesten Matrosen auf den Schoß setzen. Eine von ihnen, Candy Perkins, hatte Lippenstift und Spiegel in der Hand.

»Pass bloß auf, Candy, dass du nicht stolperst und auf den Kopf knallst, das würde dem armen Bürgersteig verdammt wehtun«, sagte ich, als sie an mir vorbeiging.

»Du wartest wohl mal wieder auf den dicken Bud Lancer, damit er dich auf eine seiner speziellen Autofahrten mitnehmen kann, Mrs. Dale Henshaw?«, antwortete sie.

ES WAR SO ZIEMLICH der heißeste Tag aller Zeiten, und ich könnte nicht behaupten, dass ich traurig gewesen wäre, als ich in Bud Lancers Auto saß und durch die Fenster die – wenn auch backofenheiße – Luft hereinströmte. Er hatte seine Zigarre aus dem Fenster geworfen, seine linke Hand lag auf dem Lenkrad und die rechte auf meinem Bein, und die Luft kam in kräftigen Flügelschlägen durch die Fenster. Er redete von dem bevorstehenden Lynchen und dass wir rechtzeitig dort sein sollten, um noch einen guten Platz zu kriegen, sein Vetter hätte ihm am Telefon erzählt, dass sie im Gefängnis ein blutiges Hemd rausgehängt hätten und die Stimmung schwer aufgeheizt sei und so weiter und so fort, aber am süßlichen Ton seiner Stimme erkannte ich, dass seine Hand nicht damit zufrieden sein würde, untätig auf meinem Oberschenkel zu liegen. Und siehe da, obwohl Bud immer wieder sagte, er müsse mich rechtzeitig nach Marvel bringen, damit ich das alles sehen könne, bog er ohne Zögern in das Nebensträßchen ein, das er gern mit mir nahm.

Das Sträßchen führte an zwei Hopfenfeldern und ein paar heruntergekommenen Pferdeställen vorbei, die mittlerweile bestimmt längst abgerissen oder niedergebrannt sind. Ein paar Hickorybäume standen neben einem kleinen Teich, in dem die Frösche quakten, als würde jeden Moment irgendetwas Riesiges zu ihnen ins Wasser springen, um sie plattzumachen. Der Teich war nicht groß genug zum Angeln, deshalb war dort nie jemand. Bud war ziemlich aufgeregt, wegen der Aussicht auf das Lynchen und dem allem, also hielt er sich nicht länger mit der Hand auf meinem Bein auf und schritt direkt zur Tat – was nie über ein gerüttelt Maß an Armaktivität, schweren Atem und Haare-Begrapschen hinausging, besonders Letzteres, denn meine Haare waren damals noch lang und dick und rot –, und zwar im Eiltempo. Wodurch allerdings mein Make-up und meine gebügelten Kleider nicht weniger in Mitleidenschaft gezogen wurden. Manchmal kam ein Blauhäher und sah uns zu, während Bud am Grapschen war, aber an diesem Tag entdeckte ich ihn nirgends. Er fehlte mir ein bisschen, denn er bot einen schönen Anblick, während Bud sich an mir abrackerte. König der Wiesen und Wälder. Elegant und treu. Ich meinte, ihn in einiger Entfernung kreischen zu hören.

»Hast du gerade den Blauhäher gehört?«, fragte ich Bud, als sein Schweiß nicht mehr auf mich tropfte und er wieder auf dem Fahrersitz saß.

»Ich bin kein Blauhäher«, sagte er.

Diese dämliche Bemerkung führte zu weiterem Gelächter, und er kniff mich vier-, fünfmal in den Oberschenkel. Dann wanderte Buds freie Hand wieder ans Lenkrad, und er begann zu pfeifen, als hätte er gerade einen mächtigen Berg bezwungen und seine Fahne aufgepflanzt, statt auf der Ebene zwischen ein paar Felsbrocken herumzukrabbeln. Ich habe es noch nie leiden können, wenn Männer pfeifen, und habe Dale schon vor langer Zeit dazu erzogen, sein Pfeifen für sich zu behalten, Bud kriegte es zwar nicht hin, zahlte mir aber eine Zulage dafür, dass er so tun durfte, als ob, also ertrug ich sein Pfeifen, schaute aus dem Fenster und fragte mich, da ich ja jetzt außer Dienst war und meine eigenen Gedanken denken durfte, was uns in Marvel wohl erwartete. Damals in meiner Kindheit, als ich immer wieder über längere Strecken bei den Spitzers war, hatte ich mal miterlebt, wie ein Maisblatt oder so jemand, der schlechte Stärkungsmittel verkauft hatte, durch die Straßen geprügelt wurde, aber ich hatte noch nie gesehen, wie jemand gelyncht wurde. Lynchen war noch mal was ganz anderes.

Ich musste daran denken, was Sally zu mir gesagt hatte. Vielleicht war das ja das Besondere, von dem sie gesprochen hatte. Während ich überlegte, was es wohl sein könnte, wie es aussehen und was ich womöglich lernen würde, beäugte ich meine Hände, meine Beine in den nicht so schönen Strümpfen, meine Füße in den guten Stöckelschuhen aus Ziegenleder, meine weichen Handrücken, meine Fingernägel und schließlich meine langen roten Locken. Meine Haare wogen sicher zwanzig Pfund, wenn es reichte, und Dale hatte mir in guten wie in schlechten Zeiten nie erlaubt, sie um mehr als zwei, drei Zentimeter kürzen zu lassen. Und wäre ich eines Tages mit abgeschnittenen Haaren zur Arbeit gekommen, dann wäre Bud wahrscheinlich auf der Stelle tot umgefallen. Ich richtete mich auf und bedachte Bud mit einem strahlenden Lächeln, aber er guckte gerade nicht. Er pfiff und wippte dazu mit dem Kopf. Es klang genauso furchtbar, wie es aussah, und hätte wohl meine Stimmung getrübt, wäre mir nicht eingefallen, dass Candy Perkins und ihre Freundinnen auch auf dem Weg zu dem Spektakel waren und ich sie dort vielleicht sehen würde. Und ob mich da eine besondere Botschaft erwartete oder nicht, die Mädels würden von mir ganz sicher das ein oder andere zu hören bekommen.

Ich wollte gerade einen Satz an Bud erproben und ihn

fragen, was er davon hielt, da rülpste er und sagte: »Wir sollten bei euch vorbeifahren und Dale fragen, ob wir ihn mitnehmen sollen.«

»Ihn mitnehmen?«

»Du hast doch selbst gesagt, dass sein Wagen kaputt ist.«

Das hatte ich, und es war auch nicht das erste Mal, dass Bud an Dale dachte, nachdem er sich mit mir vergnügt hatte. Nach unseren Autofahrten traf er gern Dale. Er klopfte ihm dann auf die Schulter und verpasste ihm ein paar spielerische Boxhiebe. Dale schien das zu gefallen. Bud war nicht nur mein Chef, er war eine große Nummer im Ort und hätte wahrscheinlich – Probleme mit seinem Kindermacher hin oder her – Dale und jeder Menge lächelnder anderer noch Geld dafür abknöpfen können, dass sie sich eins von ihm in die Fresse hauen lassen durften.

»Na, dann holen wir den jämmerlichen Typen mal ab«, sagte ich.

Bud grinste, bog von der Asphaltstraße ab und wirbelte auf dem Weg zu unserem Haus gewaltig Staub auf. Ich hatte angenommen, dass Dale vielleicht im Schuppen sein oder sich um die Tiere kümmern würde, aber nein, er saß in einer sauberen Latzhose vor der Tür, auf der einzigen Stufe, die nicht kaputt war, gerade so, als hätte er mit uns gerechnet.

»Ich hab schon gewartet«, sagte er, als Bud anhielt.

»Worauf?«

»Dass mich jemand nach Marvel mitnimmt.«

»Tja, hier wäre jemand.«

»Das sehe ich.«

Dale lächelte nicht, weil er so schlechte Zähne hatte, aber er zog eine Augenbraue hoch, und dann setzte er sich auf die Rückbank, und wir fuhren los.

»WIE HAST DU ES denn mitgekriegt?«, fragte Bud. »Übers Radio? Mein Vetter hat gesagt, er hätte beim Friseur eine Rundfunkdurchsage gehört. Dreimal kam sie, hat er gesagt. Habt ihr überhaupt Radioempfang so weit draußen?«

»Meine Güte, natürlich haben wir Radioempfang. Stimmt's, Dale?«

Dale antwortete nicht. Er hatte einen mächtigen Priem im Mund.

»Ich muss noch nach meiner Sau schauen«, sagte er.

»Was musst du?«, fragte Bud.

»Nein, das musst du nicht«, sagte ich.

Ich hatte schon mein Leben lang mit Schweinen zu tun, aber Dales Sau machte mir Angst. Sie war riesig und glänzend und sah schrecklich intelligent aus, leuchtete regelrecht im hellen Mittagslicht und guckte einen so von der Seite an, als wäre sie ein Wal oder Delphin, den man aus dem Wasser geholt hatte, und als hätte sie einen Haufen Dinge zu sagen, die man lieber nicht hören wollte.

Ich sagte noch mal Nein danke zu einem Besuch bei dem Schwein, aber Bud bog in den verdammten Weg ein, und wir fuhren die holprige halbe Meile zum hinteren Ende der Farm, wo Dale das Tier in einem Schweinestall hielt, an dem er ein Jahr lang gebaut hatte, mit Holz, das wir uns eigentlich nicht leisten konnten. Man hätte meinen können, sie hätte ihn verhext, diese Sau, die so groß war wie drei, so wie er sie anhimmelte, sie in parfümiertes Stroh bettete und besser ernährte als uns. Vom fahrenden Auto aus gesehen, war sie nur ein riesiger rosa Flatschen, vom Stroh halb verdeckt, aber sobald wir anhielten, sprang sie auf, trottete zum Zaun vor und schnaubte einmal so tief und laut, dass der Motor übertönt wurde.

»Sie redet wieder«, sagte ich.

»Dauert nicht lang«, sagte Dale.

»Das muss ich mir anschauen«, sagte Bud.

Ich musste mir nichts anschauen, ich hatte das alles oft genug gesehen, aber ich stieg trotzdem aus und folgte den beiden ums Auto herum. Bud nutzte die Gelegenheit, um Dale ein paarmal kräftig auf den Arm zu boxen, und Dale revanchierte sich ganz ordentlich.

»Da ist sie«, sagte er.

»Gütiger Gott!«, sagte Bud.

»Ich weiß«, sagte Dale.

»Was für ein Batzen Fleisch!«

»Den möchte ich sehen, der mir hier im County eine schönere Sau zeigt.«

»Landrasse?«

»Amerikanisches Yorkshire. Sie ist ganz allein rausgekommen, als hätte sie die anderen alle aufgefressen, und schon da war sie kaum kleiner als jetzt.«

»Mit so einem Schwein kannst du einen Preis gewinnen.«

»Sichere Bank.«

»Eine wandelnde Geldanlage. Erst recht, wenn die noch weiterwächst.«

»Das wird sie.«

Während sie so herumpalaverten, schaute ich die Sau an und sie mich. *Du willst mir was sagen, oder?*, dachte ich. *Du willst mir etwas über diese Welt sagen, oder über deine Welt. Über die ferne Welt. Du hast etwas über mich zu sagen, das sehe ich dir doch an. Nichts Gutes. Flüster es mir zu, kau mir das Ohr ab. Beiß mir den halben Kopf weg. Leg dich auf mich und schlaf deinen tierischen Schlaf.* Ich erschauerte, dann lachte ich laut auf, und die Jungs sahen kurz zu mir herüber, ehe sie weiterredeten.

Es gab eine Stelle unten am Bach, da waren so leichte Vertiefungen im Boden, wo man einen festen Stand hatte. Wenn es an mir war, das Monster zu versorgen, ging ich da gern hin. Man hatte eine gute Aussicht, wenn man sich übers Wasser hockte, und sobald ich es mir bequem gemacht hatte, ließ ich den Blick übers Land schweifen. Mais, Weizen, Gerste und noch mehr Mais. Das Getreide war gerade im rechten Maß sonnenverbrannt und krümmte sich in Wellen unter der Hitze. Ich konnte sechs Scheunen und vier Silos sehen. Es war gutes Land, nicht groß, aber fruchtbar, und man konnte davon leben. Konnte von diesem Boden sein Auskommen finden. Früher bei den Spitzers hatte uns die alte Mrs. Spitzer, wenn wir uns nicht benahmen, gezwungen, unser Geschäft im Wald zu verrichten. Niemand von uns wusste sich ordentlich zu betragen, also waren wir ständig im Wald. Tapsten plärrend herum wie verirrte Schafe. Ferkel im Dreck. Irgendwo da drüben in der Richtung, in die ich gerade schaute, lag Marvel. Weiter als einen Steinwurf entfernt, aber weit war es nicht, und bei diesem Gedanken hatte ich wieder so ein Kribbeln im Bauch, wie ich es das letzte Mal gespürt hatte, als Sally mich umarmt und mir gesagt hatte, dass mich etwas ganz Besonderes erwartete. Dieses Etwas, auf das ich jetzt aus war, das alles klarstellen würde.

Als ich fertig war, hastete ich wieder zum Schweinepalast zurück, dachte, die beiden säßen längst im Auto und könnten es gar nicht abwarten, zu dem Spektakel zu gelangen, aber sie standen immer noch am Zaun. Dale zog Karotten aus meinem Garten aus der Tasche und reichte sie Bud, und der reichte sie Ihro Majestät – ganz vorsichtig, als befürchtete er, gebissen zu werden. Einmal hatte ich ihr beim Füttern die Hand auf die Flanke gelegt, die sich zwischen den Zaunlatten hervorwölbte. Ich hatte gedacht, sie würde weich und heiß sein, heißer als der Glutkern eines Sterns, aber sie war hart und kühl, fast kalt, als hätte das Grab schon Ansprüche angemeldet und sie hätte den Sarg bereits in sich.

»Jetzt hört mal auf, diesen wandelnden Berg Schweinekoteletts abzufüttern, sonst kommen wir hier nie los«, sagte ich.

Aber Dale zog eine Karotte nach der anderen aus der Tasche, und Bud nahm sie eine nach der anderen entgegen, und dieses schöne riesige Schwein wurde gefüttert und gefüttert, und es nahm kein Ende.

NACHDEM ER AN MIR herumgegrapscht und dann gut Wetter bei Dale gemacht hatte, dem nicht einmal bewusst war, dass gut Wetter bei ihm gemacht wurde, bedurfte es keiner besonderen Geistesschärfe, um zu erahnen, was Bud als Nächstes einfallen würde, nämlich dass er hungrig war und nichts dagegen hätte, irgendwo was zu essen aufzutreiben.

»Heute ist in Ryansville Gemeindeessen, es gibt Wels«, sagte Dale.

»Na«, sagte Bud und rieb mit seinen Pranken über das Lenkrad, »dann nichts wie hin.«

Vor der Kirche in Ryansville standen so viele Fahrzeuge, dass man hätte meinen können, das geplante Lynchen würde dort stattfinden. Autos und Pritschenwagen parkten eine Viertelmeile entlang der Straße, und ich sagte, so dringend sei mir das nicht mit dem Essen, aber Bud hielt den Wagen an.

»Du musst Kraft tanken für das, was wir heute Abend vorhaben«, sagte er.

»Ich möchte noch ein bisschen Kraft übrig behalten, damit ich meinen Spaß haben kann, so sehe ich das«, sagte ich.

»Steig aus, Ottie Lee«, sagte Dale.

Ich rührte mich nicht vom Fleck, bis er nachschob »bitte«,

und wahrscheinlich wäre ich trotzdem sitzen geblieben, bis sie mich entweder in Ruhe gelassen oder aus dem Auto gezerrt hätten, wäre nicht in diesem Moment der Geruch von frittiertem Wels durchs Fenster hereingeweht und hätte meinen Magen gekitzelt. Ich hatte seit dem Frühstück genau zwei Kräcker und ein Karamellbonbon zu mir genommen, und der Wels roch so gut, dass ich die Autotür aufriss und Dale und Bud zur Seite stieß.

Ich war bereit, das auch mit allen anderen so zu machen, die mir im Weg standen, aber als ich zur Kirche kam, sah ich, dass es nicht nötig sein würde. Alle drängten sich draußen auf dem Rasen, und diese Knallköpfe aßen gar keinen Wels. Ein feister Bursche in einem nicht sehr vorteilhaften braunen Anzug stand auf einer Getränkekiste und ließ eine Rede über Freiheit, Demokratie, Feldfrüchte und frische Blumen in die rauchige Luft ab, das jedenfalls war es, was ich aufschnappte, während ich über den Rasen ging und in die Kirche trat.

Man hätte erwarten können, dass wenigstens ein paar Leute da drin wären, aber ich sah keine Menschenseele, als ich dem Schild mit der Aufschrift IHR CHRISTEN, HIER GIBT'S DEN BESTEN WELS AUF ERDEN! folgte, das in den Keller wies. Es dauerte einen Augenblick, bis meine Augen sich an das Licht der kleinen Glühbirnen, die dort unten von der Decke hingen, gewöhnt hatten, aber die Berge von Fisch hatte ich schnell entdeckt. Es gab solche Mengen von Wels, dass ich einen Moment lang stehen blieb, um das alles auf mich wirken zu lassen. Und es war nicht nur Wels – es gab auch Krautsalat und Brötchen und Kartoffelsalat, und dann noch zwei Tische voll Kuchen. Dampf hing in der Luft, und alles glitzerte. Es sah aus, als wäre man in eine dieser alten Geschichten geraten, die wir bei den Spitzers immer erzählt bekommen hatten, wo Jesus in Wallung gerät und ein Wunder wirkt. Mr. Spitzer breitete gern die Arme aus, wenn er zu dieser Stelle der Geschichte kam. Hob die Arme und ließ sich das Haar ins Gesicht fallen. In der Kirche gab es ein Weckglas, wo man das Geld hineinwerfen sollte, und ich zog ein paar Münzen aus der Tasche. Dann richtete ich den Blick auf die Servierplatten und hielt direkt auf sie zu. Erst jetzt sah ich, dass dort Frauen standen, die das Essen ausgeben sollten. Drei waren es, jede so alt wie Methusalems Onkel. Sie trugen blaue Kattunkleider und hatten sich vor den Kleckerbereich Schürzen gebunden.

»Allein zum Essen da?«, fragte die eine.

»Nein, wir sind zu dritt«, sagte ich.

»Die anderen hören sich wahrscheinlich die Rede an«, sagte eine andere.

»Es wundert mich, dass Sie das nicht auch tun«, sagte die dritte.

»Ich habe Hunger«, sagte ich. »Hunger, Hunger, Hunger.«

»Ich glaube, *Hunger* haben die alle, da oben«, sagte die erste.

»Gibt es irgendeinen Grund, warum Sie mir nichts auftun? Ich habe bezahlt und stehe mit leerem Teller vor Ihnen«, sagte ich.

»Gibt es denn einen Grund, warum wir Ihnen nichts auftun sollten?«, fragte die zweite.

Ich sann einen Moment lang darüber nach. Natürlich gab es Gründe. Mir fielen jede Menge ein, aber wem würde das nicht so gehen.

»Ich bin eine Sünderin. Und wie steht's mit Ihnen?«

»Oh, wir sind mit der Sünde durchaus vertraut.«

»Aber Sie haben Ihren Weg hierher gefunden.«

»Genau.«

Während die dritte das sagte, stieß die Menge draußen ein großes Gebrüll aus, und im nächsten Moment klang es, als kämen die Heerscharen der Apokalypse die Treppe heruntergestürmt.

»Krieg ich jetzt meinen Wels oder nicht?«, fragte ich.

»Aber natürlich, meine Liebe«, sagte die erste.

»Was darf's denn sein?«, fragte die zweite.

»Nehmen Sie sich ein Stück Kuchen, und vergessen Sie nicht, den Herrn zu preisen, bevor sie es essen!«, sagte die dritte.

Ich bekam mein Essen und ging durch die Seitentür wieder nach oben, während die Horde sich hereinwälzte, was mich an die Schweine erinnerte, in die Jesus die Dämonen hat fahren lassen, und an die kalte Flanke von Dales Sau, und dann setzte ich mich an einen der langen Tische, die man am hinteren Ende der Rasenfläche aufgestellt hatte. Es war ein schönes Fleckchen. Überall standen große, Schatten spendende Bäume, und ringsum erstreckten sich die sommerlichen Felder. Kein Lüftchen regte sich, aber man hatte Raucheimer aufgestellt, gegen die Fliegen und Moskitos. Überall blühte Schwarzäugige Susanne, und hinten auf dem Grundstück stand ein großer Straucheibisch. Mein Blick verweilte etwas darauf. Es sah so aus, nur ein bisschen und nur einen Moment lang, als wäre der Strauch nicht von robusten rosafarbenen Blüten übersät, sondern von lauter Augen.

Zu den Dingen, die wir hatten tun müssen, um uns den Aufenthalt bei den Spitzers zu verdienen, während wir darauf warteten, dass unsere miesen, unberechenbaren Eltern wiederkamen, gehörte auch das allwöchentliche Gemeindeessen in der Baptistenkirche, immer Bohnen mit Schinken. In den Sommermonaten hatte ich zahllose Male die Tische gedeckt, und das hatte bedeutet, in einem Garten zu arbeiten, der diesem hier sehr ähnlich war. Womöglich stand sogar ein Strauchеibisch darin. In meinem letzten Sommer dort hatte ich zwei- oder dreimal beim Tischdecken das Gefühl gehabt, ich würde beobachtet, aber soweit ich es erkennen konnte, war niemand da. Das Gefühl war jetzt nicht weniger sonderbar als damals, aber ich hatte Appetit und einen Teller mit Wels vor mir, also wandte ich den Blick von dem Strauch ab und richtete ihn auf meinen Teller, und was ich da sah, gefiel mir. So ein Stück frittierter Wels hat eine sehr ansprechende Krümmung. Sie führt einen gedanklich zu dem Schilf und den Steinen des Flusses, in dem er einmal schwamm. Ich setzte gerade das Messer in der Mitte dieser Krümmung an, da pirschte sich von hinten eine leise, leiernde Stimme heran.

»Darf ich auf Ihre Stimme zählen, Madam?«

Nicht nur stand ihm der Anzug kein bisschen, sondern er trug trotz seines jugendlichen Alters auch noch falsche Haare. Er hatte wohl meinen Blick bemerkt, denn er fasste sich schnell an den Kopf und rückte sie zurecht.

»Aber sicher«, sagte ich.

»Sehr verbunden«, erwiderte er.

Ich hatte das gesagt, weil ich anfangen wollte zu essen und hoffte, er würde dann zu anderen Leuten gehen, die jetzt mit Tellern herauskamen, aber er zog einen Stuhl heran und setzte sich neben mich.

»Eine hübsche Frau wie Sie«, sagte er.

»Danke.«

»Sind Sie allein hier?«, fragte er.

»Was?«

»Sind Sie allein zum Gemeindeessen gekommen?«

Ich deutete mit der Gabel auf die Kellertür und sagte, ich

hätte Ehemann und Chef dabei. Er überkreuzte die fetten Beine und sagte, das sei sehr bedauerlich, das Schicksal sei doch zu den Gütigsten immer am grausamsten und so weiter. Dann sagte er: »Ich nehme an, Sie wollen sich auch das Lynchen anschauen?«

»So ist es«, sagte ich.

»Wissen Sie schon, wie Sie hinkommen?«

»Wir fahren mit dem Auto von meinem Chef.«

»Der Glückliche.«

Ich kniff das eine Auge leicht zusammen, dann schaute ich auf meinen Fisch hinunter. Er lag erschlaffend im Fett und verlor langsam seine Krümmung.

»Ja wirklich, der Glückliche«, sagte er und klopfte mit dem Finger auf die Tischplatte. Es war ein schöner Finger, lang und zierlich wie der einer Frau. Ich sah zu, wie dieser Finger und seine Genossen sich anspannten und fast abzubrechen schienen, als der Mann sich vom Tisch abdrückte.

»Ich mache mich besser mal auf den Weg«, sagte er. »Ich habe ein paar Busse bestellt, damit die Leute zur Show gelangen, und das muss ich jetzt organisieren, vielleicht muss ich sogar selbst einen lenken. Die Busse fahren übrigens auf meine Rechnung. Die Fahrt wird niemanden auch nur einen Nickel kosten. Auf meine bescheidene Art habe ich in meinem Leben großes Glück gehabt. Der große Gouverneur im Himmel ist gut zu mir gewesen.«

Ich nickte. Ich sah, dass mein Fisch nicht mehr dampfte. Dass sich der Saft aus dem Krautsalat über den Teller verteilt hatte.

»Es ist patriotisch, was Sie da tun, Madam«, sagte er und neigte den Kopf ein wenig, sodass sein Doppelkinn wabbelte.

»Darauf zu warten, dass ich meinen Fisch essen kann?«, fragte ich.

»Nach Marvel zu fahren und beim Lynchen zuzuschauen«, sagte er.

»Das soll patriotisch sein?«

»Haben Sie meine Rede nicht gehört?«

»Doch. Zum Teil.«

»Und wie hat sie Ihnen gefallen? Der Teil, den Sie gehört haben?«

Er bedachte mich mit einem breiten Lächeln, zeigte mehr von seinem rosa Zahnfleisch, als ich hätte sehen wollen. Das habe ich noch nie gemocht, wenn jemand so viel Zahnfleisch zeigt. Ich zuckte mit den Achseln. Das Lächeln fiel von seinen Lippen ab, ins braune Gras hinunter.

»War es so schlimm?«

»Wenn ich ehrlich bin, habe ich den größten Teil verpasst.«

Das schien ihn wieder aufzumuntern. Er lehnte sich zurück, schenkte mir ein kleines Lachen.

»Aber was Sie gehört haben, hat Ihnen gefallen?«

»Ja. Es war wirklich gut.«

»›Eine Fackel der Klarheit, die in dunklen Zeiten das Land erhellt‹ ... Das ist doch ein Volltreffer, finden Sie nicht? An dem Teil habe ich lange gefeilt.«

»Das haben Sie gesagt? Über das Lynchen? Das von heute Abend?«

»Ja, Ma'am. Es ist eine schwierige, eine harte Maßnahme, aber sie wird alles Unklare ausbrennen. Uns wieder ins Gleichgewicht bringen. Das tun die schwierigsten Dinge immer.«

»Ein helles Licht?«

»Das allerhellste.«

»Tja, das muss ich Ihnen lassen«, sagte ich, »dieser Teil ist ziemlich gut.«

Er wollte noch etwas sagen, verkniff es sich dann aber, schaute rasch vorne an meinem Kleid hinunter und zeigte mir dann wieder sein Zahnfleisch.

ICH HATTE ALLES AUFGEGESSEN und mit einem Glas Eistee nachgespült, bevor ich Bud und Dale auch nur aus der Ferne sah. Ich hatte nicht unbedingt damit gerechnet, dass sie kommen und sich zum Essen zu mir setzen würden – tatsächlich hatte ich eine Feldarbeiterfamilie neben mir, die wegen den billigen Fressalien hergekommen war –, aber noch weniger hatte ich erwartet, sie beide mit einem Teller in der Hand am Straßenrand stehen zu sehen, wo sie einer Gruppe Jungs zuschauten, die Gefängniseinbruch spielten. Die Jungs hatten irgendwo Stemmeisen und Holzhämmer aufgetan und sich aus einem Stapel alter Türen einen Unterschlupf gebaut. Da saß nun einer der Jungs drin, während die anderen nach besten Kräften ihre Stemmeisen und Holzhämmer schwangen. Als sie den Unterschlupf zerlegt hatten, schleiften sie den Jungen zum nächsten Baum, fesselten ihn und taten der Reihe nach so, als würden sie ihn strangulieren. Nach einer Weile lösten sie die Fesseln wieder und begannen das Ganze von vorn.

»Auf, lasst uns zur Show fahren, ehe sie so 'nen langen Bart hat«, sagte ich.

»Wir sind noch am Futtern«, sagte Bud.

»Wie unschwer zu erkennen ist«, sagte Dale.

Sie waren nicht die Einzigen, die da draußen mit einem Teller in der Hand dem Spiel zusahen. Mehr als ein Dutzend Leute fanden es offenbar richtig, ihr Essen auf der Straße zu sich zu nehmen und dabei dieser kindischen Darbietung zuzusehen. Ein paar der Zuschauer waren Verwandte von Bud. Buds Vater und dessen vier Schwestern hatten mehr als zwei Dutzend Erdenbürger in die Welt gesetzt. Eine stattliche Anzahl von ihnen hatte ich kennengelernt, denn viele dieser Herrschaften kamen Woche für Woche vorbei und versuchten, sich von Bud Geld zu leihen. Sogar jetzt, während ich da stand, beugte sich einer von ihnen, nämlich Wendell Lancer, der so groß wie blöd war, zu Bud rüber, und ich sah, wie Bud nach seiner Brieftasche griff. Ich sagte zu Dale, ich würde jetzt zum Auto gehen, weg von all der Aufregung, aber ich bekam keine Antwort außer dem Widerschein der Sonne, die auf das fettige Haar an seinem Hinterkopf fiel.

Der Redner hatte saubere Haare auf dem Kopf gehabt, dachte ich auf dem Weg zum Auto, auch wenn es nicht seine eigenen gewesen waren. Und er hatte diese schönen Hände, die den Anzug wettmachten. Nicht dass der Anzug als solcher schlecht gewesen wäre. Es hätte nur ein Mann mit ein bisschen weniger Kuchen, Schmalz und Soße um die Taille drinstecken müssen. Dale hätte der Anzug gut gestanden, dachte ich. Dale, der nicht mal zu seiner eigenen Beerdigung einen Anzug getragen hätte. Obwohl er den passenden schmalen Körperbau dafür hatte, mit diesen schönen breiten Schultern und den kräftigen schlanken Armen. Dale, der nie im Leben eine Rede halten würde, nicht mal, um seine eigene kratzige Haut zu retten. Ein Mann mit schönen Händen, der eine Rede halten konnte – das war schon was. »Eine Fackel der Klarheit.« Erstklassig. Und es war Sallys Licht. So sicher, wie ich hier stand. Was konnte es anderes sein? Wir brauchten alle etwas mehr Klarheit. Ab und zu.

Ich sollte in einem der Busse von diesem Redner mitfahren, dachte ich, schnell und stilvoll ans Ziel gelangen. Bestimmt würde er mich vorne sitzen lassen.

Ich befasste mich ganz ernsthaft mit diesem Gedanken, als ich auf einen alten Mann traf, der mitten auf der Straße auf einem umgedrehten großen Erntekorb saß. Er hatte einen langen weißen Bart und trug einen verbeulten Zylinder. Ungefähr alle zehn Sekunden stand er auf, schlurfte auf die andere Seite des Korbs und setzte sich dort wieder. Er machte das vier- oder fünfmal, während ich mich näherte. Ich glaube, er bemerkte mich erst, als ich praktisch vor ihm stand.

»Kommen Sie oder gehen Sie?«, fragte er.

»Kommen tu ich nicht, also nehm ich mal an, ich gehe«, sagte ich.

»Und wohin, gottverdammt?«

»Nach Marvel, so wie alle.«

»Dann kann ich Sie nicht durchlassen.«

»Was können Sie mich nicht?«

»Ich kann Sie nicht durchlassen.« Während er das sagte, langte er nach unten und versuchte, eine Art Gewehr mit großer Mündung vom Boden aufzuheben.

»Und wenn ich jetzt sagen würde, ich will da hin, um den Jungs, die gelyncht werden sollen, zu helfen?«

»Dann würde ich aufstehen und Sie begleiten.«

»Tja, so ist es aber nicht. Das sind Verbrecher. Die haben es nicht besser verdient.«

»Das glauben Sie?«

»Sonst hätte ich es ja wohl nicht gesagt, oder?«

»Dann sind Sie genauso dumm wie all die anderen. Reichen Sie mir das mal.«

»Damit Sie auf mich schießen können?«

Er nickte.

»Wohnen Sie hier in der Gegend?«, fragte ich.

Er deutete kurz nach rechts. Ich sah nur die Überreste eines Alfalfa-Feldes und einen Baum, in den der Blitz eingeschlagen hatte. Ich ging einen Schritt vor. Der Alte streckte einen seiner dünnen Arme aus.

»Ich kann Sie nicht durchlassen. Und diese Busse, die da kommen sollen, lasse ich auch nicht durch.«

»Warum denn nicht?«

»Ich habe im großen Bürgerkrieg gekämpft«, sagte er.

»Na, so was.«

»Indiana Nineteenth«, sagte er. »Ich war am Bull Run dabei, und in Gettysburg auch. Und nicht nur da. Ich war damals noch ein Junge, aber ich hatte schon diese Muskete.«

Wir schauten beide auf die Muskete hinunter, die neben dem Korb auf dem Boden lag.

»Es ist nicht recht, zuzusehen, wie jemand gelyncht wird.«

»Selbst wenn die es waren? Wenn das Verbrecher sind?«

»Woher wissen Sie denn, dass die es waren?«

»Das habe ich gehört.«

»Glauben Sie alles, was Sie hören? Haben Sie eine Schafherde in Ihrer roten Haarpracht versteckt, die mäht und bäht und überall einfach hinterherläuft?«

»Ihr Ton gefällt mir nicht.«

»Mäh.«

»Ich laufe niemandem hinterher. Ich gehe da hin, weil ich es will.«

»Und Sie meinen, das macht es besser. Gott sei uns gnädig. Es ist nicht recht, Menschen zu lynchen.«

»Das sagen Sie.«

»Und ich werde es wieder sagen, Sie rothaariges Luder.«

 Ich bückte mich und griff nach der Muskete. Ich war

keine Expertin für Schusswaffen, aber der Lauf sah mir verbogen aus. Und der Schlagbolzen schien auch nicht mehr zu funktionieren. Ich schüttelte den Kopf, reichte sie ihm und musste ihn dann stützen, als er das Gleichgewicht verlor und mitsamt der Muskete von dem Korb herunterfiel, mir entgegen.

»Nehmen Sie die Hände weg, Sie dreckige Gafferin«, sagte er.

Als ich weiterging, nahm er seine Runde um den Korb wieder auf, und die Muskete lag wieder auf dem Boden.

Als Bud und Dale schließlich zum Auto kamen, fragte ich sie, ob sie den Alten auch gesehen hätten.

»Dieser Irre«, sagte Bud. »Der wollte mit mir kämpfen. Hat gesagt, er bringt mich um, wenn ich noch einen Schritt weiter Richtung Marvel gehe.«

»Bud hat ihn und sein Gewehr hochgelupft und in den Schatten gesetzt«, sagte Dale.

»Ich glaube, der hat zu viel Sonne abgekriegt«, sagte Bud.« Er hat dauernd von Abraham Lincoln gefaselt. Und vom Bürgerkrieg.«

»Abraham Lincoln?«

»Und General Lee. Er hat gesagt, selbst General Lee würde sich einem Lynchmob in den Weg stellen. Ich hab mich halb tot gelacht. Was für ein Irrer.«

»Das war kein Irrer, der war einfach alt. Irre sind anders«, sagte ich.

»Was weißt du denn schon über Irre?«, sagte Bud.

Dale sah mich an. Es war kein gemeiner Blick, vielleicht war er sogar sanft, aber ich ignorierte ihn.

»Da kommen die Busse«, sagte ich.

Als Bud den Motor anließ, rollten vier strahlend weiße Busse an uns vorbei, auf die Kirche zu.

MIT FORTSCHREITENDEM TAG kamen die Insekten, und als wir Ryansville verließen, zermatschten die ersten Exemplare an der Windschutzscheibe. Bei sommerlichen Autofahrten wettete Bud gern, wie viele Insekten sich über eine bestimmte Strecke auf seinem Wagen ansammeln würden. Dieses Spiel versuchte er uns jetzt schmackhaft zu machen.

»Lass uns lieber spielen, wie ich dich umbringen könnte«, schlug ich vor.

»Ach was, das ist was fürs Büro, aber doch nicht für unterwegs.«

»Ich würde dich nämlich mit Bleistiften umbringen.«

»Das hast du schon gesagt, bevor wir losgefahren sind. Lass uns lieber wegen der Insekten wetten.«

»Nagelneue Ticonderoga-Bleistifte. Zwei in jeder Hand. Aus entgegengesetzter Richtung an deinem Hals angesetzt.«

»Du würdest niemals nah genug an mich rankommen.«

»Ich würde es machen, wenn du schläfst. Du schnarchst nämlich, Bud Lancer, und zwar ziemlich laut.«

»Ich schnarche nicht.«

»Spielt ihr das bei der Arbeit?«, fragte Dale.

»Ich hab dir von diesem Spiel doch schon erzählt.«

»Du hast mir von ›Rat-mal-welches-Arschloch-gerade-anruft‹ erzählt.«

»Von dem anderen Spiel auch.«

»Ich schnarche nicht, Ottie Henshaw.«

»Na gut, dann schnarchst du halt nicht.«

»Also, ich wette jedenfalls, dass es vierzehn sein werden. Insekten, meine ich«, sagte Dale.

Ich schnaubte.

»Das ist aber bewusst niedrig angesetzt, Freund Dale, oder?«, sagte Bud.

»Das ist meine Wette«, sagte Dale.

»Bist du dir sicher?«, fragte Bud.

»O ja, das ist er, er ist sich immer sicher«, sagte ich.

»Was wettest du denn, Mrs. Allwissend?«, wollte Dale wissen.

»Heißt das, du bist Mr. Allwissend?«, fragte Bud.

»Wollt ihr wissen, was ich wette?«, fragte ich.

»Wir können es kaum erwarten.«

Ich schaute auf die Windschutzscheibe. Es dämmerte, und wir hatten noch gut dreißig Meilen bis Marvel vor uns, mindestens.

»Siebenundsechzig«, sagte ich.

»Großer Gott«, sagte Dale.

»Dann sage ich zweiundvierzig, also ungefähr dazwischen«, sagte Bud. Noch während er es sagte, knallte eine Heuschrecke oder so was – *Pflatsch* – gegen die Windschutzscheibe und hinterließ einen Flügel.

Eine Weile zählten wir jeden platschenden Aufprall laut mit, und es dauerte nicht lang, bis die Insektenpflatscher Dales klägliche Schätzung überrundet hatten. Bud und ich lachten, als wir die Vierzehn überschritten, aber Dale verschränkte die Arme vor der Brust und erklärte, nur weil es mehr als vierzehn wären, hieße das noch lang nicht, dass es auch nur annähernd so viele werden würden, wie Bud oder ich gewettet hätten. Ich lachte, aber nicht allzu laut, denn Dale hatte schon recht. Dieser alte Holzapfel kaute zu viel Tabak und machte zu viel Aufhebens um sein Schwein, aber er war nicht dumm. Bud war groß und breit, hatte ein eigenes Versicherungsbüro, machte Geschäfte nebenher und hatte sein Auto, aber er war ein Kretin, und Dale war alles andere als ein Dorftrottel. Er konnte jedes beliebige Tier aufziehen, egal, was es für Probleme hatte, und man fragte lieber erst gar nicht, wie viele Zahlen er im Kopf multiplizieren oder dividieren konnte. Mein Vater hatte einen Sinn für Zahlen gehabt, und wenn er nicht betrunken war, hatte er ein Buch rückwärts genauso schnell lesen können wie vorwärts, aber Dale stellte ihn locker in den Schatten.

Wahrscheinlich dachte Bud so etwas Ähnliches und hoffte, aus dieser Wette, die er womöglich verlieren würde – auch wenn es um nichts ging –, aussteigen zu können, denn als wir Pops Nelson sahen, der am Straßengraben seines Weges keuchte, fuhr Bud rechts ran und rief: »Willst du zur Aufknüpf-Party mitfahren?«

»Denk nicht, ich würde nicht mehr mitzählen«, sagte Dale.

»Ach, lassen wir das, jetzt ist Pops da«, sagte Bud.

Pops, dessen riesiger, schweißdurchtränkter Hut tief über den Kopf heruntergezogen war, hatte uns noch nicht bemerkt.

»Steig aus und frag, ob er mitfahren will«, sagte Bud.

»Steig doch selbst aus, ich bin nicht mehr im Dienst«, sagte ich.

»Was bist du denn so grantig?«

»Wer sagt denn, dass ich grantig bin?«



»Wir sind jetzt bei siebzehn«, sagte Dale.

»Das ist abgehakt«, sagte Bud.

»Das ändert nichts an der Zahl«, sagte Dale. »Was kriegt der Gewinner noch mal?«

Bud sah ihn scharf an, und Dale sagte: »Schon gut, schon gut«, aber an der Art, wie er das sagte, erkannte ich, dass er glaubte, einen großen Sieg über mich und Bud errungen zu haben. Auch Bud entging das nicht, aber er hatte andere Siege – oder was er dafür hielt – in der Tasche, deshalb ignorierte er es. Allerdings nicht so vollständig, dass er nicht die Hand über den Sitz geschoben und mich kräftig genug für einen blauen Fleck in den Oberschenkel geknufft hätte. Dale für sein Teil lehnte sich zufrieden aus dem Fenster und spie aus.

Bud stieg aus dem Auto, holte Pops ein und kam kurz darauf mit ihm zurück. Pops trug seine gute Latzhose und ein frisch gestärktes Hemd, aber er war so verschwitzt, dass er aussah, als hätte man ihn in einen Waschzuber getunkt.

»Dale, Mrs. Henshaw«, sagte er mit einem Nicken, während er sich ins Auto zwängte, das quietschte und knarrte, als er sich setzte.

»Bist du drin, Pops?«, fragte Bud.

»Das ist wirklich nett von dir«, sagte Pops.

Dale war zur Seite gerückt, um Pops Platz zu machen. Als das Auto ausgequietscht hatte und Bud den Motor wieder angelassen hatte, zog er seinen Kautabakbeutel hervor und bot ihn Pops an.

»Danke!«, schrie Pops.

»Warum schreist du denn so?«, fragte ich.

»Der hört nichts, wenn der Motor läuft«, sagte Dale.

»Was?«, schrie Pops und nahm sich eine Handvoll Kautabak.

DALE KANNTE POPS vom Getreidesilo, und bald unterhielten sich die beiden lautstark, die Stimmen schön gut geölt vom Kautabak.

Pops schrie: »Das wird 'ne große Sache, das mit dem Lynchen!«, und Dale schrie zurück: »Ja, Sir!«

»Hab sowas noch nie gesehen«, schrie Pops.

»Nein, Sir, ich auch nicht«, schrie Dale zurück.

»Meint ihr, die nehmen sich alle gleichzeitig vor?«, schrie Pops.

»Wieso, ist es mehr als einer?«, schrie Dale.

»Glaub schon«, schrie Pops. »Drei, oder, Bud?«

Bud hielt drei Finger hoch und schrie dann: »Drei. Muss vorher noch was erledigen.«

»Was denn?«, fragte ich.

»Was hat sie gesagt?«, schrie Pops.

»Was denn, hat sie gefragt«, schrie Dale.

»Moment mal«, schrie Pops, »Moment mal.« Er fummelte mühsam ein zusammenklappbares Hörrohr aus seiner Vordertasche und schnallte es sich um den Kopf.

»Schonen wir unsere Stimmbänder lieber für die Party«, sagte er.

»Wir werden sie brauchen«, sagte Dale.

»Wurde auch langsam bisschen anstrengend mit dem Geschrei«, sagte Bud.

»Danke, lieber Gott, Herr im Himmel«, sagte ich.

Wir drehten uns alle nach Pops um und betrachteten ihn mit seinem umgeschnallten Gerät.

»Das Ding sieht aus wie das Ende einer Maiskolbenpfeife«, sagte Dale.

»Oder wie eine ausgehöhlte Pilz-Figur«, sagte ich.

»Meine Frau behauptet, die sieht unchristlich aus«, sagte Pops. »Wie ein Teufelshorn, sagt sie.«

»Na, jedenfalls muss ich noch nach Hayley und da was erledigen«, sagte Bud.

»Was denn?«, fragte ich.

»Hat sie das nicht vorhin auch schon gefragt?«, wollte Pops wissen.

Wir lachten alle, und Bud fuhr an der Abzweigung nach Russiaville vorbei, durch Wald und Felder und schließlich in den Ort hinein. Ich war ein- oder zweimal im Wohngebiet von Hayley gewesen und hatte ihm nicht viel abgewinnen können, und als ich jetzt aus dem Fenster schaute und das schäbige Patchwork von Häusern und Rasenflächen sah, ging es mir kaum anders. Nach einer Weile hielt Bud vor einem runden Gebäude an, das aussah wie eine überdimensionierte Hutschachtel; das kümmerliche Rinnsal, an dem es stand, hätte das verloren gegangene graue Hutband sein können.

»Willst du tanzen gehen? Ist das die Besorgung?«, fragte Dale.

»Tanzen?«, fragte ich.

»Kommt rein und schaut selbst«, sagte Bud.

Wir gingen unter einem Segeltuchbanner hindurch, auf dem TANZLOKAL stand, und marschierten – nachdem Bud ihr zugezwinkert hatte – geradewegs an der Kartenverkäuferin vorbei, die hinter ihrer Theke schwitzte. Ich hätte mir nichts Schlimmeres vorstellen können, als in der Hitze, die man da drinnen für sein Geld bekam, an jemand anderen gepresst übers Parkett zu rutschen, aber ich will mit Gottes spitzestem Stock gepikst sein, wenn da nicht ein gutes Dutzend Leute genau das tat, während auf der Bühne eine vierköpfige Band mit neckischer Sängerin irgendwas daherklimperte, das sie wohl für Musik hielten. Erst pressten sich die Männer an die Frauen, dann die Frauen an die Männer. Auf dem Boden standen Schweißpfützen, offenbar musste man beim Tanzen oft die Arme heben.

Die hätten ein richtiges Tanzorchester gebraucht, ein paar ordentliche Bläser und Gitarristen. Oder ein Grammophon. Herrgott, wenigstens das. Zu unserem ersten Hochzeitstag hatte mir Dale eins geschenkt. Obwohl wir nicht gerade auf Rosen gebettet waren, hatte ich zehn Schallplatten, die ich auf diesem trefflichen Apparat abspielen konnte. Schon mal Hoagy Carmichael auf dem Grammophon gehört? Schöner geht's nicht. Ganz gleich, was für neue Abspielgeräte es heute gibt. Dale mochte das Grammophon eine Weile lang sehr, denn wenn wir etwas Musik gehört und uns ein bisschen dazu gedreht hatten, stiegen seine Chancen im Schlafzimmer. Als Tänzer war er zwar ein hoffnungsloser Fall, aber wenn ich zwei Arme um die Taille hatte, dann konnte ich mein Kleid so richtig fliegen lassen. Und wenn ich lang genug tanzte oder herumwirbelte und mir heiß und schwindlig wurde, gefiel es mir, wenn Dale Henshaw über mich herfiel. Dale hatte durchaus seine Reize. Er kaute sich zwar die Zähne kaputt und hätte sich ein bisschen öfter waschen können, aber es hatte schon etwas für sich, wenn ein Mann sich so flink bewegte wie er und wie ein Vogel über einem fliegen konnte. Im Schlafzimmer war er zärtlich. Zart wie frische Weidebutter.

Als wir umeinander warben und noch bis ins zweite Jahr unserer Ehe hinein hatte er Lieder für mich gesungen und Gedichte aufgesagt. Gedichte! Nur weil ich ihm ganz am Anfang eines Abends nach ein paar Whiskey erzählt hatte, dass mein Vater, als er nach seiner letzten Verkaufsveranstaltung in Iowa oder was weiß ich wo zu den Spitzers gekommen war, um mich endlich zum allerletzten Mal von dort abzuholen, sich hingekniet, die Arme ausgebreitet und ein Sonett aufgesagt hatte. Mochte es auch ein Sonett sein, das er sich ausgedacht hatte, um Zahnpulver mit Erdbeergeschmack zu verkaufen – Dale hörte die Geschichte und kam am nächsten Tag mit einer Blume in der Hand und einem Gedicht auf den Lippen vom Feld. Dem schönsten Gedicht, das man sich nur vorstellen kann. Tausendmal schöner als das armselige Gedicht von meinem Vater. Insbesondere weil mein Vater, als er niederkniete und es aufsagte, so betrunken war, dass er nicht einmal die Striemen in meinen Kniekehlen bemerkte. Aber die Zeiten, als Dale für mich gedichtet hatte und mir ins Schlafzimmer gefolgt war, waren vorbei, und wenn ich heute das Grammophon anwarf, fingen nur die Hunde an zu bellen. Egal, wie hübsch man ist oder wie gut man tanzen kann, wenn man einen Mann zu oft im falschen Moment wegstößt, lenkt er seine Gedanken irgendwann woandershin. »Komm, Schätzchen, wir machen uns eine Familie«, hatte Dale oft gesagt, und er hatte es nett gesagt, aber im vergangenen Jahr hatte ich ihn meistens abgewiesen. Wie auch sonst. Bestimmte Dinge darf man einfach nicht riskieren. Jetzt sah ich ihn an. Er rieb gerade an einem braunen Fleck auf seinem Hosenbein. Kautabak. Wahrscheinlich dachte er an sein garstiges Schwein. Ich schaute ihn so lange an, bis er mir den Blick zuwandte.

»Wer zuerst wegguckt«, sagte ich leise.

»Du weißt doch, dass du da immer verlierst«, erwiderte er.

Das stimmte nicht. Na ja, jedenfalls nicht immer. Wir tanzten nicht mehr oft, und selbst wenn, versuchte er nicht mehr, mir ins Schlafzimmer zu folgen, aber hin und wieder schauten wir uns noch tief in die Augen.

»Zeig was du draufhast, Dale Henshaw. Hier und jetzt«, sagte ich.

Aber er rieb schon wieder an seinem Hosenbein.

Während wir neben der Tanzfläche stehen blieben, ging Bud zu einem Mann, der am anderen Ende auf einem blauen Stuhl saß. Er hatte einen dieser hässlichen Rattenschnurrbärte, hielt eine verbeulte Flüstertüte in der Hand und fächelte sich mit einem tropfenden Stück Pappe Luft zu. Ein oder zwei Fliegen umschwirrten seinen Kopf. Der Mann blickte nicht einmal auf, als Bud sich zu ihm hinunterbeugte und ihm etwas ins Ohr flüsterte, aber kaum hatte er gehört, was Bud ihm zu sagen hatte, sprang er auf und schrie in seine Flüstertüte: »In Marvel wird gelyncht!«

Wie eine einzige Person hörten diese Strohköpfe sofort auf, übers Parkett zu rutschen, und berieten, wie sie möglichst schnell nach Marvel gelangen könnten. Es gab ein paar hübsche Mädels auf der Tanzfläche, die ihre Wirkung auf Bud sichtlich nicht verfehlten. Dale kratzte nicht mehr an seinem Tabakfleck herum, aber wenn er überhaupt irgendwo gezielt hinguckte, dann sicher nicht auf die Damen. Frauen nachzuschauen gehörte nicht zu seinen Lastern. Der Flüstertüten-Mann schüttelte Bud die Hand, bis sie fast abfiel, dann Dale, dann mir und schließlich Pops.

»So, Leute, alles erledigt«, sagte Bud stolz mit einem weiteren Blick in den Tanzsaal, der sich bereits zu leeren begann. Die Band hatte nach der Durchsage noch etwas weitergespielt, aber jetzt packten auch die Musiker zusammen.

»Na, das war mal eine Erledigung«, sagte Pops und pfiff anerkennend, während wir zwischen den Leuten hindurch rausgingen.

»Ein Vetter von mir ist Geschäftspartner von der Tröte, die diesen Laden hier betreibt, er war auch bei dem Wels-Essen und hat mich gebeten, hier vorbeizuschauen, er hat gemeint, es würde dem Geschäft Auftrieb geben, wenn die Tänzer hier von dem freudigen Ereignis erfahren würden.«

»Die machen sich sicher alle auf den Weg«, sagte Dale.

»Ja, bestimmt«, sagte Bud höchst zufrieden und leckte sich angesichts einiger der verschwitzten Kleidchen, die an uns vorbeieilten, fast die Lippen. »Und wenn sie heute Abend dort sind und sich prächtig amüsieren, werden sie an diesen Laden hier denken und später mit all ihren Freunden wiederkommen.«

Draußen mussten wir eine Weile warten, bis sich die ganzen geparkten Wagen auseinandergefädelt hatten. Bud redete weiter über günstige Gelegenheiten, und dann begann er, unter gehöriger Speichelproduktion Kommentare zu den Mädels abzugeben, die er gesehen hatte. Beine hatte die eine gehabt und Arme die nächste und ein Gesicht die dritte.

»Steck ihr eine Münze in den Mund, und ich wette, das Gesicht sagt sogar was zu dir«, sagte ich.

»Ich fand ja die mit dem rosa Kleid ziemlich hübsch«, sagte Pops.

Bud linste kurz zu Dale rüber, der mit einem Stock etwas Dreck von seiner Schuhsohle kratzte, dann zu mir, erst auf mein Gesicht, dann auf den Rest. Dann schob er die Hände in die Taschen und stieß einen langen Pfiff aus.

»Teufel auch, es ist doch eine Freude, Geschäfte zu machen«, sagte er.

»Jetzt fahren wir aber mal weiter«, sagte Pops.

»Ich will mein ›Wer zuerst wegguckt‹, Dale Henshaw«, sagte ich.

Dann stiegen wir alle in Buds Auto.

WIR WAREN ERST ein paar Radumdrehungen von dem Tanzlokal entfernt, als der Mann, der die Flüstertüte in der Hand gehalten hatte, mit einem Beutel hinter uns hergetrabt kam. Bud hielt an und steckte den Kopf aus dem Fenster. Der Mann schaute die Straße hoch und runter, dann zog er drei hübsche Flaschen heraus. Er reichte sie Bud, der sich laut bedankte, worauf der Mann sagte: »Vom Chef, er hat gesagt, bis später dann. Da kann ich mich nur anschließen!« Dann trabte er weiter zu seinem eigenen Auto. Bud hatte die drei Flaschen mit einer Hand am Hals umfasst und zog den ausgestreckten Arm jetzt wieder ins Auto. »Diese Sache zu erledigen, war wirklich eine hervorragende Idee. Hat außer mir noch jemand Durst?«

Mit freudigem Johlen warf Bud zwei der drei Flaschen auf den Rücksitz, nahm einen kräftigen Schluck aus seiner eigenen und ließ den Motor aufheulen. Dann reichte er mir die Flasche und legte den Gang ein. Ich nahm einen Schluck und kleckerte etwas auf mein Kinn, als der Wagen mit einem Ruck losfuhr. Der nächste Schluck blieb größtenteils drin. Ich vertrage nicht mehr so viel wie früher, aber dem Geschmack kann ich auch heute noch was abgewinnen. Bud starrte auf meinen Busen, als ich trank. Er hatte diesen gierigen Ausdruck in den Augen, mit dem er halt nur nichts Nennenswertes anfangen konnte.

»Das ist richtig guter Stoff, Ottie«, sagte er.

»Na, dann nimmst du ihn besser wieder an dich«, sagte ich.

»Trink doch noch mal, trink!«, sagte er.

Er zwinkerte mir zu, und seine Hand wanderte an meinem Bein hoch. Dale und Pops hatten ihre Flaschen angesetzt und saugten daran wie Kälber an der Zitze.

Man sollte meinen, es wäre inzwischen dunkel geworden, aber der Abend ließ noch auf sich warten. Auf der Windschutzscheibe krepierten weiter die Insekten, aber nicht einmal Dale beachtete das jetzt mehr, wo er sich mit der Flasche vergnügen konnte. Als wir uns kennengelernt hatten, war er kein großer Trinker gewesen, aber das hat sich entschieden geändert. Und ich hatte natürlich schon von meinem Vater gelernt, einen zu zwitschern. Tatsächlich war er am Morgen meines sechzehnten Geburtstags in mein Zimmer gekommen, hatte eine Flasche auf mein Bett fallen lassen und gesagt: »Trinken wir einen aufs Saufen!« Und bei Gott, das hatten wir getan. Geburtstagskuchen hatte es keinen gegeben, dafür Ins-Gebüsch-Kotzen und ausgespienen Hochprozentigen auf den verkohlten Überresten der Geburtstagskarte, die meine Mutter aus dem Gefängnis geschickt hatte.

Dale, Pops und Bud stießen mit ihren Flaschen an, kippten das Zeug runter und sangen Songs vom Fahren. Dale und Bud sangen gotterbärmlich falsch, aber Pops hatte eine schöne Stimme. Sein Gesang war sicher nicht zuletzt deshalb so ein Ohrenschmaus für mich, weil ich mein Teil aus Buds Flasche getrunken hatte, aber so ist das mit allem im Leben. Ich habe mal einen Prediger, der uns Irrgläubigen den christlichen Marsch blies, sagen hören, Augen sehen und Herzen fühlen erst, wenn sie angeknipst worden sind. An Buds und Dales Ohren hatte niemand den Schalter für guten Geschmack umgelegt, und sie produzierten weiter ihre Katzenmusik, also sagte ich ihnen, sie sollten ihre Fressluken zuklappen und lieber Pops zuhören. Bud sah mich scheel an, und Dale kniff mich halbherzig von hinten, aber sie gaben beide ihre Singversuche auf.

Pops, dem die Bühne nun allein gehörte, nahm sein Hörrohr ab, damit er beim Singen nicht rauskam, und gab »The Lonesome Valley« sowie »In the Pines« zum Besten, eins gelungener als das andere. Am Ende des zweiten Liedes, als er das Wort *shiver* gerade so richtig schön lang zog, begann Bud, lautlos mit mir zu sprechen, er formte die Worte nur mit den Lippen. Zuerst bemerkte ich es nicht, deshalb kam die Botschaft nicht an, und er musste noch mal von vorn anfangen. Um sicherzugehen, dass ich ihn richtig verstanden hatte, widerholte ich seine Worte auf die gleiche Weise. Er antwortete mir, aber diesmal sah es anders aus als vorher. Ich wiederholte den Teil, den er nicht verstanden hatte, doch er schüttelte den Kopf und schlug aufs Lenkrad.

Etwas, formte er mit den Lippen.

*Was*?, fragte ich zurück.

Pop war gerade mitten in »Amazing Grace«, er hatte die Augen geschlossen und sang voller Inbrunst, als wir über eine kleine Anhöhe fuhren und Dale plötzlich hervorstieß: »Großer Gott!« Ich dachte, er wäre sauer wegen unserer lautlosen Unterhaltung, aber er guckte an uns vorbei durch die Windschutzscheibe, und jetzt sah ich, dass vor uns zwei Hunde mit schlanken Beinen die Straße entlangtrippelten. Es waren Bluthunde – große Kerle mit Schlappohren –, und ich schwöre bei allen Heiligen: Sie trugen beide eine Krawatte um den Hals. Wir waren vielleicht noch dreißig Fuß von ihnen entfernt, da riss Bud, der erst zu mir, dann zu

Dale geguckt hatte, den Kopf wieder herum und trat mit voller Kraft auf die Bremse. Wir gerieten ins Schleudern, rutschten auf ein geschottertes Stück am Straßenrand und wieder auf den Asphalt, schlitterten weiter, dann tat es einen lauten Knall, Bud sagte: »Das war der Reifen«, und Dale sagte: »Halt dich fest, Ottie Lee«, was ich tat, der ganze Wagen begann zu beben, dann ein Knacksen wie von nassem Holz, als irgendein Metallteil zerbrach, und der Geruch von verbranntem Gummi. Ich spürte Dales Hand auf meiner Schulter, so fest, als wollte er mich durch den Sitz drücken, und Pops sang aus voller Kehle weiter, als wäre er das Radio, und vor uns trabten die beiden Hunde mit wehenden Ohren und Krawatten davon, als hätten sie uns weder gehört noch gesehen.

»DU DENKST WOHL, ICH bin blöd, was?«, sagte Dale zu mir. Er sagte es, nachdem die Hunde verschwunden waren und Pops mit Singen aufgehört, sein Hörrohr wieder eingesetzt und gefragt hatte: »Was zum Teufel war denn das gerade?« Wir erzählten ihm, was passiert war, und dann erzählten wir es gleich noch einmal, denn er konnte es nicht glauben, und Bud sagte: »Tja, so sind wir auf den Hund gekommen ...«, aber keiner lachte über seinen kleinen Witz, also fluchte er stattdessen auf die Hunde und ihre unbekannten Besitzer und gleich auch noch auf den Rest der Welt. Wir tranken alle ein paar Schluck Whiskey und lachten darüber, dass es sich immer noch so anfühlte, als schüttelte es uns am ganzen Leib, dann stiegen wir aus.

»Nein«, sagte ich, »das ist nun etwas, was ich ganz entschieden nicht über dich denke.«

»Meinst du, ich wüsste nicht, was da läuft?«

»Tja, was meinst du denn, was da läuft?«

»Du denkst offenbar wirklich, ich bin dumm wie drei Meter Feldweg.«

»Wieso gerade drei?«

»Das ist eine Redewendung, Ottie Lee.«

»Ah, wie in einem Gedicht. Sag mir doch ein Gedicht vor.«

»*Auf*, Ottie Lee. Man sagt ein Gedicht *auf*, oder man *trägt* es vor.«

»Danke, mein Liebster. Trag mir doch ein Gedicht vor.«

»Den Teufel werd ich tun.«

Er hatte die Hände in den Taschen, und auch wenn die eine gerade im Auto noch auf meiner Schulter gelegen hatte, rechnete ich damit, dass sie oder die andere jeden Moment aus der Tasche schlupfen und auf mich niedersausen würde. So war das damals. Erst im vergangenen Herbst hatte Dale mir eine Salatschüssel an den Kopf gehauen. Ich hatte ihm beim Abendessen gesagt, das müsse aufhören mit ihm und seiner Vorstellung, dass wir mal Kinder haben würden, und mit allem, was da hinführte. Und zwar auf der Stelle. Er fragte mich, ob ich das ernst meinte, und ich sagte, er wisse doch, wenn ich etwas so klipp und klar sagte, sei es immer ernst gemeint, worauf er fragte, ob ich noch alle Tassen im Schrank hätte, und ich sagte, nein, vielleicht nicht, vielleicht liegt es ja einfach daran. Er sagte, wir hätten doch immer Kinder gewollt, von Anfang an, und jetzt hätten wir ein bisschen Geld beiseitegelegt, und es wäre an der Zeit, wir hätten lang genug gewartet und so weiter und so fort. Ich sagte, Kinder zu haben sei nicht alles, vielleicht sei es sogar gar nichts. Er solle mal an Bud denken, der habe Frau und Kind an die Spanische Grippe verloren, und seither sei es für ihn nur bergauf gegangen. »So, meinst du?«, sagte Dale. »Sie hat ihn gut versorgt hinterlassen, er hat das Geschäft übernommen.« »Von seiner Tochter?«, fragte Dale. »Du weißt genau, was ich meine«, sagte ich. »Vielleicht ja nicht«, sagte er. »Vielleicht bist du ja ein Trottel«, sagte ich. »Sei still, Ottie Lee Henshaw«, sagte er. »Ich will nicht mit deinem Nachnamen genannt werden, wenn wir uns streiten«, sagte ich. »Sei jetzt still.« »Gut, ich bin still. Ich bin ganz still und schau mal nach, ob ich irgendwo die Tassen finden kann, die ich nicht mehr im Schrank habe.« Dabei spuckte ich aus, dort am Küchentisch, nur ein bisschen – oder vielleicht doch etwas mehr als ein bisschen –, und ein Flatscher Spucke landete auf seiner Hand, und da nahm er die Salatschüssel und knallte sie mir mit solcher Wucht gegen den Kopf, dass ich vom Stuhl fiel. Was mich allerdings nicht davon abhielt, wieder aufzustehen und es ihm mit der Pfanne, einem Teller und der Salatgabel heimzuzahlen. Ich gebe nicht klein bei.

Da standen wir nun am Straßenrand. Bud lag vorn unter dem Auto und verfluchte immer noch die Hunde. Pops summte vor sich hin. Dale sah mich an, und ich schaute auf den Boden und sah einen Stein da liegen. Ich hätte ihn auch aufgehoben und benutzt, hätte Dale nicht in diesem Moment mit belegter Stimme gesagt: »Also, wer zuerst wegguckt.«

»Das verlierst du.«

»Ach, du meinst, du könntest mich schlagen? Das wäre das erste Mal, und das weißt du auch genau.«

»Das erste Mal, gottverdammt«, sagte ich, und auch meine Stimme war jetzt belegt.

Unsere Köpfe waren etwa sechs Zoll voneinander entfernt, seine beiden kleinen Augen waren zu einem normal großen verschmolzen. Er hatte die Hände aus den Hosentaschen gezogen und die schlaffen Hemdsärmel hochgekrempelt. Ich roch den Wintergreen-Kautabak auf seinen Lippen. In seinen dünnen Augenbrauen hingen Schweißtropfen, und ich musste daran denken, wie er gesagt hatte: »Halt dich fest, Ottie Lee«, und plötzlich stieg mit Macht das Gefühl in mir auf, dass ich ihn gern küssen würde. Vielleicht einfach nur so ein Küsschen auf die Wange, wie früher. Wie damals, bevor ich ihm gesagt hatte, dass er sich um seinen Schwanz ab jetzt selbst kümmern musste, oder meinetwegen könnte er sich ja von seiner Sau helfen lassen. Dafür hatte er mir auch eine gescheuert. Ich hatte damals ein ziemliches Mundwerk. Das will ich gar nicht abstreiten. Nur ein Küsschen. Auf die Stelle, wo sein Stoppelbart endete. Vielleicht würde er mir dann auch eins geben. Allerdings hätte ich dann Kautabakflecken auf der Wange. Ich biss mir auf die Lippe. Spreizte die Nasenlöcher. Konzentrierte mich wieder auf die bevorstehende Aufgabe.

»Komm mal rüber, Dale, und guck dir dieses Trauerspiel an«, sagte Bud.

»Hab gerade zu tun«, sagte Dale, ohne den Blick von mir abzuwenden oder auch nur zu blinzeln.

»Oh, störe ich bei einem Tête-à-tête? Sollen wir uns wegdrehen? Sehen so eure Schäferstündchen aus?«

»Kümmer dich um deinen eigenen Kram, Bud Lancer«, sagte ich, und fast hätte ich Dale in diesem Moment erzählt, was er ja eh schon ahnte, bloß kannte er halt die wesentlichen Details nicht. Hätte es ihm so erzählt, dass Bud es gehört hätte. Mit Pops als Zeugen. Und der hätte dann Candy Perkins und all den anderen Klatschbasen erzählen können, was Sache war – viel Rauch und wenig Braten. Bloß hätte ich damit eine Auseinandersetzung herbeigeführt. Zwangsläufig. Denn zum Teil stimmte es ja. Die Autofahrten fanden statt und das Gegrapsche auch. Und es wäre die Sorte Auseinandersetzung geworden, die Dale nicht gewinnen konnte. Ich würde es ihm später erzählen. Ich würde eine Möglichkeit finden, ihm zu erklären, wo unsere paar Dollar extra jeden Monat herkamen und warum ihn das nicht kümmern musste. Nicht allzu sehr jedenfalls. Es war ein ziemlicher Murks. Aber nicht der schlimmste in meinem Leben. Bei Weitem nicht. Dann sagte ich: »Verdammte Scheiße!«, denn mein Blick war abgeschweift.

»Ich will eine Revanche«, sagte ich zu Dale. »Das ist eine Forderung.«

Dale feixte. Er tippte mit ausgestrecktem Finger an meine Stirn. Nur ganz leicht. Er sagte: »Wir unterhalten uns später, geliebtes Weib.« Dann steckte er die Hände wieder in die Taschen, zwinkerte mir zu und ging nach vorn zu Bud.

WÄHREND DALE BUD HALF, lümmelte Pops mit der Flasche in der Hand seitlich am Wagen. Wo er stand, war es schattig, also ging ich zu ihm hinüber und lehnte mich neben ihn. Er bot mir einen Schluck an, und ich sagte nicht nein. Das Zeug in seiner Flasche war nicht so gut wie das in Buds Flasche, was nicht wirklich überraschte, aber seinen Zweck erfüllte es trotzdem.

»Schöner Abend«, sagte Pops.

»Kann man wohl sagen«, sagte ich.

»Schon dumm, das mit Buds Auto, aber ich bin froh, dass wir die Hunde nicht überfahren haben. So ein guter Hund, das ist schon was. Egal, was Bud sagt. Was meinst du, wer denen die Krawatten umgebunden hat?«

»Sag du's mir, dann sind wir beide schlauer.«

»Na, ich wünschte jedenfalls, ich hätte sie auch gesehen. Auf direktem Weg nach Marvel. Gottverdammt.«

»Wahrscheinlich sind sie längst dort.«

»Welche Farbe hatten die Krawatten denn?«

»Rot und Gold.«

Pops lächelte und seufzte. »Die Farben der Sonne. Herrje, ich wette, diese Sonnenstrahlen erleuchten bald den Platz vor dem Gerichtsgebäude. Das wird ein Hallo geben, wenn die Hunde da einlaufen.«



Es war ein hübsches Fleckchen, an dem wir liegen geblieben waren. Vor uns flatterten ein paar Vögel über dem wogenden Augustgetreide, und nicht weit von uns war eine kleine Erhebung, die aussah wie ein Kissen, auf das die Abendsonne ihren Kopf bettete. Ein paar zartgliedrige Insekten flogen durch das sanfte Licht, und die Blumen sahen, jetzt wo der Tag sich neigte, nicht mehr ganz so welk aus. Der Himmel hatte eine Farbe, die man nicht allzu oft sieht. Es war Lila darin, aber auch Rosa. Gelb, aber auch Orange und Braun. Es gibt keinen schöneren Ort für Sonnenuntergänge als das ländliche Indiana. Ich habe Indiana immer geliebt. Im Guten wie im Schlechten. Und daran hat sich nichts geändert. Bis heute nicht.

»Entschieden zu heiß allerdings«, sagte Pops.

»Heißer als ein Ziegelofen«, sagte ich.

Dale und Bud unterhielten sich über den Ersatzreifen, der nicht im Kofferraum lag, über den Werkzeugkasten, den Bud nicht hatte, und über die Achse, die höchstwahrscheinlich ohnehin gebrochen war.

»Kurz gesagt, wir sind am Arsch«, sagte Bud, der ums Auto herum gekommen war und neben uns einen Fuß auf das Trittbrett stellte.

»Da kommt ein Auto«, sagte Dale, und tatsächlich näherte sich auf der Straße ein großer schwarzer Wagen, gegen den Buds Auto klein wirkte. Er bremste ab, und hinter dem Lenkrad saß doch wahrhaftig Charley Goodwin, der mit der orangen Tinte unter den Nägeln.

»Na, schau mal einer an«, sagte er.

»Wir sind ins Schleudern geraten«, sagte Bud. Von den Hunden sagte er nichts, genauso wenig wie wir anderen.

»Ziemlich traurige Lage«, sagte Charley.

Es saßen noch vier oder fünf weitere Mehr-oder-weniger-Trottel in seinem Auto, und einige von ihnen hatten Flaschen mit etwas in der Hand, das zu gut aussah, als dass es aus einer braunen Papiertüte stammen konnte.

»Eine Leihgabe von meinem Onkel, der Wagen«, sagte Charley. »Bud ist nicht der Einzige hier, der Verwandtschaft hat.«

»Macht was her«, sagte Bud.

»Habt ihr noch 'nen Platz frei?«, fragte Pops.

»Das Auto ist voll, Pops«, sagte Charley. »Wobei, die gute Ottie würde mit ein bisschen Drücken wohl noch reinpassen.«

»Was denn drücken?«, fragte einer der Männer. Schallendes Gelächter im Auto, und alle stießen klirrend mit den Flaschen an. Ich erkannte nicht, ob es Dale oder Bud war, der als Erster sagte, dass sie die Klappe halten sollten.

»Na, na«, sagte Charley, »wir wollen doch keinen Streit. Obwohl wir in der Überzahl sind.«

»Wenn du meinst, dass ihr in der Überzahl seid, dann kommt doch raus, und wir zählen mal durch.«

»Nee, Bud«, sagte Charley. »Wir überlassen euch das Feld. Aber was das Zählen angeht – damit scheinst du dich ja demnächst mal genauer befassen zu müssen. Mit dem Zählen von grünen Scheinen, meine ich. Hab ich jedenfalls gehört.«

»Wenn von uns hier irgendwer was zu zählen haben sollte, dann wohl eher ich«, sagte Dale.

»Halt den Mund, Dale«, sagte Bud.

»Halt selbst den Mund«, sagte Dale.

Bud ignorierte das und wandte sich erneut Charley zu. »Fängst du jetzt wieder damit an?«

»Ich rede bloß so daher, hab ich doch vorhin schon gesagt.« Jetzt wo Charley nicht mehr mit dem Rücken zur Wand stand, klang sein Lachen nicht mehr so nervös. »Du weißt ja, wie solche Sachen weitergetragen werden. Wie auf Vogelschwingen.«

Charley machte eine flatternde Bewegung mit den Händen und lachte noch einmal.

»Komm, setz die Kiste mal wieder in Gang, damit wir die Show nicht verpassen«, sagte einer von den Holzköpfen auf dem Rücksitz.

»Na, das wollen wir ja nun nicht«, sagte Charley und zog die Hand wieder ins Auto. »Wir haben unterwegs schon einige Abenteuer erlebt, stimmt's, Jungs? Und jetzt wird's langsam dunkel. Bist du sicher, dass du nicht einsteigen willst, Ottie Lee? Neben mir ist noch ein Plätzchen frei.«

»Träum weiter«, sagte ich.

»Na dann, frohe Wanderschaft!«, sagte er und fuhr los.

Bud war nachdenklich geworden – er dachte bestimmt darüber nach, welche geschäftlichen Schwierigkeiten da wohl auf ihn zukamen –, und als Pops und Dale den sich entfernenden Rücklichtern von Charleys Wagen ihre Flüche hinterherschickten, beteiligte er sich nicht.

»Tja, dann laufen wir wohl besser mal los«, sagte er.

»Wieder zu Fuß, gottverdammt!«, sagte Pops.

»Ich gehe keinen Schritt zu Fuß«, sagte ich.

»Wer die Show sehen will, staubt besser seine Stiefel ab«, sagte Bud.

»Ich habe hochhackige Schuhe an«, sagte ich.

»Es wird uns schon jemand im Auto mitnehmen.«

»Im Auto mitnehmen, sehr witzig«, sagte Dale.

»Was bist du denn so widerborstig?«, fragte Bud.

Dale hatte ganz offensichtlich vergessen, dass wir später darüber reden wollten, und warf abwechselnd Bud und mir bitterböse Blicke zu.

»Man kann ja auf die verschiedensten Arten Leute im Auto mitnehmen, oder nicht?«, sagte er.

»Was zum Teufel soll das denn heißen?«, fragte Bud.

Dale schaute ihn noch ein letztes Mal lang an, dann spie er aus.

»Ja, das hab ich mir gedacht«, bemerkte Bud.

»Kommt, Jungs, steckt die Pistolen mal wieder ins Halfter, sonst findet die Show ohne uns statt«, sagte Pops.

»Bist du fertig?«, fragte Bud Dale.

»Wovon hat Charley da geredet?«, wollte Dale wissen.

»Von Sachen, die ihn nichts angehen. Und dich genauso wenig. Sachen, von denen er keine Ahnung hat. Gehen wir jetzt los oder nicht?«

»Wie wär's, wir trinken erst mal einen?«, sagte Pops.

»Von mir aus«, sagte Dale.

Es brauchte einiges gutes Zureden, aber schließlich brachte Bud ein Grinsen zuwege, und die drei griffen nach ihren Flaschen und tranken. Danach hielten Pops und Bud mir ihre Flaschen hin, aber ich ging zu Dale rüber und trank aus seiner. Das brachte Bud und Pops zum Lachen, und nach einer Weile entfinsterte sich auch Dales Miene und er lachte mit. Was bei ihm so aussah, dass er die Augenbrauen hochzog, mit dem Kopf nickte und zwischen den Schneidezähnen hindurch eine Extraportion ausspie. Er war weder dumm noch beschränkt, noch war er ein Idiot, und er hatte sowohl Bud als auch Charley die Stirn geboten. Außerdem hatte er die Hand auf meine Schulter gelegt und mich mal wieder bei »Wer als Erster wegguckt!« geschlagen. Ulkig, was einen auf dieser Welt so ereilt. Die Liebe in ihrer ganzen Absonderlichkeit. Ich beugte mich vor, spitzte die Lippen und gab ihm nun doch das Küsschen auf die Wange.

SCHLIESSLICH, UND DER INHALT ihrer Flaschen war daran nicht ganz unbeteiligt, kriegten sie mich doch herum, und ich erklärte mich bereit, zu Fuß zu gehen, also marschierten wir im Pulk los, die dämmerige Straße entlang. Ab und zu fuhr ein Auto vorbei, aber nie hielt eins an. Pops meinte, das liege wohl daran, dass sie alle keinen Platz hätten, so wie vorher Charley, aber Bud, der sich jetzt wieder über die Hunde ärgerte, und Dale, der trotz meiner Aufmerksamkeiten immer noch mürrisch war, sagten, das seien einfach allesamt Dreckskerle und Miststücke, die da in den Autos säßen. Es gab ein ziemliches Geunke darüber, wie lange wir zu Fuß nach Marvel brauchen würden, wo die Fackel der Klarheit für andere bestimmt längst loderte, wahrscheinlich amüsierten sie sich dort prächtig und machten sich bereit, ihre Leitern hochzuklettern und die Stricke festzumachen. Bud sagte, Marvel sei schon immer der Ort gewesen, wo man sich am besten amüsieren konnte – das wisse er genau, weil seine Schwester am Rand der Stadt wohne –, und Pops stimmte ihm voll und ganz zu. In Marvel wüssten die Leute zu lachen, und sie hätten immer die neusten Witze auf Lager. Bud bat Pops, einen der Witze zu erzählen, die er dort gehört hatte, nur keinen mit Hunden, aber Pops sagte, ihm falle keiner ein. Bud sagte, ihm auch nicht. Sie fragten mich, ob ich einen Witz erzählen könnte, aber bei der Hitze konnte ich mir auch keinen aus den Rippen schneiden.

»Trotzdem, wer sich amüsieren will, ist in Marvel richtig«, sagte Pops. Er habe gehört, dass erst am Tag zuvor eine Menschliche Fliege dort aufgetreten sei, fünftausend Leute seien gekommen, um zuzusehen, wie der Gebäudekletterer eine fünfstöckige Fassade hochgeklettert sei.

»Die haben einfach den Platz dafür in dieser schönen Innenstadt. Meine Schwester hat gesagt, dass die noch weiter bauen wollen und dass ich dort vielleicht eine Niederlassung aufmachen sollte, auch wenn in der Presse ständig von den schlechten Zeiten die Rede ist«, sagte Bud.

»Ich würde mal annehmen, dass die Leute dort das mit dem Sterben auch ohne dich hinkriegen«, sagte Dale.

»Oh, aber mit einer Versicherungspolice in der Tasche sterben sie viel entspannter! Die verschafft ihnen Seelenfrieden.«

»Vielleicht solltest du den Jungs, die am Strick in den Himmel befördert werden sollen, auch noch schnell eine Police in die Tasche stecken.«

»Damit würde ich doch nichts verdienen. Aber ich sag euch mal was – und scheiß auf Charley Goodwin –, wenn die Leute heute Abend Papa Tod erst mal aus der Nähe gesehen haben, dann wird das Telefon morgen gar nicht mehr aufhören zu klingeln, jede Wette!«

»Papa Tod?«, fragte Pops.

»Der große Chef«, sagte Bud.

»Du meine Güte«, sagte Dale.

Ungefähr alle fünfzehn Schritte nahm Pops seinen Hut ab, verdrehte ihn, sodass der Schweiß heraustropfte, und zog ihn sich wieder über den Kopf. Mit seinem Hörgerät sah er ein bisschen so aus wie einer dieser Roboter aus den Zeitschriftengeschichten, die Dale manchmal las. Im Frühherbst hatte Dale mal im Wohnzimmer am Ofen gesessen, eine dieser Geschichten gelesen und auf seine hässliche Art vor sich hin gekichert, als es an die Haustür klopfte. Es war eine Frau, die einen dicken Mantel anhatte, obwohl es warm draußen war, es gab nicht mal Grund zu frösteln. »Dürfte ich bitte hereinkommen?«, hatte sie gefragt. Das sagte ich jetzt auch, in der brütenden Hitze, aber keiner beachtete es. Ich sagte es noch einmal, wie in Trance. Ich hatte den Hut abgesetzt und benutzte ihn als Fächer. Bud gab es auf, mit seinen geschäftlichen Aussichten zu prahlen, da nicht einmal Pops vorgab zuzuhören, und fing stattdessen an, eine Geschichte zu erzählen, die ich schon zu oft gehört hatte, nämlich dass er früher im Cadle Tabernacle in Vorkämpfen geboxt hatte, doch ich fiel ihm ins Wort.

»Ich brauche einen Schluck Wasser, sonst sterbe ich.«

Bud sagte, keine halbe Meile von hier gebe es einen Laden, da würden wir so viel Wasser kriegen, wie wir nur wollten, und wahrscheinlich auch Nachschub für unsere fast leeren Flaschen.

Aber die Stelle, wo der Laden hätte sein sollen, kam und ging, und sie warfen einer nach dem anderen ihre leeren Flaschen ins hohe Gras. Wir liefen an schläfrigen Schweinen, schläfrigen Kühen und schläfrigen Pferden vorbei. An verfallenden Häusern und verfallenen Scheunen. Aus jeder noch so kleinen Baumgruppe, die wir passierten, quoll ein Schwarm Stechmücken hervor, aber Pops hatte eine Anti-Mücken-Salbe dabei, und wir schmierten uns alle gut ein. Nachdem wir dieses Problem einigermaßen im Griff hatten, war nicht mehr zu bestreiten, dass der Abend von einer gewissen Festlichkeit war. Die Vögel sangen ihre letzten Lieder, die Wolken bauschten sich am Himmel, in den Bäumen keckerten und schnalzten Eichhörnchen. Während wir uns Schritt für Schritt Marvel näherten, fuhren weitere Leute auf dem Weg zu dem Spektakel an uns vorbei, und jedes Mal gab es ein großes Hallo, wenn sie uns sahen, doch obwohl wir laut zurückriefen, hielt keiner von ihnen an. Bei einem der Wagen waren ein paar Dosen hinten an die Stoßstange gebunden, die klappernd über den Asphalt hüpften. Ein anderer war so dicht mit gelben Rosen besetzt, dass man nicht mehr erkannte, welche Farbe er hatte. Ich meinte, Candy Perkins oder eine ihres Schlags auf dem Beifahrersitz eines Roadsters vorbeiludern zu sehen, aber ich erhaschte nur einen flüchtigen Blick. Dann kam ein Heuwagen vorbei, der bis zu seinem piksenden Rand mit in Decken gekuschelten Pärchen beladen war. Es sah aus, als wären sie an Halloween falsch abgebogen und im August gelandet.

Kuschelig und zufrieden, wie sie da saßen, riefen uns die Heuwagenpärchen zu, wir sollten hochklettern und uns zu ihnen gesellen, aber der Fahrer sagte, noch schwerer dürfe der Wagen nicht beladen werden. Bud sagte, die Reifen sähen wirklich so aus, als könnten sie jeden Moment platzen. Beim Thema Reifen fingen Dale und Pops, während der Heuwagen davonrollte, wieder an zu murren, weil sie zu Fuß gehen mussten, und nach einer Weile spuckte Bud aus, knackste mit den Fingerknöcheln und sagte, sie sollten den Mund halten.

»Hör mal, glaubst du, du könntest gegen uns beide ankommen?«

»Ja, sag, schaffst du das?«, fragte Pops.

»Pah, mit euch beiden nehm ich es locker auf und mit ihr gleich noch dazu, selbst wenn sie ein paar von ihren Bleistiften parat hätte, um mich zu piksen.« Bud deutete auf mich.

»Was für Bleistifte?«

»Das ist doch scheißegal«, sagte Dale.

»Ticonderogas«, sagte ich.

»Die besten«, sagte Bud. »Ich kaufe immer gleich einen ganzen Karton und kriege sie deshalb billiger.«

»Jetzt gibt er sogar mit seinen Bleistiften an«, sagte Dale.

»Es sind ziemlich gute Bleistifte«, sagte ich.

Bud und Pops lachten, und Dale sagte zu ihnen, sie sollten sich Buds Bleistifte in den Arsch schieben, falls ich welche entbehren könnte, und ich sagte, wenn wir ein gottverdammtes Auto hätten statt dieses Wracks würde ich sofort ein paar holen, worauf Bud wieder mit den Fingerknöcheln knackste, Pops eine Bemerkung machte, die Dale zum Kichern brachte, und wir uns alle unter eine Eiche setzten, um zu rasten und uns ein bisschen zu kabbeln.

»Will einer von euch Armdrücken?«, fragte Bud.

»Als ich noch jünger war, hätte ich dich locker niedergemacht«, sagte Pops. Sein Blick war auf einen der unteren, langen Äste der Eiche gerichtet.

»Hört mal her«, sagte er. »Ihr lacht alle über mich, weil ich alt und fett bin, aber wenn ihr mir auf diesen Ast hochhelft, dann kriegt ihr mal richtig was zu sehen, das kann ich euch sagen.«

Dale sagte: »Niemand lacht über dich, Pops.«

»Und wenn schon. Helft mir mal hoch. Ich zeig euch was. Ich war nicht immer ein fetter alter Sack. Und ich kann mehr als gut singen.«

»So alt bist du doch gar nicht, Pops«, sagte ich.

»Wir sollten denen die Bäume lieber fürs Lynchen lassen«, sagte Dale.

»Komm, helfen wir ihm hoch, er will uns doch was zeigen«, sagte Bud. »Und ich will es sehen.«

Schließlich halfen wir alle drei, ihn auf den Ast hochzuwuchten. Da oben saß er dann eine ganze Weile und schnaufte, lauter als wir drei zusammen, und ich dachte schon, vielleicht war's das, vielleicht war das seine Nummer: fett und behörrohrt auf einem Baum zu sitzen. Was für sich genommen ja schon mal keine Kleinigkeit ist.

Aber es ging noch weiter, denn als sein Atem sich beruhigt hatte, sagte er: »So, ihr denkt, ich wäre altersschwach, aber jetzt schaut mal her. Schaut gut zu. Und denkt daran, dass ich das, was ich jetzt gleich tue, und noch viel mehr, früher auf einem Drahtseil gemacht habe.«

»Ist das wahr?«, flüsterte ich Dale zu.

»Musst du nicht ein paar Bleistifte spitzen?«, antwortete Dale.

Wir guckten. Pops stöhnte und schnaufte und richtete sich auf.

»Vorsichtig, Pops«, sagte Dale.

Pops lachte kurz, streckte dann die Arme seitlich aus und spie etwas Kautabak auf den Boden.

»Sag ihm, dass er da runterkommen soll, das ist doch idiotisch. Nachher fällt er runter und bricht sich den Hals«, sagte ich.

»Der kriegt das hin.«

»Niemals«, sagte ich.

»Ich kann Sie hören, Mrs. Henshaw«, sagte Pops. »Und ich weiß Ihre Sorge zu würdigen, aber ich kann Ihnen versichern, dass ich diese Übung schon so manches Mal vollzogen habe. Einmal habe ich eine ganze Nacht auf einem Drahtseil verbracht und am nächsten Morgen fünfzig Dollar dafür bekommen.«

»Du hast auf einem Drahtseil geschlafen?«, fragte ich.

 »Das ist gutes Geld«, sagte Bud.

»Fünfzig Dollar«, sagte Pops. Er sprach mit geschürzten Lippen, und seine Miene war konzentriert. Er ließ die Fingerspitzen flattern. Unter seinen Armen waren riesige Schweißflecken. Eine Fliege landete erst auf seinem Hörrohr, dann auf der Seite seines Gesichts, aber er konzentrierte sich weiter, als wäre nichts.

»So, jetzt, guckt ihr alle?«

»Wir gucken alle, Pops«, sagte Bud.

Pops sagte: »Also dann«, hob das eine Bein und schloss die Augen, zog die Arme vor die Brust und breitete sie wieder aus, und als seine Fingerspitzen so weit von seinem Kopf entfernt waren, wie es nur irgend ging, neigte er den Kopf, spannte das Bein auf dem Ast an und sprang. Er landete mit einem solchen Krachen auf dem anderen Fuß, dass ich dachte, nicht nur der Ast, sondern der ganze Baum würde herunterkommen.

»Ihr könnt aufhören, die Luft anzuhalten«, sagte Pops, öffnete die Augen und sah lächelnd zu uns herunter. Im selben Moment, als wäre es Teil seiner Nummer, erschien im Abendlicht ein Maisblattjunge, der in eine Trillerpfeife blies. Er saß auf einem Fahrrad, hatte die Pfeife im Mund stecken und sauste die Straße entlang, zufrieden wie ein Baptist, der seine Bibel auf die Registrierkasse schlägt. Als er uns sah, stieß er noch ein-, zweimal in die Trillerpfeife, bremste ab und kam schlingernd auf dem Schotter zu stehen.

»Heiß heute«, sagte er.

»Kann man wohl sagen«, sagte ich.

»Ist das die Straße nach Marvel? Hat mir jemand gesagt.«

»Da willst du hin? Ausgerechnet heute?«

»Könnte sein. Was macht denn der Bursche da oben?«

»Hier, das habe ich gemacht«, sagte Pops. Er hob wieder

das Bein, aber unsere Aufmerksamkeit war abgelenkt, und er ließ es wieder sinken.

»Hör mal, ich geb dir zehn Dollar für das Fahrrad«, sagte Bud.

Der Junge lachte und blies in seine Trillerpfeife.

»Sie würden ein Fahrrad von einem Maisblatt kaufen?«, sagte er. »Ich dachte, hier in der Gegend bringt man Maisblätter um. ›Ausgerechnet heute.‹« Er sah mich an, als er das sagte. Mit einem hübschen Grinsen.

»Ja, das würde ich tun, wenn mich das Rad an einem heißen Tag dahin bringen würde, wo ich hinwill«, sagte Bud.

»Teufel auch, ich würde dir fünfzehn dafür geben«, sagte Dale.

»Du hast doch gar keine fünfzehn«, sagte ich.

»Also, ich würde dir alles geben, was ich habe«, sagte Dale.

»Was du hast, ist exakt gar nichts, denn es ist alles entweder in meiner Handtasche oder von deinem Schwein aufgefressen.«

»Hat er ein Schwein?«, fragte der Junge. »Ich mag Schweine. Ich hab einen Großvater, der im Schlachthaus arbeitet. Haben Sie auch Schweine?«, fragte er dann und sah dabei Bud an. Er hatte den Kopf nicht zur Seite gewandt, nur die Augen.

»Ich bin im Versicherungsgeschäft«, sagte Bud.

»Dann verkaufen Sie mir doch eine Police.«

»Hast du Geld?«

»Ich hab das Fahrrad hier.«

Bud lachte. Der Junge nicht. Er schaute zu Dale hinüber, ebenfalls ohne den Kopf zu wenden, dann wieder zu Bud. Er sprach langsam.



»Vielleicht wollen Sie mir mein Fahrrad ja wegnehmen,

Mister.« Er sagte es ernst, aber Bud behandelte es wie einen Scherz.

»Und wenn ich es täte?«

»Brächten Sie das denn zuwege?«

»Jetzt hört euch mal an, wie dieses Maisblatt redet!«

»Und, brächten Sie es zuwege?«

»Natürlich. Wenn ich wollte, schon.«

»Warum tun Sie's dann nicht?«

»Vielleicht mach ich's ja noch.«

»Ich hatte auch mal ein Fahrrad, eine echtes Prachtstück, das war gebaut wie eine schöne Frau«, sagte Pops. Irgendwie war es ihm gelungen, allein von dem Baum herunter zu kraxeln und sich zu uns zu setzen. Mitten im Satz musste er husten, und dadurch verrutschte das Hörrohr. Jetzt drehte der Junge sowohl den Kopf als auch die Augen zur Seite und lächelte.

»Ihr habt doch alle 'ne weiche Birne von der Sonne«, sagte er.

Bud guckte ziemlich grimmig, als er das hörte, aber er stand nicht auf, und es war auch für ihn besser, fand ich, dass der Junge mit seinen kräftigen Beinen bereits davonsauste.

»Ich hätte mir das Fahrrad genommen, wenn ich es wirklich gewollt hätte«, sagte Bud, als der Junge weg war.

»Natürlich hättest du das«, sagte Pops. »Und wir hätten dir dabei geholfen. Stimmt's, Dale?«

Dale sagte nichts. Bud polterte, er hätte keine Hilfe gebraucht. Doch nicht bei einem Maisblattjungen mit Trillerpfeife.

»Ich weiß, dass du keine Hilfe gebraucht hättest. Ich sag ja bloß, dass wir dir geholfen hätten. Das ist was anderes. Das sind zwei verschiedene Dinge.«

»Wahrscheinlich«, sagte Bud. Er schaute zu mir herüber, zweifellos in der Hoffnung, ich würde noch ein bisschen nachlegen, von wegen, er hätte den Jungen mit dem kleinen Finger erledigen können, ohne auch nur einen Tropfen Schweiß zu vergießen, aber es war offenkundig, dass Pops das Schiff bereits wieder ins richtige Fahrwasser gelenkt hatte. In solchen Dingen war Bud unkompliziert. Ich lächelte ihn an, hielt aber den Mund.

»Na ja, jedenfalls ist so ein Fahrrad was Schönes«, sagte Pops. Er sagte es sanft und träumerisch. Als wären Fahrräder ein ebenso wichtiger Bestandteil seiner Vergangenheit gewesen, wie dass er schlanker gewesen war und auf Drahtseilen genächtigt hatte.

»Ganz bestimmt nicht«, sagte Dale. »Mit den verdammten Dingern hat man schneller einen Unfall gebaut, als man niesen kann. Und lass das nächste Mal Sassy aus dem Spiel, Ottie Lee.«

So nannte er seine Sau. Er hatte ihr im Frühling einen Namen gegeben, nur um mich zu ärgern. Gott im Himmel. Mehr muss ich dazu wohl nicht sagen. »Mir ist langweilig und heiß«, sagte ich. »Ich will meine Revanche.«

»Du kriegst keine Revanche, Ottie Lee.«

»Dann will ich tanzen.«

Dale schnalzte mit der Zunge und schüttelte den Kopf.

»Wir summen einfach dazu. Oder Pops singt etwas. Du singst doch für uns, während wir tanzen, Pops, oder?«

»Na klar«, sagte Pops. »Was soll es denn sein? Ich kann alles singen, und auf Bäume klettern kann ich außerdem. Das habt ihr doch alle gesehen, oder? Ihr habt gesehen, wie ich da oben auf dem Baum war? Der Junge hat mir die Schau gestohlen. Früher hab ich so was auf dem Drahtseil gemacht. Wann immer ich Lust hatte.«

Pops räusperte sich und brachte seine Stimmbänder in Stellung, und ich rappelte mich hoch, aber dann verblüffte Bud uns alle, denn er fing an zu weinen. Zuerst erkannte man es nicht richtig, es sah aus, als würde er mit gesenktem Kopf lachen.

»Jetzt kann mich wirklich nichts mehr überraschen«, sagte Dale.

»Lass ihn in Frieden«, sagte ich.

»Er denkt an die beiden, deshalb«, sagte Pops.

»Er hat zu viel getrunken, deshalb«, sagte Dale.

»Zu viel Alkohol und zu viel Sonne«, sagte ich. »Das wird schon wieder.« Ich wusste nicht, ob das stimmte, aber zumindest hatte ich etwas gesagt.

Bud räusperte sich und wischte sich den Mund ab. Er lächelte kläglich und sagte dann mit einem dümmlich-rührseligen Lachen: »Da hat mich doch glatt die Erinnerung eingeholt, hab gar nicht gemerkt, wie sie kommt … meine Kleine hatte auch ein Fahrrad.« Seine Stimme war wackelig. »Gerade wolltet ihr doch noch tanzen«, fügte er hinzu, und dann legte sich sein Gesicht in Falten, seine Schultern zuckten, und er verbarg das Gesicht in den Händen.

»Du wolltest wirklich mit mir tanzen, Dale Henshaw«, sagte ich.

Dale zuckte mit den Achseln, sah erst Bud, dann mich an. »Du bist doch diejenige, die nie tanzen will.«

Ich fing an, das abzustreiten, verstummte aber sofort wieder. Ich habe ja schon gesagt, dass es tatsächlich so war. Zumindest was den Teil des Tanzens betraf, von dem er redete.

Pops ging zu Bud rüber und klopfte ihm auf die Schulter, dann hieb er ihm ein paarmal mit Schmackes auf den

Rücken. Er sagte: »Auf jetzt. Wir müssen weiter. Wir müssen *los*!«

»Alles und jeder fährt zur Show, und wir sitzen hier herum«, sagte Dale.

Aber keiner von uns rührte sich.

UND OBWOHL BUD ZIEMLICH bald aufhörte zu weinen und wieder anfing zu prahlen und Witze zu reißen, hoben wir alle kaum den Kopf, als etwas später ein Pritschenwagen an uns vorbeiraste, seinem Scheinwerferlicht hinterher. Als der Wagen dann allerdings anhielt, merkten wir doch auf. Es dauerte eine Weile, bis sich der Staub gelegt hatte, aber auch ohne viel zu sehen, erkannten wir schnell, wer das war.

»Ottie Lee, Dale, Bud und der gute alte Pops!«, rief Sally Gunner uns aus ihrer Staubwolke heraus zu. Sie trug robuste schwarze Arbeitsstiefel und ein abgetragenes gelbes Kleid, das an den Schultern zu eng war.

»Hallihallo, Engelsmädchen«, sagte Bud.

»Hallo Bud!«, sagte Sally. »Wollt ihr mitfahren?«

Man kann sich ungefähr ausrechnen, wie lange wir brauchten, um in dieses Fahrzeug einzusteigen – ich auf die Vorderbank zu Sally, die Jungs hinten auf die Ladefläche, und schon preschten wir die Straße entlang.

»Du bist genau im richtigen Moment gekommen, wir waren ziemlich am Ende«, sagte ich.

»Kann ich mir vorstellen«, sagte Sally.

Ich war noch nie bei ihr mitgefahren, und ich hab ja schon erzählt, dass sie Besuch von Engeln bekam, aber sie war eine verdammt gute Autofahrerin. Dieser Pritschenwagen war wahrscheinlich noch für den Kampf gegen den Kaiser gebaut worden, aber sie jagte ihn die Straße entlang, als hätte man sie aus der Kanone geschossen. Sie hatte kräftige Arme, die gute Sally, und wenn das Lenkrad versuchte, eigene Wege zu gehen, riss sie es mühelos wieder herum.

Sally und ich waren zusammen zur Schule gegangen. Das war lange bevor sie einen Schlag auf den Kopf abgekriegt und daraufhin angefangen hatte, mit den Flügelwesen zu frühstücken. In der Schule war sie eine echte Leuchte. Als mein Vater genug davon hatte, mehr schlecht als recht Seife, Geschirr und Unternehmensanteile zu verkaufen, und mich daher nicht mehr wochen- oder monatelang zu den Spitzers in Obhut geben musste, von denen ich schon lange genug hatte, fanden Sally und ich zusammen, und eine Weile spielte ich regelmäßig mit ihr. Wir hüpften und rangen, sangen Lieder und fingen Frösche, und das eine oder andere Mal gingen wir sogar in den gleichen Kittelkleidern zur Schule. Dann wurden wir erwachsen. Sallys Vater, der mehr als zur Hälfte Maiswurzel war, hatte als Helfer auf einer großen Schaffarm gearbeitet. Er war beim Viehtreiben ums Leben gekommen, aber vorher hatte er noch auf dem Heuboden ein paar dicke Kanthölzer so gestapelt, dass sie jederzeit jemandem auf den Kopf fallen konnten.

»Das war früher der Wagen von meinem Daddy«, sagte Sally.

Der Pritschenwagen war alt und hatte keine Seitenfenster, und die Jungs hinten auf der Ladefläche klammerten sich wahrscheinlich mit aller Macht fest, aber jetzt kamen wir wenigstens nach Marvel. Wir würden hinkommen, uns einen Platz sichern und die Show sehen. Auch wir würden dabei sein, nicht nur Charley Goodwin, Candy Perkins und diese Bluthunde. Ich würde meine Botschaft erhalten. Mein Licht sehen. Das Licht, das die Dunkelheit vertreiben, mir den Weg zeigen würde. Und es war Sally, die mich dorthin brachte. Als wir zur Abzweigung nach Marvel kamen, von der aus es nur noch wenige Meilen gewesen wären, fuhr sie allerdings weiter geradeaus. Ich hörte einen der Jungs ans Rückfester hämmern, aber ich dachte mir, dass Sally wohl einen anderen Weg nach Marvel wusste, und fragte nicht nach. Bevor wir getrennter Wege gegangen waren, hatte ich mal mit Sally im Wald gespielt und mich irgendwann völlig verloren gefühlt, ich hatte geheult und nach meiner Mama geschrien, die natürlich nicht kommen konnte, aber Sally mit ihrer schönen Adlernase hatte uns nach Hause geführt, als wären wir nicht erst zwölf und wären nicht stundenlang durch die Waldsenken gestreift und von den Mücken fast totgebissen worden. Allerdings war das gewesen, bevor ihr ein Kantholz den Kopf fast eingedrückt hatte.

»Das wird was werden«, sagte ich.

»Keine Frage«, sagte sie.

»Da ist bestimmt die halbe Welt versammelt.«

»Das will ich hoffen.«

»In Ryansville haben sie sogar Busse organisiert.«

»Tatsächlich?«

»Wie geht's deinen Engeln?«

»Oh, denen geht's prima, bei Gott, ja!«

»Glaubst du, das jetzt könnte dieses Besondere sein, von dem sie geredet haben? Das mich angeblich erwartet? Das, wovon Abraham Lincoln gesprochen hat?«

»Kann schon sein.«

»Ich könnte nämlich gut ein bisschen Licht gebrauchen, Sally.«

»Könnten wir das nicht alle?«

»Und dass gerade du es bist, die mich hinbringt! Du bringst mich ans Ziel, Sally.«

»Tja, so ist es wohl!«

»Meinst du, du könntest ihnen noch ein paar Fragen dazu stellen?«

»Gott, nein, nach dem Frühstück sprechen sie nie zu mir, Ottie Lee.«

Wir rasten die Straße entlang, und nach einer Weile hämmerte, wer immer das gewesen war, nicht mehr ans Rückfenster, und ich dachte meine Gedanken und schluckte den einen oder anderen Zweifel herunter, der mir doch kam, wenn ich daran dachte, dass wir beim Lynchen von drei Maisblättern zuschauen wollten, ganz fest schluckte ich ihn herunter. Ich lenkte meine Gedanken in die Ferne, so gut ich konnte, und Sally summte ein hübsches Liedchen vor sich hin, viel schöner als jedes Pfeifen, und als wir vor einem kleinen Andachtshaus auf dem Land hielten, merkte ich erst gar nicht, dass wir keineswegs in Marvel angekommen waren. Im Gegenteil, ich war mir so sicher, tatsächlich da zu sein, wo wir nicht waren, dass ich die Tür aufriss, ausstieg und sagte: »Da wären wir!«

»Wo?«, fragte Pops.

»Das ist kein Lynchbaum, sondern ein Quäker-Andachtshaus«, sagte Bud.

»Hast du auch angefangen, mit Engeln zu reden, als du da vorn bei ihr gesessen hast? Wir sind die halbe Strecke wieder zurückgefahren«, sagte Dale.

Sie waren alle drei von Straßenstaub bedeckt, und Pops hielt sich die Hüfte und stöhnte leise.

Sally kam ums Auto herum, munter wie ein Flamingo im Süßwasser, und sagte: »Wahrscheinlich haben sie schon angefangen, aber das macht nichts, das geht sicher noch den ganzen Abend.«

»Wer hat mit was angefangen?«, fragte ich.

»Kommt mit rein, dann seht ihr's.«

Die Jungs warfen uns bitterböse Blicke zu, aber sie folgten uns trotzdem zur Kirche. Während der Fahrt hatte ich mich innerlich auf den Tumult in Marvel vorbereitet, darauf, was ich dort sehen und wie ich es empfinden und vor allem, was ich Neues erfahren würde, und deshalb wirkte das, was wir sahen, als wir nun die Schwelle der Kirche überschritten, besonders seltsam auf mich. Wie vorher die Bluthunde und Buds Geflenne war es so absurd, dass ich nicht wirklich begriff, was ich da sah. Zuerst schienen es ganz normale alte, gebeugte Köpfe zu sein, so wie man es erwarten würde. An die hundert. Und kein einziger regte sich oder sagte ein Wort. So weit, so gut, und nicht weiter aufsehenerregend. Dann hörte ich, wie hinter mir einer der Jungs scharf die Luft einzog, und im nächsten Moment tat ich das Gleiche. Denn jetzt hatte ich es auch gesehen: Die Leute, von denen die Kirche regelrecht überquoll, waren sowohl Maishaare als auch Maisblätter. Womöglich waren außer Sally auch noch ein paar weitere Maiswurzeln da, und Maiskörner noch dazu. Und sie saßen alle nebeneinander da wie ein riesiger gemischter Salat in einer riesigen Salatschüssel.

»Was ist denn das?«, fragte ich Sally flüsternd.

»Eine Gebetswache.«

»Wofür?«

»Gegen das Lynchen.«

Sally streichelte meinen Arm, als sie das sagte, und dann setzte sie sich neben eine Maisblattfrau mit lila Hut. Ich sah, wie Sally die Hand der Maisblattfrau drückte und wie die Maisblattfrau lächelte und den Händedruck erwiderte.

Manchmal verschlägt einem das Leben glatt die Sprache. Es dehnt sich vor einem aus, bis man es mit den Augen nicht mehr erfassen kann. Die Spitzers hatten einen Brunnen hinterm Haus, in den mich die anderen Kinder mal hinuntergelassen haben. Sie taten das, weil ich es wollte. Mr. Spitzer hatte beim Abendessen gesagt, er habe den Mond da drin schlafen sehen, und das wollte ich mir anschauen. Ich sah keinen Mond, als ich da unten war und die glitschigen kalten Wände über mir aufragten, aber das Ulkige war, dass ich meinte, den Brunnen etwas flüstern zu hören, bevor die anderen Kinder mich wieder hochzogen. Er flüsterte: »Überraschung!« Oben erwarteten uns Mr. und Mrs. Spitzer mit Ruten, und ich bin nie wieder in diesen Brunnen runter und habe seither auch kaum mehr daran gedacht, aber als mein Blick auf diese Gemeinde fiel, hatte ich genau dieses Gefühl: durch einen Schacht in eine Dunkelheit hinuntergelassen zu werden, an deren Grund sich Wasser befand. Wasser und noch etwas anderes. Etwas Lauerndes. Etwas in der Tiefe, das noch keinen Namen hatte.

Keiner von uns sagte ein Wort, als wir von diesem Gotteshaus weggingen. Wir setzten einfach einen Fuß vor den anderen und behielten alles, was wir nicht zu sagen hatten oder nicht zu sagen wussten, für uns. Wie die Maishaare und Maisblätter da drinnen nebeneinander gesessen hatten. Mit gebeugten Köpfen, Schulter an Schulter. Ein ganzes Haus voll. Ein paarmal schnaufte einer der Jungs laut oder kickte einen Stein in den Graben, aber das war's dann auch schon an Begleitmusik.

War mir nur recht. Ich baumelte gern noch ein bisschen über dem dunklen Wasser. Wer hat es nicht gerne mal still? Zu Hause brüllten immer die Tiere oder Dale murrte oder die Bodendielen gellten, als wären sie noch Bäume und würden gerade gefällt. Im Büro hörte ich immer Bud, der schnarchte, oder Bud, der ein Fenster auf- oder zumachte, oder Bud, der jubelte, weil er gerade wieder etwas verkauft hatte oder weil jemand auf die richtige Art gestorben war, sodass er die Versicherungsprämie nicht auszahlen musste, oder Bud, der mir sagte, ich solle ans Telefon gehen. Es hatten sich durchaus ein paar Grillen und Grashüpfer eingefunden, um zusammen mit den Vögeln und Eichhörnchen keckernd den Abend einzuläuten, aber diese ländlichen Geräusche kann man ja kaum als laut bezeichnen. Wenn man erst mal läuft – selbst wenn man schwitzt und es entschieden zu schwül ist und man noch einen weiten Weg vor sich hat und nirgends ein Tropfen für die ausgedörrte Kehle in Sicht – und dabei von niemandem zugequasselt wird, dann hört man irgendwann den eigenen Atem und die eigenen Schritte und spürt seine Arme durch die Luft schwingen.

Ich denke nicht nach, wenn es still ist. Ich erinnere mich nicht. Ich rufe mir zum Beispiel nicht ins Gedächtnis, wie Dale seine Zeitschrift zuklappte und die Frau, die in ihrem dicken Mantel vor unserer Tür stand, hereinbat. Wie er sie bat, hereinzukommen und sich zu setzen, obwohl selbst ein Blinder mit Krückstock gesehen hätte, dass an dieser Fremden alles verkehrt war.

Aber wer hat je von einer Stille gehört, die nicht, kaum dass man sich in sie eingefunden hat, lautstark geendet hätte? Nur wenige, kurze Minuten nachdem wir auf Buds Vorschlag hin eine Abkürzung durch ein müde aussehendes Bohnenfeld zu einem schläfrig wirkenden Sträßchen genommen hatten, hörten wir hinter uns Sally Gunner rufen, wir sollten auf sie warten.

»Was zum Teufel ist denn das jetzt?«, fragte Dale.

»Die Engelfrau kommt wieder«, sagte Pops.

»Beeilen wir uns, damit sie uns nicht einholt«, sagte Bud.

Aber genau das tat sie, Sally Gunner schloss auf und ging mit uns weiter.

»Ist die Andacht vorbei?«, fragte ich sie.

»Nein, ist noch im Gang. Ich habe doch gesagt, die haben gerade erst angefangen«, erwiderte sie.

»Aber du bist uns nachgekommen, um zu schauen, wie es uns geht und ob wir unseren Spaziergang genießen«, sagte Pops.

»Zum Teufel«, sagte Dale.

»Was ist mit deinem Wagen?«, fragte ich.

»Den hatte ich ein paar Jungs versprochen, damit sie noch andere Leute abholen können, die sonst nicht zur Gebetswache hätten kommen können.«

Bud und Pops blieben auf der Stelle stehen, als sie das hörten. Sie schüttelten den Kopf und spuckten aus. Dale warf mir einen kurzen Blick zu, den ich nicht zu deuten wusste. Dann gingen sie alle weiter.

»Tja, wir tippeln jetzt nach Marvel«, sagte ich.

»Ich weiß«, sagte Sally. »Ich wollte nur schauen, ob ihr zurechtkommt.«

»Tun wir.«

»Wollt ihr nicht doch vielleicht umkehren? Wieder zu uns kommen? Bei uns mitmachen?«

»Herrgott, Sally. Wir sind auf dem Weg nach Marvel.«

»Habt ihr was dagegen, wenn ich ein Stückchen mitgehe?«

Bud schnaubte.

Ich sagte Sally, ich hätte nichts dagegen. Im Gegenteil, ich würde mich freuen wie ein Honigkuchenpferd, wenn sie ein bisschen mit uns durch den Abend spazierte. Wir würden es nämlich ungemein genießen, zu Fuß nach Marvel zu gehen, besonders nach dem Besuch ihrer wunderbaren Gebetswache, und würden ihren Pritschenwagen kaum vermissen. Zu Fuß gehen, erklärte ich ihr mit einem breiten Grinsen, sei schön und gesund und in guter Gesellschaft eine wahre Freude.

»Das sehe ich genauso. Ottie Lee. Ganz genauso.«

»Zum Teufel«, sagte Pops.

Dale bedachte mich wieder mit diesem Blick, den ich wieder nicht zu deuten wusste. Ich formte lautlos die Worte »*Was ist*?« mit den Lippen, aber kaum hatte ich es getan, fiel mir ein, dass es ihn daran erinnern würde, wie Bud und ich uns im Auto lautlos unterhalten hatten, und tatsächlich warf er mir einen galligen Blick zu und stapfte davon.

Die Jungs beschleunigten alle ihren Schritt und liefen voraus, sodass nach einer Weile Sally und ich allein durch die Nacht gingen. Ich quasselte noch ein bisschen auf sie ein, schwärmte von den Freuden des Zu-Fuß-Gehens und was für ein Glück es sei, dass wir nicht mit einem schnellen Wagen nach Marvel fahren müssten, aber sie ließ das alles mit einem liebenswürdigen Lächeln an sich abprallen. Ein-, zweimal setzte ich an, eine bissige Bemerkung über Abraham Lincoln und ihre Engel zu machen, aber ihr ständiges Lächeln, Nicken und Beipflichten nahm mir den Wind aus den Segeln. Also liefen wir einfach nur weiter. Füße und Arme in gleichmäßiger Bewegung. Selbst unser Atem ging fast gleichzeitig. Ich merkte, dass ich ihr gern von dem Brunnen erzählen würde und wie er »Überraschung!« geflüstert hatte und dass mir das eingefallen war, als ich ihre Gebetswache gesehen hatte, also erzählte ich es ihr, und sie nickte und sagte, es sei ja auch eine Überraschung, eine wunderbare Überraschung, denn das sei die Zukunft, was da mit gebeugtem Kopf gesessen habe.

Und während sie das sagte, passierte etwas. Es war nichts Großes und dauerte nicht lang, aber wie wir da so schwungvoll unseres Weges gingen, hatte ich ein, zwei Dutzend Schritte lang das Gefühl, ich wäre aus mir hinaus geschwebt, in den tiefen Brunnen hinunter, durch das dunkle Wasser und dann in Sally hinein und schaute nun aus ihren kleinen Augen auf die Straße. Vor uns sah ich Pops, Dale und Bud, und zu meiner Seite konnte ich Ottie Lee sehen – eine vollbusige Frau im grünen Kleid, mit einer hübschen kleinen Nase und dem einen oder anderen Fältchen um die Augen, das Haar in der Hitze schlaff, die Miene finster. Der Abend umhüllte mich weich, während ich so des Weges ging. Als Sally. Nicht als ich selbst. Meine Füße taten nicht mehr weh, und es war plötzlich nicht mehr so wichtig, möglichst schnell anzukommen.

»Lass uns ein bisschen langsamer gehen«, sagte ich. Da war ich allerdings wieder in meinem alten Ich. Sally antwortete nicht, also kniff ich einen Moment lang die Augen zu, und als ich sie wieder aufmachte, war ich erneut durch das Wasser im Brunnen geschwebt und guckte aus ihren Augen, und diesmal bemerkte ich im Gegensatz zu vorher, dass in den Bäumen kleine Lichtpünktchen umherschwirrten. Sie waren hübsch, und ich wäre am liebsten zu ihnen gegangen, aber ich wusste, dass das nicht richtig gewesen wäre, also ging ich einfach auf meinen geborgten langen Beinen weiter, schwang meine geborgten langen Arme, und nach weiteren ein, zwei Dutzend Schritten sprach Sally mit meinem Mund und sagte: »Komisch, alles fühlt sich plötzlich anders an. Und sieht anders aus«, und ich sprach mit Sallys Mund und sagte: »Allerdings«, und Sally sagte: »Na ja, ich wollte einfach ein Stückchen gehen«, und ich sagte: »Bleib doch noch ein bisschen«, und Sally: »Ich weiß nicht«, und ich fragte: »Warum denn nicht?«, und sie sagte: »Mir gefällt das nicht, wohin ihr unterwegs seid«, und ich fragte: »Wohin sind wir denn unterwegs?«, und sie antwortete: »Ihr wollt doch zuschauen, wie Maisblattjungs gelyncht werden, oder?«, und ich sagte: »Das ist der Plan«, und sie sagte: »Das ist die falsche Richtung«, und ich sagte: »Es soll falsch sein, zuzugucken, wie welche gelyncht werden?«, und sie sagte: »Ich finde Bud süß, er ist wirklich süß«, und ich sagte: »Ich geh da trotzdem hin, Sally, ich geh da hin«, und sie sagte: »Erzähl ihm das aber nicht, Ottie Lee«, und ich sagte: »Zur Fackel der Klarheit, dem Leuchtfeuer, Abraham Lincolns hellem Licht«, und sie sagte: »Das würde ich nämlich nicht verkraften, wenn du ihm das sagen würdest«, und ich sagte: »Ich brauche Klarheit, ich muss etwas sehen, das wahr ist«, und sie sagte: »Versprich mir, dass du es ihm nicht erzählst«, und ich fragte: »Was soll ich ihm nicht erzählen?«, und sie sagte: »Er war mal nett zu mir. Mir hat das so leidgetan, das mit seiner Frau und seiner Tochter, besonders seiner Tochter, sie war ja noch klitzeklein, als sie gestorben ist«, und ich sagte: »Vorhin hat er deswegen geweint«, und sie fragte: »Bud Lancer hat geweint?«, und ich sagte: »Ich hab meinen Augen kaum getraut«, und sie sagte: »Er hat ein weiches Herz«, und ich sagte: »Bist du mit deinen Engeln hier rausgekommen, um über Bud zu reden?«, und sie sagte: »Abends sehe ich meine Engel nie«, und ich sagte: »Zum Teufel«, und sie sagte: »Bitte fluch nicht, Ottie Lee. Ich muss jetzt gehen«, und als sie das sagte, schaute ich wieder durch meine eigenen Augen und atmete durch meine eigene Nase, und die kleinen Lichter in den Bäumen waren weg, und es blieb nichts anderes zu tun, als wieder zu denken und mich zu erinnern, auszuspucken und zu erschauern und Sally hinterherzusehen.

»Wo ist sie denn hin?«, fragte Bud. Er und die anderen waren stehen geblieben, damit ich aufschließen konnte. Sobald ich sie erreicht hatte, gingen sie weiter.

»Zurück zur Kirche, um zu beten, nehm ich mal an«, sagte ich.

»Kirche, zum Teufel!«, sagte Dale und rülpste.

»Was wolltest du mir vorhin eigentlich sagen?«

»Gar nichts.«

»Sie findet dich süß, Bud, sie mag dich«, sagte ich.

»Einen Teufel tut sie.«

»Vielleicht ist es sogar Liebe.«

»Ich glaube, mich hat der Blitz getroffen – gleich sterbe ich, und ihr könnt mich unten am Fluss begraben und ein paar Lieder singen«, sagte Bud.

»Sally Gunner, die Engelsbotin«, sagte ich.

Bud begann im Kreis zu rennen und mit den Armen zu schlagen. Er war viel unterhaltsamer, wenn er herumalberte, als wenn er weinte oder prahlte, und ich rannte hinter ihm her und schlug ebenfalls mit den Armen.

»Ihr macht mir Angst, ihr beide«, sagte Dale.

»Wir fliegen der Zukunft entgegen!«, rief ich.

Das taten wir noch einen Moment lang, dann hörten wir auf und gingen weiter und lachten dabei noch ein ganzes Weilchen, bis Pops plötzlich stehen blieb und einen leisen Pfiff ausstieß. »Ei der Daus, wenn das nicht ein paar Maisblätter mit einem Fuhrwerk sind«, sagte er.

VIEL SAHEN WIR NICHT mit dem Mond als einziger Beleuchtung, aber tatsächlich, da waren sie, vier Maisblätter, die ein Fuhrwerk mit zwei Sitzbänken aus einer tiefen Furche zu zerren versuchten. Aus der Nähe sahen wir, dass es drei Frauen und ein kleiner alter Mann waren. Sie hatten alle ihren Sonntagsstaat an, und als wir aus dem Dunkeln auftauchten, stieß die Ältere unter den drei Frauen einen Schrei aus.

»Stellt euch hinter mich«, sagte der Alte zu den dreien. Obwohl er so klein war, hatte er eine tiefe Stimme. Sie taten wie geheißen.

»Stecken geblieben, hm?«, fragte Bud.

Der alte Mann antwortete nicht, und die Frauen schüttelten den Kopf, schauten zu uns herüber und murmelten irgendwas. Ab und zu stampfte das Maultier auf und schlug mit dem Schweif.

»Sieht aus, als wären sie in der Furche festgefahren«, sagte Pops.

»Habt ihr zufällig Wasser dabei?«, fragte Dale.

Der Alte deutete zu dem Fuhrwerk, und Dale ging hin und nahm einen Krug herunter. Als er damit zurückkam, flog ihm eine Motte vors Gesicht, und er schrak zusammen.

»Du willst das ja wohl nicht trinken, oder?«, sagte Bud.

»Teufel noch mal, warum denn nicht?«, sagte Dale. »Vorhin wolltest du einem Maisblatt ein Fahrrad abkaufen, und jetzt willst du denen ihr Wasser nicht trinken?«

»Ich hätte mir das Fahrrad genommen, wenn ich es gewollt hätte«, sagte Bud.

»Ich habe schon früher mit Maisblättern getrunken«, sagte Pops.

»Schmeckt genau wie Wasser«, sagte Dale und goss sich eine ordentliche Portion davon in die Gurgel.

»Ich versuch auch mal was davon, wenn es den Leutchen hier recht ist«, sagte Pops.

Der alte Mann nickte langsam und argwöhnisch, und Pops schwappte sich einen Schwung Wasser ins Gesicht. Er versuchte es noch einmal, und jetzt gelangte auch etwas in seinen Mund. Als er fertig war, reichte er mir den Krug, und ich trank auch einen Schluck. Der Alte schaute zwischen uns hin und her. Eine der Frauen, die Hellste schien sie mir nicht zu sein, war auf die Knie gegangen und hatte die Hände gefaltet. Dabei sah sie mich direkt an.

»Kommt ihr aus Marvel?«, fragte Bud.

»Ja, da wollten wir weg, aber irgendwie holt es uns immer wieder ein«, sagte der Mann.

»Ist die Show schon losgegangen? Erzählt mal«, sagte Bud.

»Red nicht mit denen, Jasper«, sagte die ältere Frau.

»Jasper – ist das dein Name?«, fragte Bud.

»Bisher war er das jedenfalls«, sagte der alte Mann. »Ich habe ihn in Europa benutzt, als ich Uniform getragen habe. Er steht in der Besitzurkunde für mein Haus. Wer nicht zu meinen Freunden oder Verwandten zählt, nennt mich allerdings normalerweise bei meinem Nachnamen und setzt ein *Mister* davor.«



»Seid ihr auf dem Weg zu dieser Andacht?«

Der Mann antwortete nicht.

»In dem kleinen Andachtshaus ungefähr eine Meile von hier? Da waren wir gerade. Die ist noch im Gang.«

Der Alte kniff die Augen zusammen, dann zuckte er die Achseln.

»Tja, Jasper, das ist dein Glückstag heute, vielleicht schaffst du es noch hin, denn meine Freunde und ich werden dir helfen, dein Fuhrwerk aus dieser Furche zu ziehen.«

Der alte Mann sah Bud lange an, dann nickte er.

»Ein bisschen Hilfe könnten wir gut gebrauchen«, sagte er. »Wir sind zu schnell um die Kurve gefahren.«

»Wer mir Wasser gibt, wenn ich durstig bin, dem helfe ich auch«, sagte Pops. »Das ist nicht mehr als recht und billig.«

»Stellt euch hinter den Wagen und schiebt«, wies Bud uns an.

Bud, Dale und Pops stellten sich hinter den Wagen, der alte Mann nahm das Maultier am Halfter, und als er zu ihm sagte: »So, jetzt«, schoben sie kräftig.

»Steckt ordentlich fest«, sagte Bud, wischte sich die Stirn ab und keuchte etwas, als der Wagen wieder zurücksank.

»Ja, Sir, so ist es«, sagte der Alte.

»Aber wir geben uns noch nicht geschlagen. Ihr Mädels, kommt mal rüber und helft mit.«

Die drei Frauen schauten zu dem alten Mann, und ich schaute zu ihnen. Im nächsten Moment standen wir alle zusammen hinter dem Fuhrwerk. Während wir uns zum Anschieben bereit machten, fixierte mich die junge Frau, die auf den Knien gewesen war.

Dann sagte sie: »Sie sollten so was an einem Tag wie heute nicht machen. An gar keinem Tag.«

»Euch helfen?«

»Nichts von alledem«, sagte sie. »In der Stadt haben sie

ein blutiges Hemd aus einem Fenster gehängt, wussten Sie das?«

»Ich hab davon gehört.«

»Es war voller Blut. Und da waren Leute in der Menge, die darauf gedeutet und gelacht haben.«

»Warst du da? Vor dem Gerichtsgebäude?«

»Wenn ich dahin gegangen wäre, hätten die mich umgebracht.«

»Tja, ich weiß nicht, warum du mir das erzählst.«

Darauf sagte sie nichts mehr, sie schüttelte nur den Kopf und schwieg, und eine halbe Minute später hatten wir das Fuhrwerk rausgehievt.

»Die Mädels haben ganz schön Kraft«, sagte Bud.

Der alte Mann machte sich unverzüglich daran, auf das Fuhrwerk zu klettern. Aber genauso unverzüglich legte Bud ihm die Hand auf die vogelzarte Schulter. Der Alte hielt einen Moment inne, dann stieg er langsam wieder herunter.

»Ihr wolltet doch aus der Stadt weg und zu dieser Andacht, oder?«, fragte Bud.

»Ja«, erwiderte der alte Mann.

»Ist gerade ein bisschen ungemütlich in Marvel, nehme ich an«, sagte Bud.

»O Gott, da haben wir's«, sagte die junge Frau, die mich angesprochen hatte.

»Beruhige dich und zeig Haltung«, sagte die Ältere.

»Kein Grund zur Aufregung«, sagte Bud. »Aber es ist wahrscheinlich leicht zu erraten, dass wir drei und die Dame hier die Show sehen wollen. Bei allem Respekt vor gesetzestreuen Leuten wie euch, die in die entgegengesetzte Richtung zu einer Andacht mit gemischten Teilnehmern unterwegs sind.«

Der Alte sagte nichts.

Ich konnte Bud im Dunkeln nicken sehen und hören, wie er etwas heiße Abendluft zwischen den Zähnen einsog.

»Und das bringt uns in eine missliche Lage«, sagte er, »denn ihr Leutchen habt ein gutes Fuhrwerk, und aufgrund von Umständen, die außerhalb unserer Kontrolle liegen, sind wir ohne ein geeignetes oder brauchbares Transportmittel, und wir haben noch einen weiteren Weg vor uns als ihr.«

»Geeignet und brauchbar ist das Gleiche«, sagte ich.

»Das Fuhrwerk gehört nicht uns«, sagte der alte Mann.

»Wem dann?«, fragte Pops.

»Wir wollen keinen Ärger«, sagte die ältere Frau. »Ärger gibt es auf dieser Welt heute Abend schon genug.«

»Das habe ich auch nie behauptet, Ma'am«, sagte Bud. »Habe ich das behauptet?«, fragte er Dale.

»Nein, hast du nicht«, antwortete Dale.

»Herr, steh uns bei«, sagte die junge Frau.

»Komm zur Sache, Bud«, sagte Dale.

»Zur Sache?«, fragte Bud. »Zu welcher Sache denn?«

»Er will euer Fuhrwerk, Grandpa«, sagte ich.

Bud legte den Kopf auf die Seite und hob die Hände. »Ich habe sie nicht umsonst eingestellt.«

Pops sagte: »Ich finde das nicht richtig. Findest du das richtig, Dale?«

Dale verschränkte die Arme vor der Brust. »Nein«, sagte er. »Finde ich nicht.«

»Dann würde ich sagen, wir lassen sie ziehen.«

»Und ich sage, lassen wir doch die Frau entscheiden«, sagte Bud.

»Ottie Lee soll entscheiden?«, fragte Dale.

»Warum nicht? Sie hat doch zu allem eine Meinung.«

Alle drehten sich zu mir um. Die zitternde junge Frau ganz besonders. Die mit ihrem *Gott, hilf uns* und ihrem blutigen Hemd und so weiter. Mit ihrem *Ich* sollte so etwas nicht tun. Dann hätte ich nichts von meinem Leben tun sollen. Ich habe die Jungs damals dafür bezahlt, dass sie mich in den Brunnen runterließen. Einen Nickel pro Kopf. Ich wusste, dass wir alle Prügel kriegen würden, wenn ich wieder hochkam. Mir Prügel von den Spitzers einzuhandeln war meine Spezialität. Mein Vater hat früher immer gesagt, ich wär ganz meine missratene Mutter. Einmal hab ich ihm Glassplitter in die Flasche getan. Er hat sie heruntergschluckt und ist nicht gestorben. Wir tun alle mal was. Sie sah mich wieder an, die Zittrige. Weil ich eine Frau bin. Herr, hilf uns. Und ihre Lippen bewegten sich. Als würden ich und der Herrgott das goldene Seil halten, an dem sie und die anderen aus all ihren Problemen herausgezogen werden könnten.

»Wir nehmen das Fuhrwerk«, sagte ich.

»Ist das dein Ernst, Ottie Lee?«, fragte Dale.

»Ja«, sagte ich.

»Für mich sieht das eindeutig nach Ernst aus«, sagte Bud.

»Allmächtiger Gott«, sagte Pops.

»Jetzt klingst du schon genauso wie die«, sagte ich, den Blick auf der jungen Frau, die ihre Gedanken wieder gen Himmel gelenkt hatte und mich nicht mehr ansah.

Der alte Mann sagte kein Wort, er machte sich nicht mal die Mühe auszuspucken. Auch die Frauen sagten nichts mehr. Sie standen allesamt schweigend neben ihrem Wasserkrug, während Bud das Fuhrwerk wendete, und sie schwiegen, während wir uns hochwuchteten und davonfuhren. Ein Teil ihres Schweigens fuhr auf den leeren Sitzplätzen mit, aber es dauerte nicht lang, bis der Fahrtwind es fortgeweht hatte.

POPS MAULTE UND MURRTE herum, nachdem wir das Fuhrwerk genommen hatten, und wollte sich nicht zu uns auf eine der Bänke setzen. Er saß im Schneidersitz auf der Ladefläche, schwankte hin und her und führte unüberhörbare Selbstgespräche. Er redete über seine Kirche und sein Land und über – ausgerechnet! – Abraham Lincoln, so wie dieser alte Mann in Ryansville. Er behaupte ja nicht, dass Maisblätter nicht Maisblätter wären und Maishaare nicht Maishaare, aber er habe im Krieg gedient und erlebt, wie frisch aus Afrika gekommene Maisblätter mit bloßen Händen gegen den Kaiser gekämpft hätten und wie amerikanische Maisblätter ins Gefecht gezogen wären, wo niemand sonst mehr dazu bereit war. Dale saß bei uns auf der Bank, aber er ließ keinen Zweifel daran, dass er auf Pops' Seite war. Zuzusehen, wie eindeutige Verbrecher gelyncht wurden, sei eins, aber Leuten, die niemandem etwas zuleide getan hätten, ein Fuhrwerk mit Maultier zu stehlen, das sei etwas ganz anderes.

»Es ist geliehen«, sagte Bud.

»Ach so – geliehen, nicht gestohlen, entschuldige, das habe ich wohl missverstanden«, sagte Dale.

Pops sagte, wenn er jünger wäre und sich nicht mit seinem Kropf herumschlagen müsste, hätte er eingegriffen, aber er sei eben nicht mehr jung und habe einen Kropf.

Und der mache ihm schwer zu schaffen. Die reine Marter sei das, um es klar zu sagen. Er mache nachts kein Auge zu.

»Du hast den Kropf doch wegmachen lassen«, sagte Bud.

»Was?«, sagte Pops.

»Auch wenn ich in der Grundsatzfrage deiner Meinung bin: Du hast keinen Kropf mehr. Schon seit fünf Jahren, soweit ich weiß«, sagte Dale.

Pops schnaubte. Er sagte, auch wenn der Kropf nicht mehr da sei, habe er trotzdem noch Schluckbeschwerden, und überhaupt sollte man Leuten, die auf dem Weg zu einer Gebetswache waren, einfach nicht ihr Fuhrwerk wegnehmen und sie im Dunkeln am Straßenrand stehen lassen.

»Im Dunkeln kann man gut beten. Ich bete im Dunkeln immer am besten«, sagte Bud.

»Du betest? Seit wann denn das?«, fragte ich.

»Ich bete oft«, sagte Bud.

Ich wollte schon etwas dazu sagen, aber dann fiel mir ein, wie er um seine Frau und seine Tochter geflennt hatte, und verkniff es mir.

Hinter uns rülpste Pops, und Bud fing an zu lachen, erinnerte sich dann aber daran, dass wir nichts mehr zu trinken hatten. »Ich habe Durst«, sagte er.

»Hättest du mal was von dem guten Maisblatt-Wasser getrunken, bevor du denen das Fuhrwerk gestohlen hast«, sagte Dale.

»Das Fuhrwerk, in dem du selbst gerade sitzt, lieber Gatte«, sagte ich.

»Nicht die Art von Durst«, sagte Bud. »Pops, hast du Durst?«, rief er nach hinten.

»Was hast du gesagt?«, fragte Pops.

»Funktioniert dein Hörgerät nicht mehr?«

»Doch, tadellos.«

»Ich habe gefragt, ob du Durst hast?«

»Könnte sein.«

»Könnte sein oder ist so?«

»Ich wär einem Schlückchen auch nicht abgeneigt«, sagte Dale. »Auch wenn das vorhin nicht in Ordnung war.«

»Du hättest ja nicht mitfahren müssen«, sagte ich.

»Ach, du meinst, ich hätte bei denen bleiben sollen?«

»Ich sage bloß, dass du die Wahl hattest. Wir hatten alle die Wahl.«

»Stimmt. Jeder Einzelne von uns.« Dale sah mich lange an, als er das sagte.

Ich sah ihn auch an und sagte: »Fahren wir jetzt nach Marvel oder nicht?«

»Vielleicht hilft uns ja dieser Hokuspokus hier, den Weg zu finden.« Bud hatte die Zügel im Schoß liegen und die Hände auf etwas, das ich, als ich mich rüberbeugte, erst für ein Gemälde hielt, aber dann sah ich, dass es eine Art Landkarte war. Sie war aufgerollt gewesen und bog sich an den vier Ecken nach innen. Bud sagte, er hätte sie auf dem Boden des Fuhrwerks gefunden.

»Hab sie wohl etwas zerknittert. Da sind Zeichen und Markierungen drauf. Und lauter Bilder. Guckt euch das mal an. Da fehlen nur noch ein paar Hexen auf ihren Besen.«

Ich sagte, er solle die Karte mir geben, damit er das Fuhrwerk lenken und ich sie mir genauer ansehen könnte, und er sagte, er wolle sie eh nicht, und reichte sie mir. Dale beugte sich herüber, um auch zu gucken. Pops blieb hinten und grummelte vor sich hin. Die Karte war von Hand gezeichnet, eindeutig. Auf einer Art Metzgerpapier. Der Rand war rundherum mit kleinen Bildern von Maisblättern und Maiswurzeln beklebt. Bilder, die aus Zeitungen und Zeitschriften ausgeschnitten und sorgfältig aufgeklebt waren.

Der Rest der Karte war mit leuchtendem Grün, Gold und Rot, Blau, Silber, Lila und Schwarz verziert. Ich dachte, dass sich vielleicht noch weitere Farben darauf verbargen, aber im Dunkeln war das schlecht zu sehen.

»Gibt es auf diesem Fuhrwerk eine Laterne?«, fragte ich.

»Eine Laterne, zum Teufel«, sagte Bud.

Dale zog eine Schachtel Streichhölzer aus der Tasche und riss eins an der Bank an.

Er schirmte es mit der Hand ab und hielt es nah zu mir, und mein Blick wanderte den Rand des Blatts entlang, erst über die kleinen Fotos, die es umrahmten, lauter kleine Gesichter, strenge wie lächelnde, dann über den Bereich darunter, wo in einer hübschen Handschrift *Norden*, *Osten*, *Westen* und so weiter stand, jeweils in einer eigenen Farbe. Weiter zur Mitte hin waren eine paar verstreute Ortschaften eingezeichnet, zum Beispiel Carlsboro und Oil City, Cherryton und Margaretsville. Aber keinerlei Straßen oder Fahrwege. Verflixt. Nur der Fluss, ein gewundenes schwarzes Band, das sich quer über die ganze Karte zog. Das erste Streichholz erlosch, Dale riss ein neues an, und ich beugte mich wieder vor und sah jetzt, dass hier und da schwarze Punkte über das Papier verteilt waren, neben den Orten und auch nicht daneben. Dale tippte mit dem kleinen Finger der Streichholzhand auf einige dieser Punkte, und ich sagte, er solle aufhören, aber er sagte, er tippe da drauf, so viel er wolle.

»Das ist die richtige Einstellung«, sagte Bud.

»Kümmer dich um deinen eigenen Kram, Bud«, antwortete ich.

Bud sagte irgendwas von wegen, er hätte dieses blöde Ding schließlich gefunden, und er könne sagen, was er wolle, oder das Ding auch einfach wieder an sich nehmen, was ich alles ignorierte, während Dale noch mal kräftig auf die Karte tippte, direkt in die Mitte. Auch in der Mitte war ein Foto, und zwar von einem Gerichtsgebäude, und darunter stand in lila Buchstaben *Marvel*. Das Streichholz, das Dale hielt, ging aus, und er wandte sich ab, um seitlich aus dem Fuhrwerk zu spucken, aber er riss trotzdem ein weiteres Streichholz an und hielt es mir hin, während er so tat, als würde er sich die Landschaft angucken. Die kleine Flamme flackerte, also nahm ich Dales Handgelenk und führte es dahin, wo ich es haben wollte. Ich wölbte die Hand um das Streichholz und beugte mich vor. Ich beugte mich weit vor, und dann schnappte ich nach Luft, denn jetzt sah ich, was ich vorher nicht hatte sehen können, nämlich dass sich silbrige Linien durch die Mitte zogen. Sie führten von einem schwarzen Punkt zum anderen, und in Marvel trafen sie alle zusammen. Je länger ich draufschaute, desto heller erstrahlten diese silbrigen Linien. Es sah aus wie ein grimmiges Wappenbild, von dem ein strahlendes Licht ausging, wie ich es den ganzen Nachmittag gesehen hatte, und hier ging es sogar von einem bloßen Stück Papier aus, ja nur von einem Namen.

»Marvel leuchtet richtig auf dieser Landkarte!«, sagte ich.

»Aber auf einer Landkarte von wo, frage ich mich, und wer zum Teufel sind all die Maisblätter?«, sagte Dale, der seine Betrachtung der Dunkelheit abgeschlossen, ein weiteres Streichholz angezündet und sich wieder hergedreht hatte.

»Es sind auch Maiswurzeln dabei, und es ist die Gegend hier«, flüsterte ich, denn ich fühlte mich plötzlich so klein wie ein Mädchen in einem tiefen Brunnen. »Direkt hier. Wir sind mittendrin.«

»Das ist Maisblatt-Zauberei, ich sag's euch«, erklärte

Bud. »Die wollen Marvel niederzaubern. Verhindern, dass diese Jungs gelyncht werden. Sie befreien und weiß der Himmel was sonst noch alles. Aber das wird ihnen nicht gelingen, hier in Gottes eigenem Land. Herrje, schmeißt das Ding einfach weg.«

»Das waren Christenmenschen, keine Zauberer«, rief Pops von hinten.

»Es ist einfach nur eine Landkarte. Von irgendjemandem.« Meine Stimme hatte wieder ihre gewohnte Stärke. »Ich wünschte, ich wüsste, wofür sie gedacht ist.«

»Es geht um diese schwarzen Punkte«, sagte Dale. »Die Linien verbinden die Punkte miteinander.«

Das stimmte. Die silbrigen Linien gingen nicht von Marvel aus, sondern sie durchschnitten den Ort. Wobei er für mich dadurch nicht weniger leuchtete.

»Das erinnert mich an die Underground Railroad, die es hier gab. Wusstet ihr, dass hier überall Strecken verlaufen sind?«

»Das weiß doch jeder, und ich sag euch, das ist die Karte von irgendeinem Hexenmeister. Am besten verbrennen wir sie. Halt das Streichholz dran, Dale.«

»Das ist schlicht und einfach ein Gemälde, mehr nicht. Kunst. Wer die gemalt hat, der kann was. So was würde ich mir an die Wand hängen. Wir sollten sie den Leuten zurückgeben, denen sie gehört. Und das Fuhrwerk gleich dazu«, sagte Pops, der näher gerückt war und mir über die Schulter schaute.

»Warum muss eine Landkarte auch für irgendwas gedacht sein?«, fragte ich.

»Landkarten sind dazu gedacht, einem den Weg zu zeigen, sonst sind es keine. Leih mir eins von deinen Streichhölzern, Freund Dale, dann verbrenn ich sie«, sagte Bud.

»Hört euch diesen Esel an«, sagte Pops.

»Sag das noch mal«, forderte Bud.

»I-ah!«

»Niemand verbrennt hier irgendwas«, sagte ich, rollte die Karte wieder zusammen und schob sie auf die Sitzbank zwischen Dale und mich.

»Also, ich weiß da 'ne Adresse nicht weit von hier«, sagte Bud, nachdem er noch ein, zwei Blicke über die Schulter auf Pops geworfen hatte, der wieder auf seinem alten Platz hockte.

Ich spähte auf die Straße vor uns. Während wir die Karte studiert hatten, war der Mond hinter einer Wolke verschwunden, und es war stockfinster geworden, ich sah überhaupt nichts mehr.

»So wie der Laden, den du uns vorhin angekündigt hast«, sagte ich.

»Tja, vielleicht ist dieser jetzt ja auf deiner Landkarte verzeichnet, schau doch mal nach. Dann halten wir uns an die.«

»Ich dachte, das ist deine Landkarte.«

»Ich will sie nicht mehr.«

»Du kannst sie ja zurückgeben, wenn du das Fuhrwerk zurückbringst, das du ausgeliehen hast«, sagte Dale. »So wie Pops es vorgeschlagen hat.«

Bud spie aus und schnalzte mit der Zunge. »Ein alter Kumpel brennt in seinem Schuppen Schnaps. Hier ganz in der Nähe. Der verkauft uns bestimmt was.«

Das Maultier trottete also weiter, das Fuhrwerk holperte über die dunkle Straße, und nach einer halben Meile bogen wir ab und gelangten zu einem Haus, das – von wegen Brennen – längst hätte niedergebrannt werden sollen. Auf der Veranda unter einer Laterne saß ein Mann auf einer

Schaukelbank und hielt einen Strick in der Hand. Als wir vorfuhren, hob er den Strick in die Höhe und johlte. Bud johlte zurück.

»Heute werden welche gelyncht, nicht weit von hier!«, verkündete der Mann.

»Bei Gott, genau da wollen wir hin!«, antwortete Bud.

»Aber zwischendurch habt ihr Durst bekommen, und deshalb seid ihr jetzt hier«, sagte der Mann.

»So ist es, Sir«, sagte Pops, der irgendwie, ohne dass ich es bemerkt hatte, auf die Sitzbank neben Dale gelangt war.

»Tja, dann kommt mal runter, dann versorg ich euch Männer. Die Dame auch, wenn sie will.«

Der Mann stieß sich von der Schaukelbank ab und griff nach einer Krücke, und jetzt sah man, dass ihm ein Fuß fehlte.

»Farmunfall«, flüsterte Bud. »Irgendwo muss auch noch seine Frau sein, wenn sie nicht gestorben ist.«

Der Mann war furchtbar dreckig, er sah aus, als hätte er sich in ausgelassenem Schweinefett gewälzt und dann ein langes Schläfchen unter dem Schwanz einer kranken Kuh gehalten. Er führte uns zu einem Schuppen, der im hohen Gras hinter seinem morschen Haus stand. Der Schuppen war kaum in besserer Verfassung. Er war windschief und wäre wahrscheinlich längst umgefallen, wenn nicht auf der einen Seite ein wild wuchernder Maulbeerstrauch gestanden hätte. Mein Vater hatte einen ähnlichen Schuppen hinterm Haus gehabt, wo er hingegangen war, um zu speien oder schreien oder seinen erbärmlichen Kopf gegen die Wand zu hauen.

»Ich hab gehört, diese Maisblätter aus Marvel haben fünfundzwanzig Frauen entehrt«, sagte der Mann, während er vor uns herhumpelte.

»Ja, das hab ich auch gehört«, sagte Bud.

Der Mann hatte seinen Strick nicht aus der Hand gelegt und schwang ihn zwischendurch hin und her. Das Ende war zerfasert und sah nass aus, als hätte er darauf herumgekaut. Hatte er wahrscheinlich auch. In einer Ecke des Schuppens stand ein rostiger Destillierapparat, daneben eine Reihe Einmachgläser mit trübem Schwarzgebranntem.

»Wer zwei nimmt, kriegt heute zur Feier des Tages Rabatt.«

»Ich bin dabei«, sagte Pops.

»Zwei sollten reichen«, sagte Bud.

»Gib ihm mein Geld, Ottie Lee«, sagte Dale.

»Ottie Lee?« Der Mann blickte fragend zu mir auf.

»Ottie Lee, fällt oft aufs Knie«, reimte ich und verdrehte die Augen.

Sie lachten alle schallend, laut genug, um den Schuppen zum Einsturz zu bringen. Als mir dieser hervorragende Gedanke kam, ging ich hinaus, während sie noch vor sich hin gluckten und die ersten Schlucke tranken, lehnte mich gegen die Außenwand des Schuppens und stemmte die Füße in den Boden, so fest ich konnte, aber leider hielt die Bruchbude stand. So ist das immer. Also überließ ich die Männer ihrem Gegluckse, ging wieder vors Haus, holte die Landkarte und machte es mir neben dem Maultier bequem.

ICH UNTERHIELT MICH eine Weile mit dem Maultier, aber mittendrin schlief es ein. Das ärgerte mich ein bisschen, und ich schlug dem Tier ein-, zweimal mit der Landkarte auf die fleischige Flanke, doch es wachte nicht auf. Bei den Spitzers hatte auf der anderen Seite des Zaunstreifens oft ein Maultier gestanden, das ich häufig besuchte. Als ich mich daran erinnerte – an meine Besuche bei diesem Maultier, nachdem ich verprügelt oder sonst wie gezüchtigt worden war, weil ich vergessen hatte, mir die Haare zu kämmen, oder weil ich ins Bett gemacht oder zu laut oder zu leise gesungen hatte, oder weil ich schmutziges Geschirr hatte stehen oder andere für mich hatte arbeiten lassen –, bei dieser Erinnerung also legte ich den Kopf auf die fleischige Schulter des schlafenden Maultiers und begann mit ihm zu reden. Ich redete über dies und redete über das. Ich erzählte ihm, was ich Candy Perkins nach wie vor zu sagen gedachte, falls ich ihr bei der Show begegnete. Ich erzählte ihm von Dales fetter Sau Sassy und dass ich es kaum erwarten konnte, sie zu Schinken verarbeitet zu sehen und endlich das Geld zu haben, das sie uns einbringen würde, damit ich Bud mitsamt seinen Sonderzulagen zum Teufel jagen konnte. Ich redete über diese Trottel, die hinten im Schuppen soffen. Ich entrollte die Landkarte wieder und ließ beim Reden den Blick darüber schweifen, von Gesicht zu Gesicht und entlang der silbrigen Linien, quer über das ganze Blatt, von einem Ende zum anderen. In dem Licht, das aus dem Haus hinter mir kam, sah ich jetzt, dass die schwarzen Punkte winzige Rechtecke waren. Sechsundzwanzig zählte ich davon. Die silbrigen Linien waren schnurgerade, wie straff gespannte Fäden. Ich drehte die Karte hin und her, während ich sie studierte, und im Licht funkelte und glänzte sie. Also erzählte ich dem Maultier von den leuchtenden Pünktchen, die ich gesehen hatte, als es mir so schien, als schaute ich aus Sally Gunners Engelsbotenaugen. Und die ich später noch einmal zu sehen glaubte, kurz bevor ich nicht zu Bud sagte, dass wir diese armen Maisblätter nicht bestehlen sollten. Ich sagte dem Maultier, vielleicht hätte ich diese Pünktchen gesehen, vielleicht auch nicht. Aber jetzt würde ich auf diese Karte schauen und sie womöglich schon wieder sehen. »Ich suche meine Pearl«, hatte die Frau im Mantel gesagt, als sie auf meinem Sessel im Wohnzimmer saß. Sie hatte sehr langsam zu mir herübergeschaut, während sie das sagte. Sie hatte keine Zähne, weder echte noch falsche. Sie hätte vierzig sein können oder auch hundert. Draußen war wohl ein leichter Regen aufgekommen, denn von ihrem dicken Mantel tropfte das Wasser, und die Tropfen auf dem Holzboden glitzerten und glänzten.

Von meinen eigenen Erinnerungen und Gedanken abgesehen, entnahm ich der Karte nicht viel, aber ich redete eine ganze Weile mit dem Maultier. Ab und zu zuckte eins seiner Ohren, wenn irgendetwas seine Träume störte. In meiner Zeit bei den Spitzers, als ich so oft bei dem Maultier dort gewesen war, hatte ich mir immer gewünscht, ich hätte auch Ohren, mit denen ich zucken könnte. Beine, die galoppieren, Hufe, die ausschlagen konnten. Ich fragte das

Maultier, an dem ich jetzt lehnte, ob es wüsste, was die Karte bedeutete. Ein kleiner Wink würde mir schon reichen, sagte ich ihm. Ich wolle jetzt keine weiteren Umwege mehr. In diesem Moment hörte ich, wie die Tür des alten Hauses geöffnet wurde.

»Die bleiben den ganzen Abend da drin, wenn's nach ihm geht.« Es war eine uralte Frau, das kaum weniger schmutzige Gegenstück zu dem Krüppel, der im Schuppen die Jungs versorgte.

»Wahrscheinlich«, sagte ich.

»Ganz sicher«, sagte sie. »Es sind jeden Abend Männer hier, und er weiß genau, wie man die bei der Stange hält. Wahrscheinlich zeigt er ihnen gerade, wie man eine Schlinge knüpft.«

»Eine Schlinge?«

»Er kennt die ganzen Knoten.«

»Dann sollte er doch eigentlich in Marvel sein.«

»Mag sein, mag sein.« Die Frau hatte sich kurz auf die Schaukelbank gesetzt, stand aber wieder auf und lehnte sich gegen die Haustür. »Aber ich sage Ihnen was, der geht heute Abend nirgends mehr hin.«

»Tatsache?«

»Als wär's in Stein gemeißelt.«

»Aus Fels gehauen.«

»Festgehämmert.«

»Mit dickem Faden vernäht.«

Wir lachten miteinander, dann wurden wir ruhiger.

»Was schauen Sie sich denn da an?«

»Nichts.«

»Ein ziemlich glänzendes Nichts, so wie es von hier aus aussieht.«

 »Jedenfalls ist es bunt«, sagte ich. »Das war bei dem

Fuhrwerk dabei. Es ist eine Landkarte. Na ja, so was in der Art.«

»Ist das denn nicht Ihr Fuhrwerk?«

»Wir haben es uns geliehen. Für heute Abend. Damit wir nach Marvel kommen.« Während ich das sagte, rollte ich die Karte zusammen und legte sie auf die Bank. Dann dachte ich, dass sie da wegwehen oder von einem Nachtvogel stibitzt werden könnte, und legte sie auf den Boden des Fuhrwerks.

»Sie brauchen doch keine Landkarte, um nach Marvel zu kommen.«

»Sollte man eigentlich meinen. Aber irgendwie brauchen wir ewig.«

»Welcher von den Männern ist denn Ihrer? Der Bursche, der gelenkt hat?«

»Wie kommen Sie darauf, dass einer von denen meiner ist?«

»Einer ist es.«

»Hab ich Sie gerade zwinkern sehen?«

»Das werde ich nicht abstreiten.«

»Der Kleine mit dem flachsblonden Haar.«

Die alte Frau schaute auf ihre Nägel und lächelte, wegen irgendwas, was sie da sah, oder weil ich wie ein Esel neben dem Maultier in ihrem Hof stand.

»Ich hätte auf den Großen getippt, der das Fuhrwerk gelenkt hat«, sagte sie. »Was für ein Kerl. Von dem Fleischberg hätte ich gern ein paar Kilo in meinem Eisschrank liegen.«

Ich legte den Kopf auf die Seite, sagte aber nichts. Die alte Frau sagte: »Kommen Sie mal rüber, damit ich Sie besser anschauen kann.«

»Wozu denn?«

Sie hatte sich von der Haustür abgedrückt und war vorgetreten. Sie trug eine Brille und einen rosa Morgenmantel. Zumindest war er wohl mal rosa gewesen.

»Haben Sie das Schild nicht gesehen?«, fragte sie und deutete zum Dachvorsprung hoch.

Ich hatte es nicht gesehen, aber tatsächlich, hinter einem Wust von halb abgestorbenem Efeu hing ein Schild an einem einzelnen Nagel.

GOODY'S SCHÖNHEITSSALON stand darauf.

Ich erschauerte kurz.

»Treten Sie näher«, sagte die alte Frau.

»Sind Sie Goody?«, fragte ich.

»Nein«, sagte sie. »Ich habe ihr das Schild abgekauft.«

»Es ist ein altes Schild.«

»Ich sehe zu, dass ich in Übung bleibe. Eigentlich habe ich mich schon vor einer Weile zur Ruhe gesetzt, aber ich habe noch einige Kundinnen in der Nachbarschaft.«

»Schneiden Sie Haare?«, fragte ich.

»Schneiden, strähnen, ondulieren. Sie wären mal fällig«, sagte sie. »Eine kleine Auffrischung. Ab einem bestimmten Alter gerät alles ins Sacken.«

»So alt bin ich noch gar nicht.«

»So jung aber auch nicht mehr.«

Ob da nun was dran war oder nicht, ich hörte es nicht gern. Trotzdem hob ich einen Finger und fuhr mir unter dem Hut einmal um den Kopf. Meine Kopfhaut fühlte sich an, als würden gleich Pilze daraus emporsprießen.

»Wenn Sie zu dem Spektakel wollen, sollten Sie nicht so gehen«, sagte sie. »Alle Welt wird dort sein, um zu sehen, wie diese Kerle aufgeknüpft werden, und da will man doch entsprechend aussehen. Jeder, der irgendwie was zählt, wird da sein. Vielleicht sogar der Gouverneur, wer weiß.«

Ich überlegte kurz. Mir gingen diese Bluthunde mit ihren Krawatten durch den Kopf.

»Im Salon ist alles bereit, wir können direkt loslegen«, sagte sie.

Ich muss wohl einen verstohlenen Blick auf ihre Haare geworfen haben, die aussahen, als hätte jemand einen Eimer alten Teer ausgeleert, ihn ein bisschen gekämmt und dann grau gestrichen, denn sie sagte, bei sich selbst wende sie ihre Künste nicht an, sie richte sie nach außen, zelebriere sie an anderen, sie betrachte das als ihre heilige Mission.

»Die kommen sicher bald wieder aus dem Schuppen«, sagte ich.

Sie ging die Stufen hinunter, kam durch den Hof und nahm mich am Arm. »Die sind beschäftigt«, sagte sie. »Und das werden sie noch eine ganze Weile sein, keine Sorge.«

DER SALON WAR GLEICH das erste Zimmer im Haus, und er sah aus, als hätte man den ganzen Raum eingeweicht, mit Mayonnaise bestrichen und dann ranzig werden lassen. Überall Schimmel, Staub, Verklumptes, Gesacktes, und dazwischen Fliegenpapier, das ganz schwarz von Fliegen war. An den Wänden hingen ein paar Fotos von Präsidenten, und in einer Ecke lag ein Stereoskop mit verbogener Bildhalterung, daneben eine umgekippte Schachtel, aus der sich die zugehörigen Bilder über den Boden verteilt hatten. Der Lederbezug des Drehstuhls war uralt und rissig, aber ich fühlte mich völlig zerschlagen, und es war eine erfreuliche Vorstellung, mich für einen Moment in den Stuhl sinken zu lassen. Ich löste meine Hutnadeln und legte den Hut neben ein Einmachglas. Es enthielt große, dicke Essiggurken, und als ich es mir in dem Stuhl bequem gemacht hatte, bot mir meine Gastgeberin eine an. Ich war hungriger, als ich gedacht hatte, und eh ich michs versah, hatte ich die Gurke in einem Stück heruntergeschlungen. Sie hielt mir das Glas noch einmal hin, und als ich den Kopf schüttelte, nahm sie sich selbst eine.

»Ich habe den ganzen Keller voll«, sagte sie. »Das Geheimnis meiner Langlebigkeit. Das alte Hinkebein rührt Essiggurken nicht an. Er behauptet, dass er Nesselausschlag davon kriegt. Stimmt vielleicht sogar.«

Sie gickelte ein bisschen, dann erläuterte sie mir, wo genau er seinen Nesselausschlag angeblich bekam. Die Beschreibung trug nicht gerade dazu bei, dass mir die Essiggurke leichter im Magen lag, und ich war nicht traurig, als sie das Einmachglas wegstellte und sich meinem Haar zuwandte.

Man kann ja sagen, was man will, aber Schimmel im Salon oder nicht, es gibt kaum etwas Schöneres, als zu spüren, wie einem fachkundige Hände den Kopf bearbeiten. Die Alte zog Kämme und Bürsten, große und kleine Scheren hervor und reihte sie ordentlich zwischen meinem Hut und dem Gurkenglas auf. Sie sagte, sie würde mich wieder herrichten. Das sei die beste Vorbereitung für einen Abend in Marvel: sich die Frisur machen zu lassen.

»Sie gewinnen jeden Schönheitswettbewerb, wenn ich erst mal mit Ihnen fertig bin. Eine ganz schöne Mähne haben Sie da auf dem Kopf, das muss ich schon sagen.« Sie schnalzte mit der Zunge.

Ich erzählte es ihr nicht, aber zu meiner Zeit hatte ich tatsächlich und wahrhaftig mal einen Schönheitswettbewerb gewonnen. Es muss in meinem ersten Jahr an der Highschool gewesen sein. Auf der Kirmes hatten sie neben dem Ausstellungszelt eine kleine Bühne aufgebaut. Dort standen wir, tanzten und wiegten und wanden uns, ungefähr drei Wochen lang, so kam es mir jedenfalls vor, bis die Jury ihre Bewertung abgab. Candy Perkins hatte mit auf dieser Bühne gestanden. Bei jeder Gelegenheit, die sich bot, während wir unsere Verrenkungen machten, hatte sie mir gesagt, mein Busen sei zu schlaff oder meine Arme seien zu lang oder meine Beine zu weich. Ich revanchierte mich, so gut es ging, und wusste zudem, dass niemand in diesem Zelt, Candy eingeschlossen, den Blick von meinen Haaren lösen konnte, aber ich hab mich dann trotzdem, einfach damit die Verhältnisse klar waren, direkt nach meiner Krönung noch mit dem Jungen, in den sie verknallt war, ins nächstbeste Feld verzogen. Nachdem wir uns ordentlich im Staub gewälzt hatten, sagte er mir, dass er Dale hieß. Er sei älter, als er aussehe. Er habe ein großes Stück Land geerbt, auf dem liege zwar eine hohe Hypothek, aber man könne was daraus machen. Jedes Mal wenn er mich gesehen hätte, hat er gesagt, hätte er gedacht, wie hübsch ich doch sei, aber er habe sich nie getraut, mich anzusprechen. Na, jetzt haben wir ja miteinander gesprochen, sagte ich. Der Anblick von Candy Perkins' Gesicht, als sie uns Händchen haltend aus dem Feld kommen sah, war eine wahre Freude. Ich weiß, es ist nicht nett, das zu sagen, aber ich sage es trotzdem. Man hatte ihr eine schäbige Schärpe umgelegt, auf der stand: Zweiter Platz.

Es war heiß in dem Salon, und die alte Frau summte bei der Arbeit vor sich hin, so wie Sally es getan hatte, und bald hörte ich auf, an Schönheitswettbewerbe und Candy Perkins zu denken, und begann wegzudriften. Vielleicht kennen Sie das ja, man fährt über Land, und obwohl man träumt, kommt es einem vor, als hätte man die Augen gar nicht geschlossen. Mir passiert das auch manchmal, und damals in dem Stuhl war es genauso. Ich schlief, aber meine geschlossenen Augen schauten sich im Schönheitssalon der alten Frau um, sahen die von Fliegen belagerten Fenster, die aufgereihten Flaschen und Bürsten und verkrusteten Gläser. Das Stereoskop lag jetzt auf der Theke. Es war repariert, und eine Bildkarte war eingesetzt, aber ich konnte nicht erkennen, welche. Während ich so schlief und dabei das Gefühl hatte, wach zu sein, erzählte mir die alte Frau, oder vielmehr die alte Frau in meinem Kopf, eine Geschichte.

»Es war einmal vor langer, langer Zeit ein Mann, der lebte im tiefsten Hinterland.« Sie seufzte und fuhr dann fort. »Er hatte zwei Töchter von einer Sklavin, und er behielt diese Töchter bei sich, damit sie nach dem Tod der Sklavin für ihn arbeiten würden. Dann heiratete er ein Mädchen, das kaum älter war als die beiden Töchter. Das Mädchen schenkte ihm keine Kinder, aber er versuchte es trotzdem Nacht für Nacht wieder. Als er von dem Mädchen genug hatte, fing er mit den Töchtern an. Das Mädchen bekam das mit, und statt den Töchtern zu helfen, wurde sie eifersüchtig und machte ihnen das Leben schwer. Sie ließ sie noch härter schuften und peitschte sie aus, wenn sie etwas falsch gemacht hatten. Eines Morgens hatte der Mann einen Hirschfänger im Hals stecken, und nun schickten die beiden Töchter das Mädchen an die Arbeit. Sie musste den ganzen Tag schuften, und abends wurde sie angekettet. Bevor der Mann mit dem Hirschfänger bedacht wurde, hatte die eine Tochter festgestellt, dass sie von ihm schwanger war, und in den folgenden Monaten wurde sie dick und rund, während das Mädchen arbeitete. Die Schwangere saß oft vor dem Schuppen, in dem das Mädchen angekettet wurde, und sang zu ihrem Bauch: *Das ist der Gang der Welt, mein Kind, das ist der Gang der Welt.* Eines Tages wurde das Wetter schön, und die beiden Töchter gingen fort.«

»Und was ist mit dem Mädchen passiert?«, fragte ich. Meine Stimme klang in dem Traum dünn, als wäre sie weit weg oder gehörte jemand anderem.

»Das weiß keiner«, sagte die alte Frau.

»Und mit den Töchtern?«

»Das weiß keiner.«

»Und mit dem Kind?«

»Das weiß keiner.«

»Soll ich nach Marvel fahren und mir das Lynchen anschauen? Ich habe jetzt eine Landkarte. Sally Gunner hat gesagt, ich soll nicht hin.«

»Natürlich fährst du hin.«

»Aber es ist unrecht.«

»So ist der Gang der Welt. Wusstest du das nicht? Sieh dir mal deine Landkarte an, wenn du mir nicht glaubst, Ottie Lee.«

In diesem Moment wachte ich auf. Die alte Frau stand summend neben mir und bearbeitete mit ihren Kämmen und Scheren mein nasses Haar. Das kaputte Stereoskop lag wieder auf dem Boden, neben der umgekippten Schachtel mit den Bildkarten. Ich stand auf, rannte hinaus und erbrach ihre Essiggurke und was noch übrig war von dem Wels, dem Krautsalat und den zwei Stücken Pfirsichkuchen.

»Kommen Sie wieder rein, ich bin noch nicht fertig«, rief sie, als ich mich wieder aufrichtete.

»Mir reicht's«, sagte ich.

Ich schluckte heftig, wischte mir Mund und Gesicht ab, lief zu dem Schuppen und sah die Jungs dort um den alten Mann herumstehen, der eine Schlinge um seine Krücke gelegt hatte. Das lange Ende des Seils hatte er über einen Deckenbalken geworfen, und daran zog er die Krücke jetzt hoch wie eine Puppe.

»Wir müssen los, es ist schon spät«, sagte ich.

»Stimmt«, sagte Bud.

»Wir wollen die Show ja nicht verpassen«, sagte Pops.

»Teufel auch – ganz sicher nicht!«, sagte Dale.

Die beiden sangen jetzt also wieder ein anderes Lied. Der Alkohol und die späte Stunde hatten offenbar ihre Wirkung getan.

»Ich bleib einfach noch ein bisschen hier sitzen«, sagte der alte Mann und blickte grinsend zu seiner Krücke hoch. Die alte Frau stand mitten im Hof, die Hände in die Hüften gestemmt. Ich zog einen Dollar aus der Handtasche, aber sie verschränkte die Arme vor der Brust und wandte den Kopf ab. Als ich wieder auf der Bank des Fuhrwerks saß, hob ich als Erstes die Landkarte vom Boden auf und presste sie an meine Brust.

»Was ist denn mit deinem Hut passiert?«, fragte Dale, während wir davonfuhren.

»Das kann dir egal sein. Vollkommen egal.«

Dale nickte und sagte, schlau wie er war, kein Wort mehr. Nachdem die Jungs so lange bei dem Alten im Schuppen gewesen waren, hatte ich damit gerechnet, jetzt mit drei Schnapsleichen unterwegs zu sein, aber wenn überhaupt, sahen sie besser aus als vorher. Dem Maultier schien sein Nickerchen gutgetan zu haben, und als wir eine Weile dahingezuckelt waren, fiel mir auf, dass auch ich mich besser fühlte als während unserer ganzen Fahrt, mochte mir die Alte auch schlechte Essiggurken zu essen gegeben, sich in meine Träume geschlichen und eine Geschichte zusammengesponnen haben, um mein Herz zu stehlen. Mrs. Spitzer hatte immer davon gesprochen, wie heilsam innere Reinigung sei, wie wohltuend, sich von Ballast zu befreien. Das war der eine gute Rat, den ich mitnahm, als mein Vater mich zum letzten Mal von den Spitzers abholte. Ja, ich beherzigte ihn gleich auf der Heimfahrt, als wir eine holprige Straße nach der anderen entlangfuhren und mein Vater mich mit seinem Zigarrenqualm umnebelte, allerdings gefiel es ihm nicht, als ich ihm beide Schuhe vollspie. Aber ich fühlte mich besser, nachdem ich mich in seinem Auto von Ballast befreit hatte, und ich fühlte mich auch jetzt besser. Vielleicht war das alles, was ich brauchte: mich von Ballast befreien. Das Lammkotelett aus dem Huhn herausschneiden. Den Truthahn aus der Tomate. Die Bohne aus dem Maiskolben. Den Sarg aus der Sau. Auch wenn sich ein paar Dinge nicht herausschneiden ließen.

EIGENTLICH HÄTTEN WIR OHIO um diese Uhrzeit längst erreicht haben sollen, aber es lagen immer noch ein paar Meilen vor uns. Ich wusste, dass sie in Marvel mittlerweile wahrscheinlich losgelegt hatten, aber bei dem Gedanken daran, dass ich fast da war, in diesem hellen Licht, das mir meinen weiteren Weg aufscheinen lassen würde – was immer uns dort sonst noch erwartete –, konnte ich es verschmerzen, dass wir etwas verpassten. Ich hatte jetzt die Landkarte. Ich hatte erkannt, wo sie uns hinführen wollte. Uns alle. Nach Marvel mit seinen Mirakeln. Da war das Aufknüpfen dieser Maisblätter und dann noch alles andere. Wer wusste schon, welche furchterregenden Wunder die Nacht bevölkerten, wer wusste schon, wie lang das alles andauern würde?

Das Maultier klapperte dahin und zog uns über die dunkle Erde. Ab und zu kam eine Fledermaus oder eine große Motte ganz nah heran, und dann vermisste ich meinen Hut, aber es war jetzt nicht die Zeit, an Hüte zu denken. Wir näherten uns dem Stadtrand von Marvel. Es gab zu tun. Wir mussten wie diese Bluthunde sein. Die Jungs hatten wohl das gleiche Gefühl. Ab und zu tranken sie einen Schluck aus einem der Einmachgläser, die sie bei dem Alten bekommen hatten, aber es waren nur hastige Schlückchen, wie man sie nimmt, um den Mut nicht zu verlieren. Vielleicht hatte der Alte mit seiner Krücke und der Schlinge sie zur Vernunft gebracht. Sie wussten ganz offensichtlich, dass wir uns Marvel näherten und dass jetzt nicht mehr die Zeit für irgendwelche Sperenzchen war.

Während das Maultier uns durch die Dunkelheit zog und wir fuhren, wohin wir eben fuhren, musste ich wieder an die Landkarte denken und hatte plötzlich die Grille im Kopf, wir wären ein Schiff im Wasser, wären Kapitäne auf hoher See. Die Jungs sagten nichts dergleichen, aber ich sah, dass sie aufrechter dasaßen und nach Land ausspähten. Und während uns unser Maultierboot durch die tiefen Wasser der Nacht von Indiana trug, kam ich zu dem Schluss, dass der alte Dale, auch wenn seine Wangen vom Kautabak verschmiert waren, einen vornehmen Zug um den Mund hatte, einen gewieften, zielgerichteten Ausdruck in den Augen. Es gefiel mir, ihn anzusehen und solche Gedanken zu denken. Ein-, zweimal schaute er sogar zurück, und ich merkte, dass ihm gefiel, was er sah. Nämlich mich. Ganz einfach. Ottie Lee Henshaw. Verheiratet mit dem kleinen Dale Henshaw, den sie eines glücklichen Tages in einem Maisfeld kennengelernt hatte. Überraschungen allenthalben. Nicht nur in dunklen Brunnenschächten, nicht nur in Kirchen auf dem Land. Zum Teufel mit Bud Lancer und seinem Gegrapsche und seinem großen, blöden, liegen gebliebenen Auto. Ich würde am nächsten Tag meine Stelle kündigen und ab jetzt zu Hause bleiben und Dale helfen. Wir würden die Farm auf Vordermann bringen. Die fette Sassy einen Preis für uns gewinnen lassen. Dann konnten wir die Hypothek tilgen, noch etwas Land dazukaufen und es beackern. Vielleicht würden wir reisen. Nach Indianapolis fahren. Oder sogar nach Kentucky. Da gab es mehr als Truthahnschmäuse und jonglierende kleine Mädchen. Ich hatte gehört, dass es dort unten Höhlen gab, die zehn Meilen tief waren. Man konnte mit einem Boot unterirdische Flüsse entlangfahren und besondere Fische sehen, die keine Augen hatten. Vielleicht würden wir einen Engel sehen. Licht finden. Den Mond in seinem Schlaf. Die Sache mit dem Lynchen vergessen. Besuche von zahnlosen Frauen an Herbstabenden vergessen. Ganz tief in die dunkle Erde hinunter gelangen und das alles vergessen. Genügend vergessen.

Mit diesen Gedanken im Kopf stieg ich vom Fuhrwerk, um mich in die Büsche zu schlagen. Die Jungs stellten fest, dass sie auch mal ins Gebüsch mussten, also ging ich ein ganzes Stück die Straße entlang, damit sie mir nicht ins Gehege kamen. Die Nacht war zwar so dunkel wie Graberde, aber wenn man sein privates Geschäft verrichtet, fühlt man sich leicht gestört. Weshalb ich, als ich keine fünf Meter entfernt ein Husten hörte, aus der Hocke aufsprang, die Landkarte fallen ließ, die ich fest in der Hand gehalten hatte, dann mit dem Fuß an eine Wurzel stieß, sodass ich wieder hinfiel, und mir rasch die Unterhose hochzog. »Gottverdammte Scheiße!«, sagte ich. Ich brauchte einen Augenblick, um in der Dunkelheit die Landkarte wiederzufinden. Ich war im Begriff, noch mehr zu sagen und mit den Füßen und der freien Faust kräftig auszuteilen, doch da sah ich, wer gehustet hatte. Er lag flach auf dem Rücken mitten auf der stillen Straße, verschmolz aber wegen der Farbe seines Anzugs nicht ganz mit dem hellen Schotter.

»Ich betrachte die Sterne und hatte nicht die Absicht, Sie zu unterbrechen«, sagte der Redner. »Mein Husten sollte das zum Ausdruck bringen.«

»Sie hätten ja husten können, bevor ich anfange«, sagte ich.

»Ich gestehe, dass ich gedöst habe. Die winzigen, zarten Geräusche, die von Ihnen zu hören waren, haben mich geweckt. Ich habe schon immer einen leichten Schlaf. In meiner Schulzeit pflegten meine Eltern eine halbe Meile vom Haus wegzugehen, wenn sie parlieren wollten und ich schon zu Bett gegangen war.«

»Das Wort *parlieren* kenne ich nicht.« Ich war näher getreten. Ich hatte erwartet, dass er sich, nachdem er sich nun bemerkbar gemacht hatte, aufsetzen würde, doch das tat er nicht.

»Kramen Sie ein bisschen, dann werden Sie es finden.«

Ich kramte ein bisschen und fand es. Es war keineswegs das unansehnlichste Wort, das ich an diesem Abend gehört hatte.

»Es kommt aus dem Cajun. Bei meinen Besuchen in New Orleans habe ich es auf Schritt und Tritt gehört.«

»Da waren Sie schon? So weit weg?«

»Und noch weiter, Madam.«

»Sie müssen mich nicht Madam nennen.«

»Ich kann Ihnen versichern, dass es mir tiefste Genugtuung bereitet, Ihnen den Respekt zu erweisen, den Sie, wie mir scheinen will, zweifellos verdienen.«

»Na egal«, sagte ich. »Was zum Teufel?«

»Meine Anwesenheit muss Sie verwundern. Sie verwundert auch mich. Ich kann sie nicht so leicht erklären.«

»Ich hab Sie für einen Mann gehalten, der bei den Festlichkeiten in der ersten Reihe sitzt. Inmitten Ihrer Brüder und Schwestern aus dem Bus. Für einen Mann, der sich in diesem wunderbaren Licht sonnt.«

»In welchem Licht?«

»Dem Licht von der Fackel der Klarheit. Das haben Sie doch selbst gesagt.«

 »Das habe ich, und das Bild bereitet Wohlgefallen, aber

denken Sie nur, Madam, statt in diesem kraftvollen Licht zu schwelgen, liege ich schon seit einiger Zeit hier auf der Straße und stelle mir vor, wie Sie im Spiel von Mondlicht und Schatten unter einem dieser Bäume dort liegen.«

»Das glaube ich keine Sekunde lang.« Ich schnaubte, nur ein klein wenig.

»Oh, aber das Schöne daran ist ja, dass Sie es weder glauben noch nicht glauben müssen. Es ist Teil des Universums und Teil dieser Nacht und wird es fortan bleiben.«

»Wir sind alle betrunken«, sagte ich. »Wir sind immer noch nicht angekommen und haben unser Auto verloren. Allerdings haben wir jetzt ein Fuhrwerk. Bei dem eine Landkarte dabei war. Hier, das ist sie. Und ich habe die Haare gemacht bekommen. In einem Schönheitssalon. Na ja, so was in der Art.«

»Eine Landkarte, sagen Sie.«

Ich schwenkte sie durch die Luft. Ich konnte nicht erkennen, ob er es sah.

»Ich habe den ganzen Abend keinen Tropfen getrunken«, sagte er. »Meine Sinne sind wach, mein Sehvermögen ist unbeeinträchtigt. Ich habe kräftige Beine und ein gesundes Herz, aber auch ich habe es bislang nicht nach Marvel geschafft.«

»Diese Landkarte hier zeigt den Weg nach Marvel. Wir können es nicht mehr verfehlen.«

»Ich halte nichts von Landkarten.«

»Was soll denn das heißen?«

Er legte die Hand auf sein gesundes Herz, als wäre das seine Antwort, und ich dachte, vielleicht wird er jetzt romantisch, nach all seinen Komplimenten, aber es war zu dunkel, um etwas zu erkennen, also ließ ich es auf sich beruhen.

»Was ist denn mit den Bussen passiert?«

»Ah«, sagte er. »Die Busse …«

Er wurde still, und die Stille war lang und gewunden, und als sie andauerte, kam mir ein verrückter Gedanke.

»Wie wär's, wollen wir tanzen?«, fragte ich.

»Tanzen, sagen Sie?«

Er sah verwirrt aus, und ich verstand durchaus, warum, aber ich hätte es ihm nicht erklären können. Ich dachte, er würde gleich wieder verstummen und sich winden, aber plötzlich sprang er auf und verbeugte sich vor mir, eine Hand auf dem Bauch, die andere auf dem Rücken. Dann reichte er mir die Hand, die auf seinem Bauch gelegen hatte.

»Aber gern, Madam«, sagte er.

»Stört es Sie nicht, dass wir keine Musik haben?«

»Wir brauchen keine Musik. Wozu denn? Wir haben die Musik der Nacht, der Sphären.«

In der einen Hand die Landkarte, ergriff ich mit der anderen die seine, und er machte eine weitere kleine Verbeugung und wirbelte mich dann zu sich heran in seine schweißnassen Arme. Und los ging es, über den Schotter. Er bewegte sich, als wäre er in einer Musikfabrik konstruiert worden, alles an ihm war sahnig weich und geschmeidig.

»Ich will schon den halben Tag tanzen«, sagte ich ihm ins Ohr.

»Ganz meinerseits, Madam, ganz meinerseits.«

»Glauben Sie, es ist schlimm, tanzen zu wollen?«

»Keinesfalls.«

»Manchmal habe ich einfach Lust zu tanzen.«

»Es ist ein natürlicher Impuls.«

 »Wir haben ein Grammophon zu Hause. Mein Mann hat

sich ein Jahr lang jeden Samstag verdingt, um es bezahlen zu können.«

»Das sind famose Apparate.«

Wir tanzten über Staub und Schotter, wirbelten kleine Wolken auf und ließen es ordentlich knirschen und scharren, und bei jeder Umdrehung und jedem Herumwirbeln spürte ich, wie mein Kleid sich hob und meine Beine kühler wurden. Wir tanzten zwei Minuten oder vielleicht auch eine Stunde, dann ließ er meine Hand los und verbeugte sich erneut. Und dann plumpste er einfach wieder auf die Straße, setzte sich nach Maiswurzel-Art hin, und ich gesellte mich zu ihm.

»Das habe ich gebraucht – Sie hoffentlich auch«, sagte er.

»Und wie.«

»Haben Sie je dabei zugesehen, wie jemand gelyncht wird?«, fragte er.

»Noch nie.«

»Der Nachmittag und Abend heute war ein ziemliches Abenteuer für mich, aber ich vermute, gelyncht zu werden, ist doch noch mal was ganz anderes.«

»Vermutlich.«

»Mehrere Verfolger haben mir angedroht, sie würden mich teeren und federn, aber es ist mir gelungen, mich zu entwinden.«

»Teeren und federn!«

Er schüttelte den Kopf. Hob eine Hand, die aber gleich wieder erschlaffte und heruntersank.

»Na, jetzt sind Sie hier.«

»Jetzt bin ich hier.« Er schniefte. »Mussten Sie sich je aus einer heiklen Situation herauswinden, Madam?«

»Nein. Nicht herauswinden. Das nicht. So würde ich es nicht beschreiben.«

Er beugte sich etwas näher zu mir. Seine Miene war butterweich.

»Ich habe es bloß ein-, zweimal geschafft, nicht zu sterben, als ich noch klein war«, sagte ich.

»Nicht zu sterben?«

»Nicht umgebracht zu werden. Da war noch jemand anders beteiligt. Aber das ist lange her. Sehr, sehr lange.«

»Das tut mir sehr leid.«

»Mir auch.«

Nachdem ich das gesagt hatte, legte er sich wieder flach auf den Rücken, und ich streckte mich neben ihm aus. Der Schotter auf der Straße war fest zusammengepresst, wahrscheinlich von unserem Tanzen, und deshalb am Rücken nicht allzu unangenehm. Die Wärme des Tages stieg daraus auf und besänftigte das Grimmen in meinen Beinen und im Rücken. Er hatte von Sternen gesprochen, doch ich sah keinen einzigen. Die Nacht war diesig. Alles drehte sich vor meinen Augen nach unserem Tänzchen. Und dem Trinken. Und meiner inneren Reinigung. Und dem Reden. Oh, was hatte ich geredet. Ich war plötzlich so müde wie seit Jahren nicht mehr, und wenn ich nicht gerade erst im Schönheitssalon geschlafen hätte, dann hätte ich mir wohl gestattet, ein bisschen wegzudämmern.

Stattdessen aber lag ich einfach nur da, die Landkarte in der Hand, lag neben dem Redner, der sein falsches Haar richtig auf dem Kopf hatte und gar nicht so schlecht roch, nach Schweiß und Blütenwasser, lag da und ließ die Welt sich drehen und drehen.

SICH DREHEN WIE DIESE Schallplatte auf dem Grammophon, als die Frau von der Veranda hereinkam und sich auf den ihr zugewiesenen Stuhl setzte und dann dort saß, die Füße fest auf den Boden gepflanzt wie zwei Stück Alteisen. Sie hielt eine kleine Papiertüte in der Hand. Erst als sie sich die Tüte artig auf den Schoß gestellt und die Hände darauf gelegt hatte, begriff ich, dass das ihre Handtasche war. Ihr Gesicht war wettergegerbt. Die Lippen über dem leeren Zahnfleisch eingefallen. Ihr Hut hatte vorn einen kleinen Schleier, der an irgendetwas hängen geblieben war, von dem ursprünglichen Ziersträußchen hingen nur noch ein paar vereinzelte Beeren dran. Ich rührte mich nicht, als die Frau nach ihrer Pearl fragte. Auf dem Teller des Grammophons drehte sich ein Walzer, und ich hatte zugehört und gedacht, vielleicht könnten Dale und ich ja das Tanzbein schwingen und im Dreivierteltakt ins Schlafzimmer wirbeln. Wir hatten öfter davon geredet, dass es jetzt vielleicht an der Zeit war. Unseren Beitrag zu leisten. Die Welt zu bevölkern, ein paar Junge darin herumtollen zu lassen. Aber dann öffnete Dale die Tür, und die Frau setzte sich und nahm ihre Papiertüte auf den Schoß und fragte nach ihrer Pearl, und in meinem Kopf regte sich eine Erinnerung, als läutete ein Glöckchen, bloß war da nicht nur ein Läuten, sondern auch ein Brennen. Ich blickte nicht auf. Vor mir auf dem Tisch stand eine Tasse Kaffee neben der ausgebreiteten Zeitung. Dale hatte seine Roboter-und-Raketenschiff-Zeitschrift in der Hand. Wir hatten Red Hots aus einer Schüssel genascht. Es war kein heftiges Brennen, aber eben doch eine Flamme. Deshalb schaute ich erst auf, als Dale sagte: »Das ist Ottie, meine Frau, eine Pearl gibt es hier nicht, können wir Ihnen irgendwie helfen?«

»Ottie«, sagte die Frau. Ihr Blick war auf Dale gerichtet. »Ich suche meine Pearl«, sagte sie.

Und als sie das sagte, brannte die Flamme in meinem Kopf heißer, und etwas in mir erhob sich aus meinem Körper, ging zu ihr rüber, setzte sich neben ihren Stuhl und legte den Kopf in ihren Schoß. Ich bettete den Kopf in ihren Schoß und schaute zu ihr hoch und sah, dass sie früher wahrscheinlich gar nicht schlecht ausgesehen hatte. Wie die Frau auf dem Foto, das mein Vater hinten in seiner Hemdenschublade liegen gehabt hatte. Mein Vater, der mir, als ich alt genug war, um nach ihr zu fragen, erzählt hatte, sie sei fort, dann, sie sei tot, dann, er habe mich von ihr entführt, und schließlich, nicht lang bevor er starb, sie sei im Gefängnis, weil sie zweimal versucht habe, meinem Leben ein Ende zu setzen, als ich noch ganz klein war.

»Du bist rausgekommen«, sagte ich, als ich mit dem Kopf in ihrem Schoß dasaß.

»Ich war brav«, sagte sie.

Ihre eine Hand verließ die Papier-Handtasche und strich mir sanft über den Kopf. In meiner Erinnerung läutete und loderte es zugleich.

»Ich suche meine Pearl«, sagte sie.

»Kennst du eine Pearl?«, fragte Dale mich.

»Ja«, sagte ich.



Nur kam diese Antwort von dem Ich, das mit dem Kopf

im Schoß meiner Mutter dasaß. Das Ich, das am Tisch saß – das Ich, das sich nicht gerührt hatte – , sagte zu Dale, er solle die Frau an die Tür bringen, sie müsse gehen, müsse sofort verschwinden, sonst würde ich schreien.

»Ottie«, sagte die Frau, während Dale sie hinausbrachte. »Das war der Name seiner Mutter.«

»Wessen Mutter?«, fragte Dale, als er sie auf die Veranda führte, während die Schallplatte sich weiterdrehte, obwohl sie fertig abgespielt war, und dann ging er mit ihr auf dem kleinen Fußweg zur Straße, wo er sie in seinen Pritschenwagen setzte und bis in die Stadt fuhr, wie er mir später erzählte.

»Willst du jetzt darüber reden oder später?«, fragte er, als wir wieder auf unsere Plätze zurückgekehrt waren, er saß in seinem Sessel, las aber nicht mehr in seiner Zeitschrift, und ich saß am Tisch und hielt mir den Kopf.

Eine Woche später kam ein Brief, in Gary abgestempelt, aber ohne Absender, in sauberer Handschrift adressiert an *Mrs. Ottie Henshaw*. Als ich ihn eine Woche später öffnete, fand ich darin einen dünnen rosafarbenen Zettel, auf dem nur stand: *Es ist dunkel hier draußen.*

WIR LAGEN STILL DA. In den Bäumen raschelte es, und ein paar Grillen zirpten, aber davon abgesehen gab es nur uns. Ein nicht unbeträchtlicher Anteil von mir hätte eine Woche dort liegen bleiben können, doch ein anderer Anteil begann den Schotter zu spüren, der mir – obwohl wir ihn glatt getanzt hatten – nun doch in den Rücken pikste. Ich war entschlossen, eine Entscheidung zu treffen, da sagte der Redner: »Madam, ich habe mich Ihnen gegenüber zwangloser benommen, als ich es hätte tun sollen. Es ist dies eine charakterliche Schwäche, die ganz allein mir anzurechnen ist und für die ich mich entschuldige. Es war eine beschämende Dreistigkeit, mit Ihnen zu tanzen. Sie gefallen mir sehr, aber ich habe derzeit diverse persönliche und berufliche Rückschläge zu verwinden, und zudem bin ich bereits vergeben.«

»Tja, was das angeht«, sagte ich, »ich bin auch vergeben.«

»Wobei mir das Tanzen ein Vergnügen war.«

»Ich werde es nie vergessen.«

»Dann verstehen wir uns.«

Er fand meine Hand und drückte sie. Mit seinen schönen Fingern. Genau in dem Moment, als ich seinen Händedruck erwiderte, fingen die Jungs an zu schreien, ich solle mich beeilen.

Ich stieß einen tiefen Seufzer aus. »Sie müssen sich mit uns zusammentun«, sagte ich.

»Werde ich den anderen denn willkommen sein?«, fragte er.

»Zum Teufel mit denen, wenn nicht«, sagte ich.

»Könnten Sie mir aufhelfen?«, fragte er.

»Könnten *Sie mir* helfen?«

Keiner von uns konnte dem anderen aufhelfen, und schließlich erschien Pops und rief Bud und Dale zu, der Redner aus Ryansville liege hier auf dem Boden.

»Ich liege auch hier«, sagte ich.

Aber die Jungs kümmerten sich nur um den Redner, zogen ihn mit viel Aufhebens hoch, strichen seine Kleider glatt, geleiteten ihn die Straße entlang, halfen ihm aufs Fuhrwerk hinauf, und ich musste mich alleine hochrappeln. Es gelang mir schließlich auch, aber nur weil Dale mit einem Gegacker, das keinen Zweifel daran ließ, dass er seinem Einmachglas noch weiter zugesprochen hatte, schrie, er müsse mir wohl erst Feuer unterm Arsch machen, damit ich mich in Bewegung setzte. Doch als ich zum Fuhrwerk kam, stand Dale dort bereit, um mir hinaufzuhelfen, und der Redner streckte mir eine seiner hübschen Hände entgegen, und Pops und Bud verbeugten sich grinsend, als wäre ich eine feine Dame und sie wären Bedienstete, aber ich schob mir nur die Landkarte in den Ausschnitt, stieß sie zur Seite, sprang etwas schneller hinauf, als es wahrscheinlich gut gewesen wäre, und nahm meinen Platz auf der Bank ein.

Es dauerte eine Weile, bis sie mit ihrem Gekasper aufhörten und sich beruhigten, und nun ließ sich der Redner darüber aus, was für ein vortreffliches Fuhrwerk wir da hätten und so ein vortreffliches Maultier. »Ein braver Bursche bist du«, sagte er, und das Maultier spitzte die Ohren. Immer wieder sagte er *vortrefflich*, und dann sagte er *exzellent*, aber er sprach es Französisch aus, und bald lachten wir alle. Bud am lautesten, aber Dale direkt neben meinem Ohr, sodass ich ihn ein bisschen von mir wegschob, weil er so eine Fahne hatte, und ihm sagte, ich hätte jetzt übrigens ohne ihn getanzt, woraufhin er aufsprang, nach hinten kletterte und auf der Ladefläche des Fuhrwerks ein paar Steppschritte und Hüpfer vollführte und mich angrinste. Dales kleine Nummer veranlasste Bud dazu, mit den Whiskey-Einmachgläsern zu jonglieren, und dabei ging ihm eins kaputt. Diese Verkleinerung ihres Vorrats dämpfte die Jungs ein bisschen, und sie setzten sich alle wieder auf die Bank, kauten auf der Innenseite ihrer Wangen herum und sinnierten über ihre Verfehlungen.

»Ich habe den ganzen langen Abend noch keinen Tropfen getrunken«, sagte der Redner, als wir schließlich losfuhren.

»Na«, sagte Bud, »das können wir ganz schnell ändern.«

DIE GLUCKERNDEN SCHLUCKE des Redners und das Gejohle der Jungs neben ihm zeigten mir an, was ich an Vergnüglichem zu erwarten hatte, während wir, nun in voller Besetzung, die letzten Meilen zurücklegten. Nach dem Tanzen war mein Kopf wieder deutlich klarer, ich hatte die Karte in der Hand, und die Jungs waren fröhlich, alles war in schönster Ordnung, und die Vergangenheit samt ihren zahnlosen Frauen rannte hinter dem Fuhrwerk her und holte es nicht ein. Deshalb war ich ziemlich unwirsch über die Unterbrechung, als wir vor uns am Straßenrand einen großen weißen Fleck erspähten und Pops, der für eine Weile das Kutschieren übernommen hatte, das Maultier zügelte.

»Was ist denn, hat da jemand seine Wäsche liegen lassen?«, fragte ich.

»Sei still, Ottie Lee«, sagte Dale.

»Das ist ein Klansmann, ein echter, scheint ein bulliger Kerl zu sein, der ist auf dem Weg nach Marvel«, sagte Bud.

»Nehmen wir ihn doch mit«, sagte Pops.

Falls dieser spitzköpfige Berg weißer Laken hörte, dass wir uns näherten, ließ er es sich nicht anmerken. Die Augenlöcher waren geradeaus gerichtet, und die Arme schwangen an seinen Seiten. Er trug wohl dunkle Schuhe und Socken, denn man sah sie nicht, und das ganze Ensemble schien über dem Erdboden zu schweben. Ich hab es noch nie leiden können, wenn irgendwas nicht sein wahres Gesicht zeigt, aber die Jungs waren ganz begeistert.

»Steigen Sie auf, guter Freund«, sagte Pops.

Keine Antwort.

»Wir haben jede Menge Platz«, versuchte Pops es noch einmal.

»Meine Freunde lügen nicht«, schloss sich der Redner an. Während er sprach, wedelte er mit den Fingern durch die Luft.

»Wir haben dieses Gespann von einem Maisblatt gestohlen«, sagte Dale.

»So ist es«, sagte Pops.

Bud sah sie beide scharf an. »Ihr wart beide dagegen«, sagte er.

»Das ist jetzt egal«, sagte Pops. »Ich war dabei. Ihr habt mich alle gesehen. Ich habe dabei geholfen. Und jetzt lenke ich dieses schöne Gespann. Was meinen Sie, Sir, haben wir da nicht ein schönes Fuhrwerk?«

Aber der Lakenberg schaute nicht hoch. Wollte nicht. Ich fragte mich, ob er unter seinem Gewand vielleicht eine Flasche hatte.

»Bietet ihm doch einen Schluck an«, sagte Dale.

»Tu's doch selbst«, sagte Pops.

Der Redner bedachte die beiden mit einem schmierigen Lächeln, beugte sich aus dem Wagen und streckte die Hand mit dem Einmachglas aus. Nach einem Moment zuckte er die Achseln und zog den Arm wieder ein.

»Vielleicht später«, sagte er.

»Ja, Sir, wann immer Ihnen danach ist.«

»Wenn es Sie in der Kehle kratzt.«

Nachdem sie eine Weile so herumgequakt hatten, meldete sich Bud zu Wort.

»Hören Sie, wir glauben alle an die große Klux-Nation«, erklärte er.

Das fanden die anderen wohl nun doch etwas überspitzt, Ticonderoga-Bleistifte hin oder her, denn sie schauten alle zur Seite, und ich schnaubte einfach nur, aber das hielt Bud nicht davon ab, nachdem er nun schon mal angefangen hatte, noch dicker aufzutragen von wegen den wundervollen Klan-Ortsgruppen und all den trefflichen Klansmännern, die er kannte. Er habe mal einen kennengelernt, der sei todsicher ein Großer Hexenmeister gewesen, und bei einem Schweineschmaus habe er womöglich sogar mal mit einem Zyklopen zusammen gegessen. Dieser alte Knabe habe fünfzehn Schweinekoteletts verzehrt und dann nach mehr verlangt.

»Und ich sag Ihnen was«, sagte Bud, »die Bedienungen haben ihm sofort Nachschub gebracht. Ich hab noch nie einen Mann gesehen, der so viel gegessen und seine Mitmenschen so freundlich behandelt hat.«

Ein wahrer Christ sei dieser vermutliche Zyklop der großen Klux-Nation gewesen, die Welt brauche mehr solche Menschen. Und mehr Menschen wie ihn, der hier mit solch kräftigen Schritten durch die Nacht schreite. Der Klan sei so gut und amerikanisch wie frischer Pfirsichkuchen, und es würde ihn mit Stolz erfüllen, erklärte Bud – während ich bloß weiter vor mich hin schnaubte –, wenn ein Klansmann zusammen mit ihm und seinen Freunden in diesem Fuhrwerk, das sie von Maisblättern gestohlen hätten, nach Marvel mitfahren würde, um beim Lynchen zuzuschauen.

»Schön formuliert«, sagte der Redner.

Bud klopfte neben sich auf die Bank. »Steigen Sie auf.«

»Halt dein dummes Maul, sonst komm ich hoch, reiß es

dir aus dem Gesicht und geb es deinen Freunden zu fressen«, sagte der große Klansmann.

Und damit verließ er die Straße und schlug sich querfeldein, und bald konnten wir nur noch die Spitze seiner Kapuze über dem Getreide auf und ab hüpfen sehen.

DANACH WAREN DIE JUNGS bedrückt, und wenn sie vor unserer Begegnung mit dem Klansmann von ihrem Schwarzgebrannten genippt hatten, schütteten sie ihn jetzt herunter, als wären im Soda-Shop alle Getränkehähne aufgedreht worden. Das Maultier trottete genauso unverdrossen und das Fuhrwerk rollte genauso gemächlich dahin wie zuvor, aber nach dieser Konversation, wie es der Redner vielleicht ausgedrückt hätte, traten mir keine Bilder von Schiffen in vergangenen Zeiten mehr vor Augen, mit knicksenden Damen und sich verbeugenden Männern. Das Einzige, was ich vor mir sah, war ausgerechnet mein Vater, wie er gegen Ende seines Lebens betrunken in einer seiner staubigen Muster-Kisten mit Salz- und Pfefferstreuern gewühlt hatte.

Du bist kein Kapitän und das hier ist kein Schiff und du bist keine feine Dame, und das einzig Geheimnisvolle an der ganzen Sache ist, warum der Redner sein Haarteil noch nicht verloren hat, sagte ich mir. Es war einfach Ackerland. Indiana. Mitte August. Eine Nacht voller Bäume und Stricke.

Erst kletterte Bud von der Bank nach hinten und setzte sich auf die Ladefläche, dann gesellte sich Dale zu ihm. So rumpelten wir eine Weile weiter, dann wandte sich Pops mir zu und reichte mir wortlos die Zügel. Ich nahm sie, und er kletterte nach hinten zu den anderen. Die vier stießen mit ihren Einmachgläsern an und machten sich daran, den Rest ihres Vorrats zu vernichten.

»Wir sind fast in Marvel«, rief ich über die Schulter nach hinten und schlug mit der Landkarte in die Dunkelheit, aber keiner von ihnen gab einen Mucks von sich, nur Dale rülpste lange und leise, seine vornehme Mundpartie war im Dunkeln nicht zu sehen. Bud schien von allen in der schlechtesten Verfassung zu sein. Er hing mit gespreizten Beinen in einer Ecke der Fuhrwerks, und diesmal weinte er nicht, sondern sah eher aus, als hätte er eine seiner großen Fäuste endlich auf das richtige Ziel gerichtet und sich selbst k.o. gehauen. Ich wollte schon einen entsprechenden Witz reißen, aber dann überlegte ich es mir doch anders und verkniff es mir.

Alle wussten, dass Bud unbedingt Mitglied im Klan werden wollte, mochte der auch nur noch ein Schatten seiner selbst sein, dass man ihn jedoch nicht ließ. Nachdem er seine Familie verloren hatte, war er vor einigen Jahren ein paarmal unverbindlich mit der Schwester von einem der großen Tiere in der Ortsgruppe ausgegangen, und sie hatte ihrem Bruder davon erzählt. So weit, so schlecht. Wenn man dem Klan in die Quere kam, schloss der seine Pforten, und man konnte sich glücklich schätzen, wenn man nur die Zähne eingetreten und bei lebendigem Leib die Haut abgezogen bekam. Bud dachte erst, er wäre mit einem brennenden Kreuz in seinem Vorgarten glimpflich davongekommen. Doch am nächsten Abend, als die Asche seiner Garage noch glimmte, tauchten ein paar maskierte Burschen auf und banden Bud an einen Motorblock. Sie hatten allesamt Messer dabei, diese Burschen, und die schwangen sie erst ein bisschen, bevor sie sich ans Werk machten. Bud sagte, sie hätten keinen ernsthaften Schaden angerichtet, ihn nur ein bisschen gekitzelt, aber das kam von einem Mann, der mir jeden Monat eine Sonderzulage zahlte, damit ich mit ihm in das Nebensträßchen fuhr und ihn an meinen Haaren ziehen ließ.

Wer zu Bud Lancer sagte, er solle den Mund halten – sofern es nicht ein Klansmann war oder, wenn ich es mir so recht überlegte, der Junge mit dem Fahrrad –, konnte sich darauf einstellen, frühstens eine Woche später das Bewusstsein wiederzuerlangen. Aber jetzt lag Bud da, als wäre er bereit, sich mit einer beliebigen Zahl spitzer Ticonderogas stechen zu lassen oder gar selbst zu stechen. Und als ich das nächste Mal über die Schulter schaute, lagen alle vier hingefläzt da, selbst der Redner in seinem feinen Leinenanzug. Sie hatten die Köpfe an die Seitenwand des Fuhrwerks gelehnt und sahen aus, als könnten sie mit Mühe gerade noch ein- und ausatmen und ihre Einmachgläser an die Lippen heben. Ich legte mir die Zügel in den Schoß und entrollte die Landkarte, dachte, sie könnte mir vielleicht doch noch helfen, meinen weiteren Weg zu erkennen, wenn ich sie nur recht zu lesen wüsste, aber ohne Dale, der mir Streichhölzer anzündete, konnte ich nicht mehr als den Schimmer der Fotos am Rand sehen. In der Mitte, wo wir waren, war alles dunkel. Selbst Marvel, wo die glänzenden Linien sich überkreuzten, lag im Dunkeln, das Bild des Gerichtsgebäudes leicht vorstellbar, aber nicht zu sehen.

»WEHE DEM MANN, DER wackelig auf den Beinen ist.« Das hatte mein Vater gern gesagt. Vielleicht waren es sogar seine letzten Worte auf dieser Erde gewesen. An diesem Abend hätte es Dales Motto sein können. Denn ungefähr eine Meile nachdem ich gedacht hatte, die vier wären bedient, rappelte er sich mehr schlecht als recht hoch, sagte »ach du je« und fiel vom Fuhrwerk. Mit einem gedämpften Plumps schlug er im grasbewachsenen Graben auf, und ich bremste und kletterte vom Fuhrwerk hinunter, um zu schauen, ob er sich den Hals gebrochen hatte. Die anderen hatten sich nicht vom Fleck gerührt. Bud schlief wie ein Baby, Pops sah aus, als hätte ihn seine Nummer auf dem Baum doch noch eingeholt und er wäre bereit für die Einbalsamierung, und der Redner sabberte auf seine Hand und ließ ein fettes Bein über die Seite des Fuhrwerks baumeln. Dale lag immer noch auf dem Gesicht, also packte ich zu und drehte ihn um. Er hatte einen Kratzer auf der Wange und ein paar Blätter im Haar. Er sah mich grinsend an.

»Das war vielleicht ein Abend«, sagte er.

»Er ist noch nicht vorbei«, erwiderte ich flüsternd.

»Was steht denn noch an?«

»Was noch ansteht?«

»Hab ich doch gesagt.«



Er grinste immer weiter. Sein Whiskey-Atem blubberte

auf meine Nase und Wangen. Aus seinen Nasenlöchern kamen so eine Art Dampfhärchen. Etwas von diesem Dampf traf mein Gesicht, und ich spürte Hitze in mir aufsteigen.

»Alles«, sagte ich und schlug ihm mit der aufgerollten Karte ins Gesicht.

Das Grinsen verschwand.

»Du warst unhöflich zu diesem Klansmann, Ottie Lee.«

»Du weißt, dass ich Klansmänner nicht leiden kann. Und soviel ich weiß, galt das für dich bisher auch.«

»Heute ist alles anders. Es ist der wundersame Marvel-Abend. Außerdem weißt du doch, was mit Bud ist.«

»Zum Teufel mit diesem Jammerlappen von Bud Lancer.« Ich schlug ihn erneut mit der Karte. Diesmal richtig fest und direkt auf die Nase.

Er packte mein Handgelenk. Ich riss mich los. Die Hitze hatte sich nicht gelegt. Sie war stärker geworden. Ich spürte sie in den Armen. In den Beinen.

»Meinst du das ernst?«, fragte Dale.

»Natürlich.«

»Und was bedeutet das?«

»Ich kündige.«

»Du kündigst?«

»Gleich morgen.«

»Du solltest wirklich kündigen.«

»Will ich doch.«

»Meinst du vielleicht, ich wüsste nicht Bescheid?«

»Worüber? Dass Bud der absolute Obertrottel ist?«

Ich schlug ihn ein weiteres Mal mit der Landkarte, so fest ich konnte, und diesmal fing Dale an zu lachen, als hätte ich meinen besten Witz erzählt.

Er hörte auf zu lachen, als ich seine Hose aufknöpfte.

»Was machst du da, Ottie Lee?«, fragte er.

»Du bist ein Trottel, Dale Henshaw, und du weißt nicht alles.« Ich zog mein Kleid hoch. Sein bestes Stück war ein bisschen schlaff, aber nicht alles an Dale war klein, und ich bin ganz ehrlich, ein kleines bisschen Schlaffheit da unten war an diesem heißen trockenen Abend kein Nachteil. Als ich anfing, hatte ich plötzlich die Vorstellung, Pops und Bud und der fette Redner wären aus ihrem Dämmer erwacht und würden im Monddunkel über die Seitenwand des Fuhrwerks auf uns hinunterschauen, und da schlug ich Dale noch fester ins Gesicht und ritt ihn schneller. »Es gibt so manches, was du nicht weißt.« Ich biss mir auf den Rand der Unterlippe, weil ich das laut ausgesprochen hatte. »Vieles sogar.« Meine Augen wanderten nach rechts, dann nach links, dann wieder nach rechts, weil ich es ausgesprochen hatte, und ich ächzte und seufzte und stöhnte.

»Sie hat nicht nur versucht, mich umzubringen.«

»Mach langsam, Ottie Lee, du hast 'ne Menge getrunken«, sagte Dale.

»Langsam – zum Teufel«, sagte ich. »Zeig, was du in dir hast. Zeig, was du kannst. Na los.«

Dale schaute zu mir hoch, die Augen zusammengekniffen.

»Bist du dir sicher, Ottie Lee?«, flüsterte er.

»Nenn mich Pearl«, flüsterte ich zurück.

In diesem Moment begann jemand auf uns zu schießen.

UND DANN ÜBERSCHLUG SICH alles. Wie die Bilder in einem Mutoskop, wo man die Kurbel zu schnell dreht. »Heilige Scheiße!«, sagte Dale, als eine Kugel über unsere Köpfe hinwegpfiff. Gerade hatte er noch flach wie ein verbrannter Pfannkuchen dagelegen, aber jetzt sprang er auf, als säße ich nicht auf ihm. Noch ein Schuss ertönte, und Dale machte einen so heftigen Satz nach hinten, dass ich gegen das Fuhrwerk flog und mir den Kopf anschlug. Es war eine große Waffe und ein gewaltiger Knall, und es brauchte keinen weiteren Schuss, damit ich aufhörte, mir den Kopf zu reiben, und auf das Fuhrwerk kletterte. Das Maultier drehte in seinem Joch fast durch, und als ich die Landkarte fallen ließ und die Bremse löste, rannte es mit einem Ruck los, der mich fast in den Himmel geschleudert hätte.

Der nächste Schuss krachte, und wir sausten die Straße entlang, dann durch den flachen Graben, in dem Dale und ich gelegen hatten, und in ein Bohnenfeld hinein. Noch ein Schuss, und Dale, der mit aufgeknöpfter Hose hinter uns hergerannt war, holte uns ein und kletterte auf das Fuhrwerk. Die vier Jungs lagen flach hinten auf der Ladefläche und hielten sich die Hände über den Kopf. Es knallte erneut, und ich spürte, wie sich neben meinem Ohr die Nachtluft bewegte, und meinte, hinter uns jemanden etwas rufen zu hören, das ich nicht verstand, einen Namen, den ich nicht richtig hörte, und dann muss ich wegen der Kugel, die mich fast erwischt hätte, wohl in Ohnmacht gefallen sein, denn ich kam auf der Erde zwischen Bohnenstangen wieder zu mir.

»Verdammt, Dale, jetzt bin ich auch aus dem Fuhrwerk gefallen«, sagte ich. Aber es war niemand da, der mich hätte hören können. Das Fuhrwerk war weg. Ich stand auf und sah, wo die Radspuren in die Dunkelheit entschwanden.

»He!«, brüllte ich, aber ein Bohnenfeld schluckt den Schall, deshalb kam es leiser heraus, als ich wollte. Ich brüllte noch einmal: »He, ihr Dosenficker, kommt zurück!« Ehe ich zum dritten Mal losbrüllte, fiel mir ein, dass wir, so schnell das Maultier auch gerannt war, nicht allzu weit von der Stelle weg gelangt sein konnten, wo die Waffe abgefeuert worden war.

»Verdammte Scheiße.« Ich kauerte mich zusammen. Die Bohnen waren schon ziemlich hoch, aber in der Hitze hingen sie schlaff an ihren Stangen, und mir wurde klar, dass ich mich hinlegen musste, wenn ich nicht gesehen werden wollte. Mein Kleid war eh schon ruiniert, denn ich hatte mich neben den Redner auf die Straße gelegt und im Graben auf Dale, also dachte ich mir, dass nicht mehr viel passieren könnte, wenn ich mich ein weiteres Mal hinlegte. Ich streckte mich bäuchlings zwischen den Bohnenstangen aus, die Wange auf meinen Händen.

Die Nacht war voller Lärm gewesen, immer wieder und überall, aber jetzt war es einfach nur still. Nichts als das sanfte Rauschen der Erde und das leise Rascheln der Bohnen. Mir wurde kalt, dann wurde mir heiß. Mein Kopf schmerzte und juckte gleichzeitig. Ich war auf einer weichen Stelle gelandet, als ich aus dem Fuhrwerk gefallen war, aber ich wusste, dass ich am nächsten Morgen mindestens fünfzehn blaue Flecken haben würde. Wer weiß, womöglich lagen diese Strohköpfe immer noch mit geschlossenen Augen hinten im Fuhrwerk. Wahrscheinlich beteten sie alle. Bei diesem Gedanken fragte ich mich, ob ich vielleicht auch beten sollte. Dale und ich gingen nicht oft in die Kirche, aber manchmal schon. Ich beherrschte das Vaterunser so gut wie jeder andere. Hatte es bei den Spitzers gelernt. Ich hatte es abends im Bett aufgesagt und gehofft, mein Vater würde mich abholen. Ich hatte es jedes Mal aufgesagt, wenn mein Vater mich wieder allein dort zurückgelassen hatte. Und auch nachdem er mich dann das letzte Mal abgeholt hatte, sagte ich es noch ziemlich oft auf. »Vater unser«, sagte ich. Aber irgendwas steckte mir in der Kehle, und es kam falsch heraus. Das ärgerte mich, und ich war froh, dass ich allein war. Dann war ich nicht mehr froh. Früher am Abend hatte ich mit Sally Gunners Augen geschaut und Lichter in den Bäumen gesehen. Wo waren diese Lichter jetzt? Waren das vorhin wirklich Pistolenkugeln gewesen? Oder waren es womöglich genau diese Lichter? Salven aus dem Himmelreich. Beschuss von ganz oben. War das meine Botschaft? War es das, was der Abraham-Lincoln-Engel gemeint hatte? Ich hatte in einer Kirche, wo andere den Kopf beugten, die Stirn gerunzelt und Grimassen gezogen. Ich hätte Bud nie erlauben sollen, mit mir in das Nebensträßchen zu fahren, auch wenn er nicht mehr tat, als zu grapschen. Egal, wie dringend wir das Geld brauchten. Ich hätte nicht mit dem Redner tanzen sollen. Ich hätte mit meiner Mutter sprechen sollen. Hätte ihr und Dale hinterherlaufen sollen. Ihr sagen, sie solle sich zum Teufel scheren. Ihr den Weg dorthin zeigen. Und ich hätte Dale alles erzählen sollen, was sie getan hatte. Ich konnte unmöglich kündigen. Außer Dale verkaufte seine Sau. Er sollte die Sau verkaufen. Oder wir aßen sie. Teilten sie in Stücke und brieten sie.

»Vater unser«, sagte ich noch einmal, und ich will verdammt sein, wenn meine Stimme nicht wieder hängen blieb. *Ich bin tot*, dachte ich. *Ich liege tot in meinem Grab und werde nie wieder aufstehen. Die Landkarte ist weg, mitsamt dem Fuhrwerk, und ich bin erschossen worden und habe es nicht bemerkt, und jetzt bin ich so tot wie diese Jungs an den Bäumen. Vielleicht hänge ich neben ihnen. Vielleicht ist mir jemand auf die Schliche gekommen. Verdorbene Ware. Die haben das Benzin bereitstehen, um mich damit zu übergießen. Und anzuzünden.* Überraschung! Vielleicht war *ich selbst* meine hell leuchtende Botschaft. Bloß war ich nicht tot. Ich hörte meinen Herzschlag. Meine Zunge war trocken, und meine Ohren dröhnten.

»Gottverdammter Vater unser«, sagte ich. Das kam problemlos heraus, und ich stemmte mich wieder auf die Knie, hockte mich hin. Ließ den Blick schweifen. Wie weit mochten sie gekommen sein? Ich hatte etwas verquer dagelegen, aber die Wagenspuren schienen in Richtung Elwood zu führen. Sie hatten mehr als genug Zeit gehabt, um zur Vernunft zu kommen. Um zu wenden und mich abzuholen. Ich jedenfalls wäre zurückgefahren, um sie abzuholen. Ganz sicher. Aber wer weiß, vielleicht hatte Dale ja verstanden, was ich meinte, und ihnen gesagt: *Meine Frau stammt von einer Irren ab. Sie hat Angst, sie könnte Dinge tun, die man nicht tut. Ihren eigenen Kindern etwas antun. In Wirklichkeit heißt sie nicht mal Ottie Lee.*

Endet es denn nie? Ich war irgendwo in der Pampa; dieses Affentheater hatte jetzt lang genug angedauert, es war Zeit, dass ich mich vom Acker machte. Marvel hin oder her, es war Zeit nach Hause zu gehen. Ich stand auf, wischte mein Kleid ab, und kurz darauf erschien, wie eine Blüte, die sich aus dem Traum dieser langen Nacht entfaltete, eine junge Maisblattfrau auf der Straße. Ich sah es nicht gleich, aber sie hatte einen Revolver in der Hand. Als sie auf meiner Höhe war, hob sie den Revolver und richtete ihn auf mich. Auf mich zielend, ging sie weiter, und ich hielt die Luft an. Dann drückte sie ab, doch es klickte nur, sie lächelte, drückte noch mal ab, dann senkte sie den Revolver, hörte auf zu lächeln, spuckte aus und verschwand auf der Wagenspur in die Dunkelheit.

ICH WOLLTE NACH HAUSE, und ich wäre auch nach Hause gegangen. Davon bin ich überzeugt. Mein Kissen rief. Ich wollte ein Bad nehmen. Wollte meine Seite des Betts. Ich wollte Dale neben mir haben, egal, was er irgendjemand anderem erzählt haben mochte, wollte ihn neben mir schnarchen hören. Dale und unsere Farm würden mein Wunder von Marvel sein. Eine lächelnde Maisblattfrau mit Revolver könnte mein Wunder von Marvel sein. Alte Frauen und Zauberessiggurken. Wels-Essen. Süße Maultiere und schlafende Schweine und Schlachtzeit. Meine Mutter, die nach Gary gefahren war. Im Dunkeln auf dem Schotter tanzen. Ich beschleunigte meinen Schritt. Trotz der Hitze fröstelte ich, also rieb ich mir die Arme. Ich würde aufhören zu frösteln. Ich kannte Abkürzungen. Ich würde im Nu zu Hause sein. Wäre im Nu zu Hause gewesen.

Aber nach kaum hundert Schritten hörte ich einen Motor. Ich sah Scheinwerfer und hielt den Daumen raus. Es war Candy Perkins, ausgerechnet. Sie war in Marvel gewesen, hatte alles mit angesehen, sich ein Auto ausgeliehen und war kurz heimgefahren, um sich für weitere Vergnügungen frischzumachen. Jetzt fuhr sie wieder hin.

»Du siehst beschissen aus, Ottie Lee, steig ein«, sagte sie.

Ich öffnete die Tür. Stieg, wie ich glaubte, durchaus schwungvoll ein. Zog eine Augenbraue hoch und lächelte sie frech an. Erinnerte mich an eine der Bemerkungen, die ich ihr gegenüber hatte machen wollen, wenn ich sie das nächste Mal sah. Es ging um Exfreunde und Schönheitswettbewerbe. Aber bevor ich auch nur den halben Satz über die Lippen gebracht hatte, lag ich mit der Wange an ihrer Schulter und flennte wie Bud. Ich heulte und schluchzte so lang und so laut, dass sie den Motor ausschaltete.

»Großer Gott, was ist denn in dich gefahren?«, fragte sie mich.

Aber noch eine ganze Weile, selbst als sie den Wagen irgendwann wieder angelassen hatte und wir auf dem Weg nach Marvel waren, konnte ich nur den Kopf schütteln.

# CALLA

ICH STIEG LANGSAM VOM Fluss hoch, als wäre ich es, nicht das gute grüne Wasser, was da träge dahinfloss. Langsam durch den Tag und die Hitzehölle dieses Tages, mit schlammigen Füßen und tropfenden Knöcheln und glühender Stirn, nachdem ich so lang dort gesessen hatte. Eine Närrin im platt gedrückten Gras. Gesessen und gewartet. Einer Pferdebremse gefiel meine rechte Schulter, und zwei Goldaugenbremsen versuchten, in meinen Haaren zu schlafen, sie machten es sich schön gemütlich in meinen Locken, richteten sich ein im heißen Dunkeln, im süßen Dunkeln, im teuflischen Dunkeln da drin. Ich brachte sie alle schnell um, dann fühlte ich mich einsam, dann lachte ich ein bisschen über mich, aber ohne Lächeln.

Eine alte Frau mit Krüppelbein, die ich noch nie gesehen hatte, saß auf der Veranda von einem Haus, das ich nicht kannte, und als ich ausgelacht hatte, guckte sie mich lange mit gerunzelter Stirn an. Ich blieb einen Moment stehen und lächelte sie an und winkte ihr langsam zu, damit sie merkte, dass ich schon noch die meisten Tassen im Schrank hab, aber auch, damit ich mich ein bisschen umgucken und mir zu erklären versuchen konnte, wieso es hier, an einer Straße, die ich schon tausendmal entlanggegangen war, ein Haus gab, das ich nicht kannte.

»Alles in Ordnung?«, fragte mich die alte Frau mit dem

schiefen Bein. Sie hob ihren Stock, als sie das fragte, und als sie den Stock höher und höher hob, hoch über ihren Kopf, wurde mir klar, dass es dieser Tag heute war, der das mit mir anstellte, dieser Tag, der sich gerade ein bisschen umsortierte mit dem, was er schon geboten, und dem, was er noch auf Lager hatte.

»Ja, alles in Ordnung, danke der Nachfrage«, sagte ich.

»Nichts ist heute in Ordnung, wenn du mich fragst«, sagte sie. »Es ist ein teuflischer Tag, und was hast du überhaupt da unten am Fluss gemacht, ich bin hier zu Besuch bei meiner Tochter, und dann passiert so was, die reinste gottverdammte Hölle, wir sollten alle die Stadt verlassen.«

»Ich hab ein Picknick gemacht«, sagte ich und hielt den Korb hoch, den ich schon fast vergessen hatte. Auf den roten Rüschen, die unter dem Deckel hervorlugten, waren Schlammspritzer vom Fluss, und der Griff hatte sich etwas gelockert.

»Ein Picknick!«, sagte sie.

»Aber es war zu heiß. Wir haben es doch lieber gelassen.«

»Zu heiß, na so was. Ist das dein Ernst, ein Picknick? An einem Tag wie heute? Du weißt doch, was drüben beim Gerichtsgebäude gerade los ist. Die holen ihre Dreizacke raus. Setzen sich ihre Hörner auf. Ein Picknick! So was hab ich noch nie gehört. Ich wette zehn gottverdammte Dollar, dass man auf deiner Hutkrone ein Ei braten könnte, sogar eins, das noch hübsch in seiner Schale sitzt. Wie heiß wird es wohl sein? Vorhin waren es fast vierzig Grad. Und zwar hier auf der Veranda, im Schatten.«

»Unten am Fluss war es kühler«, sagte ich.

»Kühler, so ein Quatsch.« Sie lachte gackernd. Dann hämmerte sie mit ihrem Stock auf den Verandaboden.

»Ich hab die Füße in den Schlamm gesteckt. Da drin war es kühl.«

»Mädchen, du musst raus aus der Hitze. Wo sind deine Leute? Geh zu ihnen zurück und halt deinen Kopf in den Schatten. Auf dem Land haben wir es kühler. Ihr habt ja nicht den winzigsten Windhauch hier. Knöpfen sie euch dafür Geld ab oder wie? Geht deshalb kein Wind? Was für ein gottverfluchter Tag das heute ist. Kein Wunder, dass sie die Stricke rausholen.«

Die alte Frau redete immer weiter, und ich lächelte und winkte ihr noch mal zu, wünschte ihr einen schönen Aufenthalt bei ihrer Tochter und uns allen himmlische Gnade, besonders den Jungs, die ermordet werden sollten, und sie hob wieder ihren Stock, und ich ging weiter, vom Fluss zurück – eine bequeme Meile durch bebaute Straßen, auch wenn es höllisch heiß war und ich niemanden sonst sah, bis auf eine tote Taube und zwei Eichhörnchen, die sich mit ihren Schwänzen zuwedelten – und nach Hause.

Ich hatte vorgehabt, mich abzuspritzen und dann leise durch die Hintertür ins Haus zu gehen, wo ich die Picknicksachen wegräumen und den schmutzigen Korb verstecken und mich richtig säubern wollte, und wer wusste schon, was dann passieren würde, wer konnte es wissen, aber das Haus war leer, nicht einer von ihnen war mehr da, sie waren alle weg. Ich hatte auf dem Rückweg vom Flussufer die Vorstellung gehabt, dass ich durchs Gartentor kommen und direkt auf Tante V und Onkel D stoßen würde, die aufgeregt im Garten herumwuselten und sich zur Abfahrt bereit machten, Tante V mit ihrem kleinen, schnellen Gewusel, Onkel D mit seinem großen, langsamen. Hortensia würde irgendwo im Schatten sitzen. Den Fächer in der Hand. Vielleicht singend. So hatte ich mir das vorgestellt. Aber niemand saß im Schatten oder sang oder wuselte im Garten herum, außer dem Blauhäher, den Onkel D immer erschießen wollte.

»Onkel D?«, rief ich. »Tante V? Hortensia? Wo seid ihr denn alle?«

Ich durchsuchte das ganze Haus. Gerade so, als glaubte ich, sie würden nur Versteck mit mir spielen, wären oben im Speicher hinter Onkel Ds alten Kriegskoffern oder in dem großen Schrank im ersten Stock hinter Tante Vs Sonntagskleidern oder unten im Keller, wo es dunkler und kühler war, wo die Ratten ihr Schläfchen hielten und zwischendurch was futterten und die Spinnen ihre Netze woben. Ich ging nach nebenan und klopfte. Ich ging zu den Nachbarn gegenüber und klopfte. Niemand reagierte.

»Ja, wie«, sagte ich, als ich wieder in unserem Vorgarten in der Sonne stand, Schlamm an den Schuhen, den Korb in der Hand, und mit dem Ellbogen Tante Vs Begonien anstupste. Sie blühten leuchtend rosa in dem versengten Garten. Alles war verbrannt, als hätte der Himmel sein Bügeleisen nicht rechtzeitig ausgemacht. Nur die Begonien nicht. Ich tastete nach der Erde. Frisch gegossen. Tante V goss nie mitten am Tag. Mit der feuchten Erde an den Fingern ging ich wieder hinein und schaute im Wohnzimmer zur Lampe hoch. Da war es. Onkel D hatte ein großes Glasauge mit einem Haken dran, das er immer aufhängte, wenn alle aus dem Haus gingen. »Das hält Wache.« Was immer es zu sehen gäbe, es würde alles sehen und es ihm später ins Ohr flüstern.

»Tante V?«, fragte ich. Das große Glasauge drehte sich langsam. Sie hatten es wahr gemacht. Ich rieb mir heftig die Augen mit den Fingern, die ich in der Begonienerde gehabt hatte, und schmierte mir einen krümeligen Streifen ins Gesicht. Dann ging ich ans Spülbecken in der Küche und spuckte aus, einen dicken Flatscher, denn den Geschmack von Schweiß mit Erde vermischt mochte ich nicht.

»WIR LASSEN DICH HIER zurück«, hatte Tante V gesagt, und ich hatte laut gelacht, und Onkel D hatte gesagt: »Niemand lässt hier irgendwen zurück«, und Hortensia hatte gesagt: »Ich habe Angst.«

»Vor was denn?«, hatte ich gefragt, und Tante V hatte gesagt: »So eine Frage kann wirklich nur ein Dummkopf stellen, das ist doch mal wieder typisch«, und Onkel D hatte gesagt: »Es ist wirklich eine blöde Frage, aber ein Dummkopf ist Calla deshalb noch lange nicht.«

»Es ist ja nicht so, als wollten die uns alle lynchen«, sagte ich, und Hortensia sagte: »Woher willst du das denn wissen, Calla Destry?«, und Tante V sagte: »Du weißt nicht, was sie tun werden, so einfach ist das«, und Onkel D sagte: »Das sollen sie erst mal versuchen«, und ich sagte: »Ich bin nur eine Stunde weg.«

»Für ein Picknick!«, sagte Tante V.

»Ich habe es versprochen«, sagte ich.

»Wir sollten hinfahren und die Jungs rausholen«, sagte Onkel D. »Ich will da nicht hin«, sagte Hortensia.

»Niemand fährt da hin. Vor dem Gerichtsgebäude ist alles voller Maishaare, die halbe Stadt ist da und das halbe Land noch dazu«, sagte Tante V.

»Nur die halbe Stadt und das halbe Land?«, fragte ich. »Das kriegen wir doch hin!«

»Du kriegst deine eine Stunde, und dann holen wir die Jungs da raus«, sagte Onkel D.

»Niemand holt hier irgendwen irgendwo raus.«

»Ich hab solche Angst«, sagte Hortensia.

»Eine Stunde«, sagte Onkel D.

Ich war zwei Stunden weg gewesen. Eher noch etwas länger, wenn ich ehrlich war. Hatte mit meinem Korb da unten am Fluss gesessen. Den Libellen zugeschaut. Die Schilfrohre gezählt. Über die kleine Rede nachgedacht, die ich halten würde. Was ich sagen würde, wenn er dies, und was, wenn er das sagen würde. Hatte dagesessen und mir Lieder ausgedacht, für die ich nicht die richtige Stimme hatte. Auf jemanden gewartet, der nicht kam. Genauso dumm, wie ich Onkel D zufolge nicht war.

*Ich bin kein Dummkopf*, dachte ich. Ein Auto fuhr vorbei. Ich verließ das Glasauge und die Begonien, rannte zum Gartentor und sah ihm nach. Es war ein kirschroter Roadster. Ein paar Maisblätter, die ich nicht kannte, saßen auf dem Vordersitz. Hübscher kleiner Wagen. Ich musste an die Jungs denken, für die gerade die Stricke vorbereitet wurden. Die hatten auch so einen Flitzer gehabt. Die älteren von ihnen hatte ich oft in der Stadt gesehen. Wie wir alle. Ich guckte dem Auto nach, bis es von der flirrenden Hitze verschluckt wurde.

Du weißt, warum er nicht gekommen ist, dachte ich.

Ich hatte immer noch Begonienerde im Gesicht. Warm und nass und jetzt nicht mehr krümelig. Im Vorgarten war es still, nachdem das Auto vorbeigefahren war, aber dann kam plötzlich der Blauhäher mit hässlichem Flügelschlag hinterm Haus hervor und fing an zu kreischen, als wäre er derjenige, der seine Entscheidung getroffen hatte und sie jetzt der ganzen Nachbarschaft verkündete. Der Häher schrie, und die Begonien leuchteten, und ich sagte: »Wie wär's, wir gehen ihn suchen«, also lupfte ich den Deckel des Korbs, um sicher zu sein, dass der Revolver noch da war. Matt schimmernd steckte er zwischen den beiden nicht angetasteten Schinkenbroten, die wiederum von meinen guten Schuhen flankiert waren, die ich dort reingepackt hatte, damit ihnen nichts passierte.

Da ich nun meinen Entschluss gefasst hatte, ging ich zielstrebig hinein, säuberte meine Füße und Knöchel, zog ein anderes Kleid an und steckte meinen Hut wieder fest, ich packte die guten Schuhe aus und zog meine festen an, dann ging ich mit dem Korb zu dem Schuppen hinterm Haus. Der alte Pritschenwagen, der normalerweise davor stand, war weg. Tante V weigerte sich, Auto zu fahren, Hortensia konnte nicht fahren, und Onkel D hatte schlechte Augen vom Krieg. Jetzt wusste ich also ohne jeden Zweifel, dass sie wirklich beschlossen hatten zu fahren. Ich konnte Onkel D vor mir sehen, wie er sich über das Lenkrad beugte, während Tante V die Hindernisse ausrief. Manchmal sagte er, sein großes Glasauge sehe besser als er. Nicht umsonst war normalerweise ich diejenige, die fuhr. Ich mochte diesen Witz nicht sonderlich, den sie manchmal machten, dass sie mich nur aufgenommen hätten, weil ich Auto fahren konnte. Tante V erzählte ihn eher hart, Onkel D eher sanft, aber ich mochte ihn weder so noch so. Wie dem auch sei, sie waren mit dem Pritschenwagen weggefahren. Wenn ich nicht wieder laufen und diesmal in der Hitze höchstwahrscheinlich umkommen wollte, musste ich den Dictator in Besitz nehmen.

DER SCHUPPEN MACHTE NICHT viel her, wie unser ganzes Viertel, aber er war schön braun angestrichen und hatte ein grünes Ziegeldach, das im Herbst ein hübsches Federkleid aus orangen Hickoryblättern anlegte. Der Schuppen hatte auf jeder Seite ein geschwärztes Fenster, und unter dem Dachvorsprung zum Haus hin hing ein Wespennest vom vergangenen Jahr, an dem noch die hintere Hälfte eines toten Einwohners haftete. Ich zog die großem Türflügel auf, dachte eine Sekunde lang, vielleicht wären sie alle da drin, würden nur auf mich warten und mich mit lautem Hurrageschrei begrüßen. Aber da waren nur Spinnweben und Ölkännchen und Onkel Ds Werkzeug und ein paar von Tante Vs Hutschachteln und ein Stapel Zeitschriften und der Geruch abgestandener Hitze und, in dem Licht, das sich über meine Schultern auf den Dictator ergoss, ganze Galaxien von wirbelnden Flugsamen, Farbpartikeln, Hautschuppen und pulverigem orangem Rost.

Der Dictator hatte kein Tageslicht mehr gesehen, seit Onkel D bei der Zwangsversteigerung eines Besitzes in Indianapolis den Zuschlag dafür bekommen hatte. Er bezahlte bar auf die Hand, und wir fuhren den Dictator von dort direkt nach Hause. *Wir* bedeutet in diesem Fall *ich*. Wie ich bereits sagte. Zu Hause habe ich Tante V später gefragt, ob sie nicht auch mal ans Steuer wollte, und da bekam ich das zum ersten Mal vor den Latz geknallt: »Du bist die Fahrerin, Calla Destry. Dafür haben wir dich aufgenommen.«

Der Dictator stand immer unter einer weichen Decke im stickigen Halbdunkel des Schuppens und wartete auf uns. Von den Teilen aus Chrom und braunem Leder abgesehen, war er komplett kanariengelb. Ein seidig glänzendes Kanariengelb, selbst auf dem Dach. Alle kamen mit, wenn eine Ausfahrt mit dem Dictator anstand. Wir fuhren nach Einbruch der Dunkelheit los und gondelten bis tief in die Nacht über die von Mond und Sternen beschienenen Straßen, denn jeder weiß, was diesem schicken Schlitten mit verdammt großer Wahrscheinlichkeit passiert wäre, wenn die Maishaare von ihm erfahren hätten. Von ihm in unserem Schuppen. *Freiwild* war der Ausdruck. Tante Vs Vetter Merle hatte sich ein schönes Auto gekauft und es zwei Wochen später in einer Kiesgrube wiedergefunden, verkohlt wie ein Teufelskuchen. Alle anderen, die wir kannten und die ein schönes Auto hatten, fuhren extrem nervös. Sahen sich dauernd um. Den Fuß auf dem Gas. Und jetzt würde ich den Dictator ins Tageslicht hinausfahren. Was mir, das muss ich zugeben, selbst mit Schweiß auf der Stirn und einem Revolver im Korb ein Lächeln entlockte. Lächeln kann man immer. Ich hatte auch unten am Fluss gelächelt, als ich wartete. Auf meinen Leander wartete. So manches Mal hatte ich beim Abendessen gesagt, dass wir doch im Tageslicht ausfahren sollten. Voller Stolz ausfahren. Voller Stolz und, *gottverdammt*, hatte ich einmal hinzugefügt, wäre es nicht schön, zur Abwechslung mal richtig in die Welt hinausschauen zu können, durch die wir fuhren.

»Drück dich anständig aus, Calla Destry, du bist hier nicht mehr im Waisenhaus«, sagte Tante V. Und ich hatte ihr umgehend geantwortet, dass ich mich mit jedem prügeln würde, der versuchte, den Dictator abzufackeln, ich hätte im Waisenhaus nämlich weit mehr gelernt als zu fluchen und Auto zu fahren.

Nimm die Decke herunter, damit ich mein großes gelbes Schätzchen bewundern kann!, sagte Onkel D.

Ich schrak zusammen, denn ich dachte, Onkel D wäre zurückgekommen und hätte zu mir gesprochen, aber als ich mich umdrehte, war da nur der Weg, der zu dem Sträßchen führte, das zu der Straße führte, die zu all den Häusern, Gärten, Straßen und Gebäuden von Marvel führte. Ich nahm die Decke herunter. Die Autoschlüssel hatte ich schon in der Hand. Als ich ganz nah an Onkel Ds gelbes Schätzchen herantrat, das er nicht bewundern konnte, weil er nicht da war – er konnte mir auch gestohlen bleiben –, sah ich an meinem Spiegelbild im Fenster, dass ich ein bisschen mehr an meinem Haar hätte zupfen sollen, bevor ich den Hut wieder festgesteckt hatte. Die Hitze hatte ihre Spuren hinterlassen. Es war ziemlich platt gedrückt, mehr als mir lieb war. Das weiche Leder des Sitzes knarzte ein wenig, als ich mich setzte.

Die Straße war leer. Niemand war draußen bis auf den alten Turner Jenkins, der aus einer verbeulten Gießkanne falsche Hoffnung auf seine nicht mehr zu rettenden Geranien träufelte. Ich hielt die Augen offen, während ich an den sonnenverbrannten Gärten und stillen Holzhäusern vorbeirollte, auf dem Weg zum Gerichtsgebäude. Als wir am Morgen gehört hatten, was bevorstand, hatte ich gleich zu Onkel D gesagt, dass ich sehen wollte, wie das sein würde, und er hatte gesagt, es würde hässlich sein und sonst gar nichts, und Tante V hatte gesagt: »In diesem Land muss man einem Lynchmob nicht hinterherlaufen. Der Lynchmob findet ganz von selbst den Weg zu einem nach Hause. Oder in die Nachbarschaft. Außerdem musst du zu deinem Picknick!«

»Das habe ich versprochen«, antwortete ich.

»Versprochen!« Sie schnaubte.

»Ich hab gesagt, dass ich komme!«

»Was du alles sagst.«

»Wenn man sagt, dass man etwas tun wird, muss man es auch tun.«

»Das ist allerdings wahr«, sagte Onkel D.

Diesen Satz von ihm wiederholte ich jetzt noch einmal laut. Es war schon mitten am Nachmittag, aber die Sonne fühlte sich an, als wäre sie noch ganz oben am Himmel. So wie vorhin am Fluss. Als hätten die Engel die flammende Himmelstür da oben im blauen Jenseits offen stehen lassen.

Leander redete gern von der Sonne und ihrem Wirken. Er hatte für jede Minute des Tages und der Nacht eine Theorie. Er hatte mindestens die halbe Welt im Kopf und blies sie mir stoßweise ins Ohr, wenn wir spazieren gingen. Zum Beispiel sagte er: »Halt, horch mal, hörst du das? Du glaubst, das ist der Wind in den Ahornbäumen, aber das ist nicht der Wind. Das ist das Universum, das zuckt.«

Genau das tat das Universum auch gerade auf dem Platz vor dem Gerichtsgebäude, und bevor ich auch nur ansatzweise begriffen hatte, was geschah, war ich in die Lincoln Street eingebogen und mittendrin stecken geblieben. Warum war ich gerade in diese Straße eingebogen? Ich weiß es nicht. Kein Leander, dafür Hunderte von Maishaaren, und es wurden immer mehr. Als hätten sie beschlossen, die Kirmes diesmal vor dem Gerichtsgebäude abzuhalten und Menschen umzubringen, statt Tiere zu präsentieren. Es war völlig anders, als ich erwartet hatte. Völlig anders als meine Vorstellung, die aus Klan-Kapuzen, Klan-Gewändern und Klan-Fackeln bestanden hatte, und vielleicht noch ein paar hässlichen Maishaarmännern mit blutenden Mündern voller Kautabak. Nein, hier tranken Maishaare am helllichten Tag aus Flaschen. Maishaarfamilien lagerten im Schatten der Henkersbäume. Es gab Frauen und Babys und kleine Jungen, die mit Äpfeln jonglierten, und Bulldoggen, die sabberten und sich in den eigenen Schwanz bissen. Es war nicht etwas, was *da drüben* stattfand, wie ein Film – es war hier ringsum, direkt neben mir, überall.

Ich fuhr ganz langsam, denn anders ging es nicht, und kam an einem kleinen Mädchen vorbei, das schlaff wie ein grünes Salatblatt über der Schulter ihres Vaters hing. Sie lächelte mich verschlafen an, hob eine kleine Hand und sagte leise Hallo, als ich vorbeifuhr, und ich kurbelte das Fenster hoch. Neben ihrem Vater stand ein Postbote, der ein Bild vom Gouverneur hochhielt, und neben diesem wiederum ein großes Mädchen im feinen blauen Kleid. Wohin ich auch schaute, sah ich bekannte Gesichter: den Mann vom Eisenwarengeschäft, wo Onkel D öfter einkaufte, eine Jugendliche, die am Bahnhof Zeitungen verkaufte, einen Jungen, der immer auf seinem leuchtend orangen Fahrrad unterwegs war, so auch heute.

»Jetzt wird's hässlich«, sagte ich. Und ziemlich genau in dem Moment fing jemand mitten in der Menge an, etwas zu schreien, und ich schaute hinter mich und sah eine Frau, die auf der Motorhaube eines geparkten schwarzen Fords tanzte und herumwirbelte und mit den Armen fuchtelte. Sie tanzte mit offenem Mund, die Augen zum Himmel gehoben, als hätte sie eine direkte Verbindung zum Gott der Lynchmorde und Auspeitschungen, der Prügel und Brandstiftung, und dann strauchelte sie und fiel, und ziemlich bald nach ihrem Sturz legte sich das Geschrei, das sie ausgelöst hatte.

Aber ich hörte es im Kopf weiter. Höre es heute noch. Nach all den Jahren hämmert es immer wieder an meine Tür. Und wenn es kommt, wenn ich zurückdenke, wird der teuflisch heiße, gleißend helle Nachmittag, durch den ich fahre, schwarz, und die glutheiße Luft sengt immer heftiger und lässt die Köpfe der Maishaare hitzerot leuchten, glühend brüllen und kreischen sie und ziehen zu Tausenden zum Gefängnis. Die Erde beginnt zu beben. Der Dictator hebt sich in die Luft, kracht wieder herunter. Hebt sich und kracht herunter, ich bekomme die Tür kaum auf, aber ich steige aus und gehe mit ihnen mit. Ich bin mitten in der Menge und über ihr, der Sheriff tritt zur Seite, und sie bearbeiten die Gefängnismauern mit ihren Vorschlaghämmern und hauen sich den Weg frei. Dann drängen sie über den Fliesenboden, an den Eisentüren vorbei und durch die Flure des großen Gefängnisses, und ich dränge mit, und während wir vorwärtsdrängen, ertönen Rufe, es geht um Gott und Vaterland und Ehre und Wahrheit und um Tod, Tod, Tod, wir drängen die Treppe hinauf und finden den Ort, wo die Jungs festgehalten werden. Ich träume nicht, ich sehe das alles, ich bin da und sage ihnen, dass sie aufhören sollen, und ich bin nicht die Einzige. Wir sind Hunderte, Tausende, viele Tausend, ja Millionen, und die Erde stimmt mit ein und der Himmel und der Mond und die Sterne, und wir sagen Aufhören!, aber sie hören nicht auf. Der erste Junge wird gleich an Ort und Stelle totgeprügelt, herumgeschleift, ans Gitter seiner Gefängniszelle geknüpft. Dann nehmen sie sich der Reihe nach die anderen vor. Schleifen sie tot oder halbtot durch die Nacht und durch die Hitze, durch die brüllende Menge und das zuckende Universum.

MACHT DAS GEBRÜLL ALLES schwarz, so bringt ein Kreischen den Tag wieder in seinen früheren, sonnengrellen, bösen Zustand zurück. Es kam aus dem Mund einer alten Frau. Ich höre es im Kopf, und sofort reißt die Sonne das alles überlagernde Schwarz auf. Ein sanft aussehendes Weiblein, rundlich und schon sehr gebeugt, wobei sie ohnehin nicht die Größte war, aber sie hatte einen Tornado in der Kehle. Sie kreischte, und statt wie vorher weiterzufahren, hielt ich den Dictator jetzt an. Sie hatte die Hand gehoben und zeigte aufs Gefängnis. Also schaute ich in die Richtung und sah, dass aus dem obersten Fenster ein langes blutiges Hemd schlaff herunterhing. Ein Sinnbild für das, was noch nicht geschehen war, aber demnächst geschehen würde. Von da, wo ich stand, sah es aus wie eine Schweinehälfte oder eine Rinderkeule. Die alte Frau kreischte noch einmal, und eine jüngere Frau schrie, das sei das Hemd von dem ermordeten Maishaarjungen, das habe er angehabt, als die Maisblätter ihn erschossen und sich dann auf dem Boden mit seinem Mädchen vergnügt hätten. Dieses blutige Hemd brach den Bann, der all die Maishaare davon abgehalten hatte, in meine Richtung zu schauen. Als würde ein frischer, starker Wind zwischen ihn hindurchfegen, wandten sie sich plötzlich alle vom Gefängnis ab und mir zu.

»Das ist doch ein gottverdammtes Maisblatt in dem Auto«, sagte jemand neben mir.

»Ich muss weg.« Schön laut sagte ich das zu mir selbst, aber ich brauchte länger, als es mir gefiel. Meine Arme waren wie versteinert oder in Traumstarre verfallen. Nach dem *gottverdammten Maisblatt* war es draußen still geworden. Aber es war eine grummelnde Stille, eine mit Blitz im Gefolge. Ein Junge namens Roscoe, mit dem ich mich im Waisenhaus zusammengetan hatte, war auch so gewesen. Er wurde ganz still, als hätte sich vor ihm ein Schacht geöffnet, der bis nach China führte, und in diesen Schacht lächelte er hinunter, und dann schaute er plötzlich auf und schlug zu, und wer oder was immer am nächsten bei ihm stand und zu dumm war, um ihm aus dem Weg zu gehen, bekam es ab.

Einige der Maishaare in der Menge lächelten. So wie Roscoe lächelte, während er die Faust ballte. Ich schaffte es nicht loszufahren, aber wenigstens gelang es mir, die Hand vom Lenkrad zu nehmen und nach dem Korb zu greifen. Wenn sie Blitz und Donner haben wollten, konnten sie meinen zu dem Sturm dazu kriegen. Und Traumstarre oder nicht, ich hätte ohne jeden gottverdammten Zweifel meinen Blitz und Donner beigesteuert, wenn nicht das kleine Mädchen, das ich gerade erst auf der Schulter ihres Vaters gesehen hatte, zwischen ein paar langen Beinen hervorgetreten wäre. Ich sah sie, schluckte heftig, nahm die Hand von dem Korb und legte sie wieder aufs Lenkrad. Denn sie war immer noch süß, die Kleine, und sah immer noch verschlafen aus. Auch wenn ich für diese Aufgabe denkbar ungeeignet war, passte ich manchmal auf die Kinder von Maishaarleuten auf, für die Tante V Häuser und Läden in der ganzen Stadt putzen ging, und ich hatte mehr als ein verschlafenes

Maishaarkind wie dieses nach einem Nickerchen in den Armen gehalten. Aber dann spuckte dieses hübsche kleine Mädchen vor meinen Augen auf den Boden und verzog das Gesicht. Sie reckte sich nach hinten, und ich sah, dass sie einen Stein in der Hand hatte.

Dafür, dass sie so ein junges Ding war, warf sie ganz schön fest. Ihr Stein traf den Dictator an der Fahrertür. Nach dem Aufprall machte sich ein fettes Schweigen breit, und dann hüpften zustimmende Rufe wie Popcorn aus dem Öl, und an den vielen Köpfen, die sich plötzlich suchend zum Boden neigten, war schnell zu erkennen, dass diese braven Leute mich gleich mit Steinen bombardieren würden.

»Fahr jetzt weg, Calla«, sagte ich. Diesmal war meine Stimme ruhig und bestimmt. Ich legte den Gang ein und trat aufs Gas. Ein paar hässliche Maishaarjungs traten gegen den vorderen Kotflügel, und als ich mit quietschenden Reifen losfuhr, wurde der Dictator von einem Hotdog getroffen und bekam einen Schlag mit einem Stock ab, aber keine weiteren Steine, so schnell kriegten die Maishaare keine in die Finger. Was Finger angeht, so begannen meine zu zittern, sobald ich die Menschenmenge und den Platz hinter mir gelassen hatte. Ich habe mal einen Film gesehen, wo eine Frau einem Mann eine runtergehauen hat, damit er aufhört zu zittern, und dort am Steuer wünschte ich, jemand würde mir eine runterhauen, aber es war niemand da. Also ließ ich die eine Hand wie einen Schmetterling zum Handschuhfach hinüberflattern. Dort verwahrte Onkel D seine silberne Taschenflasche. Sie war immer mit einem guten, kräftigen Whiskey gefüllt, von dem er auf unseren Ausfahrten gern ein Schlückchen trank. Er behauptete, von dem Whiskey bekäme er eine warme Kehle und einen kühlen Kopf und könne seine Gedanken besser ordnen. Bei mir bewirkte der Whiskey nichts von alledem, aber ich trank trotzdem davon und hustete heftig, als sich die Schärfe bemerkbar machte. Meine Augen tränten, und ich wischte sie mir mit dem Handrücken trocken, dann nahm ich noch einen Schluck, hustete wieder und sagte: »Und jetzt bloß weg von hier, gottverdammt.«

ABER NACHDEM ICH RASCH ein paar Blocks weit gefahren war und die Maishaare bis auf ein paar Nachzügler, die noch auf dem Weg zu dem Spektakel waren, hinter mir gelassen hatte, nahm ich einen weiteren Schluck, legte die Flasche weg und hielt vor einem kleinen roten Haus an, das völlig von Efeu überwuchert war. Ich stellte den Motor ab, machte die Augen zu und zählte in der Leere des Wagens laut vor mich hin, bis meine Augen nicht mehr tränten und meine Hände nicht mehr zitterten. Dann griff ich wieder zur Flasche und trank, aber diesmal anders, ich ließ den Whiskey langsam durch die gerollte Zunge in meine Kehle rinnen. So brannte es weniger.

Die hässliche Delle, die der Stein des kleinen Mädchens in die gelbe Tür geschlagen hatte, würdigte ich kaum eines Blickes, als ich für den Fall der Fälle schon mal die eine Klappe des Korbdeckels öffnete und mich, sechzehnjähriger Dummkopf, der ich war, zu Fuß wieder in die Richtung auf den Weg machte, aus der ich gerade gekommen war. Beim Gefängnis war auf das herausgehängte blutige Hemd anscheinend etwas Neues gefolgt, denn ich hörte laute Rufe und Jubel, aber ich kümmerte mich nicht darum. Wenn ich einen Plan gefasst habe, denke ich an nichts anderes mehr. Ich mache Nägel mit Köpfen. Schon immer. Ich ging auf direktem Weg zurück zu dem Platz am Gerichtsgebäude, mit gesenktem Blick, aber fest entschlossen und bereit, sofort in den Korb zu greifen, wenn sich mir jemand in den Weg stellte. Ich überquerte das hintere Ende des Platzes, wo kaum jemand zugange war, wo es keine ausgebreiteten Decken, keine Hunde, keine Jongleure, kein Eis und keine fiesen kleinen Mädchen gab, ging ein paar Stufen hinunter und durch einen mit verdorrtem Wein bewachsenen Laubengang und betrat durch den Osteingang das Gerichtsgebäude. An einem normalen Nachmittag wäre das Gebäude voller Menschen gewesen, und vielleicht hätte ich auch erst an einem fetten Wächter vorbeigemusst, aber heute war kein normaler Nachmittag, und als ich mit meinem Korb die Hintertreppe hinaufstieg, hoch und höher, sah ich keine Menschenseele, nur einen Mopp samt Eimer auf einem Treppenabsatz kurz vor dem obersten Stockwerk.

Im vergangenen Jahr war ich oft im Gerichtsgebäude gewesen, hatte Onkel D begleitet, der außerhalb der Öffnungszeiten Büroglas beschriftete und alle möglichen Ausbesserungsarbeiten mit Pinsel und Farbe erledigte. Ich hätte auf jedem Stockwerk einen Blick in den Flur werfen und seine Arbeit sehen können. Im ganzen Gebäude. Aus der Nähe konnte er noch hervorragend sehen, und er hatte mich und auch Hortensia auf seinen Schultern ein paar Pinselstriche machen lassen, aber die meiste Zeit streunten wir durch das verwinkelte Gerichtsgebäude, auf dem Dachboden mit einigem Geschrei, in den Fluren, Kellerräumen und im Treppenhaus laut flüsternd. Es war, als befänden wir uns im Gehirn des Landes und wären seine Gedanken. Oder seine Träume. Vielleicht auch seine Albträume. Womit ich sagen will: Ich wusste, wohin ich wollte, nämlich ganz nach oben in einen großen Lagerraum auf der Nordseite, den Hortensia und ich den Flaggenraum nannten, weil nichts anderes darin war als Flaggen.

Die Flaggen der Bundesstaaten. Alle auf robusten Ständern, die Stangen mal hierhin, mal dahin geneigt. Mit Speerspitzen obendrauf. Es war wie ein Wald und eine bunte Blumenwiese zugleich, und wir waren oft als Spiel ganz leise mit geschlossenen Augen zwischen den Fahnenstangen und dem schweren Tuch herumgelaufen. Es konnte eine Weile dauern, bis wir uns in dem großen Raum fanden, selbst wenn man mogelte und die Augen ein kleines bisschen öffnete, wie wir es beide ab und zu taten. Manchmal blieben wir einen Moment lang stehen und sagten, welche Farben oder Dinge wir gerade sahen. Es gab die verschiedensten Blau-, Gelb-, Grün- und Rottöne und Weiß. Es gab Tiere und Gebäude, Fackeln, Kreuze und Ähren. Und immer wieder Sterne. Hortensias Lieblingsflagge war die von New Mexico. Sie war leuchtend gelb mit nichts als einem roten Kreis, der nach vier Seiten in Fransen auslief, ein Stück gemaltes Feuer. Meine Lieblingsflagge war die von South Carolina. Dunkelstes Blau, und darauf nur ein palmenartiger weißer Baum und eine kräftige runde Mondsichel. Mehr braucht man nicht. Einen Baum und den Mond.

Manchmal, wenn Hortensia unten bei Onkel D blieb oder woanders umherstreifte, setzte ich mich unter diese Flagge. Oder ich nahm sie aus dem Ständer und schwenkte sie. Versuchte mir vorzustellen, wie es wohl wäre, wenn ich durch sie hindurchtreten und nach South Carolina gelangen könnte, wo ich dann in der Nacht still unter einer Palme sitzen würde. Wenn ich sie lang zog, kam sie der Flagge von Indiana recht nahe. Sie waren beide blau, aber die von Indiana war heller, und es war eine Fackel darauf, die glühend heiß aussah, und dazu einige von diesen Sternen. Als handelte sie davon, was man tun müsste, wenn man nachts vom Weg abkam. Die von South Carolina handelte davon, still dazusitzen und die Augen nicht zu schließen, aber trotzdem zu träumen, und die von Indiana davon, dass man sich verirrt hatte. Onkel D war einmal mit uns hochgekommen und hatte gesagt, es gehe bei beiden Fahnen nicht um das, was ich meinte, und nach South Carolina wolle ich nun ganz gewiss nicht, unter gar keinen Umständen, außerdem sollten wir vorsichtig mit den Flaggen umgehen, die seien mal ausgestellt worden und würden möglicherweise noch einmal verwendet. Sobald er gegangen war, ging ich wieder mitten in den Wald hinein. Wenn ich den Ständer von South Carolina ein bisschen kippte, konnten sich South Carolina und Indiana berühren.

Dort hinauf also ging ich an diesem Nachmittag, und der Flaggenwald sah im Vergleich zum letzten Mal etwas mitgenommen aus. Kalifornien mit seinem gelben Bär lag auf dem Boden. Ebenso der große rote Stern von Texas und der gelbe Adler von Oregon. Alabama war verheddert und lehnte an der Wand. Es sah aus, als wäre eine Footballmannschaft durch den Raum gestürmt. Ich ging seitlich durch den Wald, versuchte nichts zu berühren, dann trat ich ans Fenster, wollte es aufstoßen, doch es rührte sich nicht, packte noch mal zu, bekam es auf und steckte den Kopf hinaus.

Die Menschenmenge sah aus wie Ameisen auf verschüttetem Zucker. Die Baumwipfel darüber waren stumpf grün. Die Dächer erstreckten sich in Braun und Grau und Schwarz, und in der Ferne sah ich den Schornstein von Fuller's, der die Stadt, wenn man den Kopf auf die Seite legte, so aussehen ließ, als hätte sie eine brennende Zigarre im Mund. Es hupte ein paarmal, und ich sah, dass noch jemand anders auf die dumme Idee gekommen war, mit dem Auto durch die Menge zu fahren, aber es schien ein Maishaar zu sein, denn die Ameisen wedelten nur mit ihren Fühlern und machten Platz, und das Rechteck des Autodachs schob sich weiter vorwärts. Im Waisenhaus hatten wir bei jeder Gelegenheit Tassen voll Wasser auf wimmelnde Ameisen geleert. Und sie dann gefragt, ob sie ihre Arche gerichtet hätten. Deshalb überlegte ich jetzt, ob ich vielleicht Wasser von oben herunterkippen sollte. Auf diese Ameisen da unten, deren kleine Köpfe nur ans Lynchen dachten. Als ich mich aus dem Fenster beugte, stellte sich eine von ihnen auf die Hinterbeine, vielleicht war es der Vater von dem kleinen Mädchen, das eine Delle in Onkel Ds Dictator gemacht hatte, und winkte mir zu.

Der Plan, den ich im Kopf gehabt hatte, als ich hier hochgestiegen war – sofern man bei einer Sechzehnjährigen, die wildentschlossen ist, etwas völlig Unausgegorenes durchzuziehen, von einem Plan sprechen kann –, war nur klein gewesen, vielleicht irgendetwas aus dem Fenster zu werfen und zu schauen, wen oder was es traf, aber er wurde größer, während ich da hinunterschaute. Sah, wie viele das waren. Jeder Einzelne von ihnen bereit, die Gefängnistür aufzubrechen. Unter einem blutigen Hemd zu tanzen und so schnell wie möglich zu den bevorstehenden Morden zu kommen. Ich würde ihnen etwas anderes geben, zu dem sie ihren Teufelstanz aufführen konnten. Im Nu hatte ich den zotteligen Mopp geholt, den ich auf der Treppe gesehen hatte, und etwas Schnur gefunden. Allerdings war es schwieriger als erhofft, die große Flagge von Indiana von der Stange runterzukriegen, und ich wünschte mehr als einmal, während ich daran zerrte und riss, ich hätte eine Schere oder ein Messer. Schließlich hatte ich sie aber einigermaßen unversehrt herunterbekommen und befestigte sie so am Stiel des Mopps, dass sie aussah wie ein Kleid oder Umhang an einem toten Lebewesen. Einem Lebewesen aus dem Staatsflaggenwald. Ich band ihm die Schnur fest um den Hals und hängte das Ding aus dem Fenster. Dann holte ich tief Luft, rief hinaus, hämmerte gegen den Fensterrahmen und lachte lang und laut und herzlich über das, was ich getan hatte.

DER DICTATOR WAR PFEILSCHNELL, wenn man auf die Tube drückte, und genau das hatte ich vor, als ich wohlbehalten aus dem Gerichtsgebäude heraus- und zum Dictator zurückgelangt war, ich wollte auf die Tube drücken und hundert Meilen aufs Land rausfahren, vielleicht auch fünfhundert oder tausend, bis nach South Carolina, aber als ich den Wagen anließ, passierte etwas Komisches. Am helllichten Tag und bei dieser Hitze, die Hände ruhig auf dem Lenkrad, aber mit heftig pochendem Herzen vom Treppe-Runterrennen, konnte ich plötzlich nicht mehr scharf sehen. Schlimmer noch, dieses Gefühl, das ich vorhin auf dem Rückweg vom Fluss gehabt hatte, dass sich der Tag umsortierte, kam wieder, und diesmal war es nicht nur ein einzelnes Haus, das ich nicht mehr wiedererkannte, diesmal schienen all die Straßen, die ich in meinem Jahr in Marvel so gut kennengelernt hatte, nicht mehr dieselben zu sein. Und es ist nicht so, als würde ich jetzt auf die Vergangenheit zurückblicken und sie mit dem, was noch kommen sollte, überlagern. Nein, das passierte damals genau so. Die Straßen erschienen gekrümmt vor mir, als würde ich durch Wasser gucken, und wenn sie tatsächlich gekrümmt waren, erschienen sie jetzt gerade. Sie waren größtenteils leer, kaum jemand war unterwegs, und ich verlor die Orientierung. Ich bog in Straßen ein, deren Name mir völlig vertraut war, aber wenn ich dann hindurchfuhr, erschienen sie mir zu schmal oder zu breit. An einer Ecke stand ein großes graues Haus mit schönen abgerundeten Holzschindeln und einem blauen Dach, und ich wusste, dass da eine Maishaarfrau wohnte, die nett zu Tante V gewesen war und ihr sogar eine Weihnachtskarte geschickt hatte, aber als ich näher kam, sah ich, dass die Holzschindeln halb verrottet waren und das Dach von Moos bewachsen war und jemand einen Küchenhocker obendrauf geworfen hatte. Ein Stück von dieser Ruine entfernt, genau in der Mitte der Stadt, war ein dunkler Wald, den ich noch nie gesehen hatte.

»Jetzt atme mal tief durch, Calla Destry«, sagte ich, so wie Tante V es mir aufgetragen hätte und schon tausendmal hatte, seit ich nicht mehr im Waisenhaus lebte, weil sie und Onkel D mich aus Nächstenliebe zu sich genommen hatten, aber statt ihren Trick mit dem Tief-Durchatmen anzuwenden, griff ich wieder nach Onkel Ds Taschenflasche. Ich leerte sie und überquerte dann den Fluss, der mir dunkler und breiter vorkam als je zuvor, und ich hatte immer noch keine Vorstellung, wo ich eigentlich war, bis ich direkt vor mir den Schornstein von Fuller's groß und hässlich aufragen sah und wusste, wo ich war und dass ich kehrtmachen musste. Sobald ich die Brücke wieder überquert hatte, riss ich das Lenkrad herum und folgte einer unbefestigten Straße, dann drehte ich wieder um und stellte bald fest, dass ich diesmal in eine Sackgasse gefahren war. Wo der Kies aufhörte, saß ein kleiner Hund zwischen ein paar Möhrenpflanzen. Er kaute auf einem Knochen oder Stock oder was weiß ich was herum, und als der Dictator zu nahe kam, sprang er auf, bellte weit mehr als nötig und versuchte, nehme ich jedenfalls an, in einen der Reifen zu beißen.

»Ist ja gut«, sagte ich. Denn sobald dieses Hündchen mit den schiefen Zähnen angefangen hatte zu bellen, hatte ich es erkannt. Es gehörte Big Bob Franklin, und Big Bob Franklin war Onkel Ds Freund. Und mit einem Mal passte alles wieder zusammen. Ich sah keinen Wald mehr. Das Haus war nicht mehr halb verrottet. Der Fluss war keinen Deut breiter als eh und je. Ich legte den Rückwärtsgang ein und bugsierte den Dictator aus der Sackgasse hinaus, fuhr ein kleines Stück zurück und dann zu Bobs Haus, wo ich den Wagen so parkte, dass er von der Straße aus nicht gleich zu sehen war. Bobs Angelköderladen hatte schon bei meinem letzten Besuch nicht viel hergemacht, und jetzt sah er noch schlechter aus. Kärglich, schäbig, heruntergekommen.

Auf der einen Seite stand ein verkrüppelter Pflaumenbaum, und auf den Dachschindeln wuchs schwarzes Moos, das sich da aber nicht so recht wohlzufühlen schien. Auf einem Schild über der Tür stand BOB FRANKLINS KÖDERLADEN, REGENWÜRMER UND SPEZIALARTIKEL. Das Schild war ordentlich beschriftet, aber irgendwer hatte ein-, zweimal darauf geschossen, oder ein Specht hatte sich daran zu schaffen gemacht oder beides. Ich konnte den alten Fluss riechen, der sich in der Nähe grün und träge dahinwand. Ich räusperte mich. Den Korb ließ ich im Auto stehen. Das Hündchen kam jetzt freundlich heran und schnüffelte an meinem Schuh. Es hatte kurze Beine, eine lange Nase und blaue Augen. Ich räusperte mich noch einmal, kraulte es ein bisschen und ging über das knisternde Gras zu einer Tür seitlich am Haus.

ANGELKÖDERLADEN. ICH GLAUBE, ich bin seit damals nie wieder in einem gewesen, aber ich nehme an, so was gibt es noch. Voller Krimskrams. Alte Kaffeedosen, bis unter die Decke gestapelt, Spucknäpfe, Boxhandschuhe, verkrümelte Erde, Essensreste, ein Paar Schuhe und eine ganze Reihe von Bobs Seelentrösterflaschen. Etliche Streifen Fliegenpapier, schwarz und klumpig, die ihre Funktion nur zu gut erfüllt hatten, noch mehr Essensreste und ein Modellschiff, das noch auf Mast und Großsegel wartete. Ein paar Saatkataloge, eine Schachtel Munition, der Geruch nach Würmern und überall Glaskolben für den Whiskey, den Bob nebenher brannte, wie jeder wusste, und an der Wand ein paar hübsche Damen, die wahrscheinlich schon seit Jahren niemand mehr angeschaut hatte. In einer Ecke im Halbdunkel ein extragroßer Eisschrank, ein Stapel Broschüren von der Landwirtschaftsausstellung, ein Haufen Zollstöcke und ein verblasstes Foto des alten Präsidenten Theodore Roosevelt. Eine große Tür, noch mit der Klinke dran, die auf Sägeböcken lag, diente als Schreibtisch. Hier türmte sich wieder anderer Krimskrams, aber den meisten Platz nahm eine Art handgezeichnete Landkarte oder gemaltes Bild ein, irgend so was, und daneben eine Schüssel mit etwas Flüssigem. Um den Tisch standen ein paar rostige Gartensessel mit platt gesessenen alten Kissen, die aussahen, als wären sie mal Großmutters ganzer Stolz gewesen. Ich war eben erst aus dem Dictator gestiegen, aber ich ließ mich sofort in einen dieser Sessel sinken, als hätte ich gerade eine Woche lang mit einem Gewicht auf dem Kopf stehen müssen. Der Sessel war wahrscheinlich nie wirklich bequem gewesen, aber ich hatte es mir einigermaßen gemütlich gemacht und sogar eine Sekunde lang die Augen geschlossen, als die Tür zum restlichen Haus aufging und Big Bob erschien. Er blieb einen Moment lang in der Tür stehen und schaute in meine Richtung, ehe er etwas sagte.

»Ganz allein, Calla Destry?«, fragte er. So wie man etwas fragt, auf das alle Anwesenden die Antwort wissen. Ich nickte, sog meine Wangen ein, zuckte mit den Achseln. Bob hatte einen Bleistift hinterm Ohr stecken, und während er da stand und mich ansah, nahm er ihn runter und klopfte damit gegen den Türrahmen.

»Dann wären wir also zwei«, sagte er. Er hatte eine hohe Stimme, die schwirrend und trällernd ausklang. Ich nickte wieder. Falls irgendwas an ihm groß war, sah man es nicht. Er mochte ein bisschen was Kräftiges in den Schultern haben oder etwas Extraumfang in den Augenbrauen, aber was den Rest betraf, hätte er ein runzliges Kind sein können, das Erwachsensein spielte.

»Ist alles in Ordnung, Kleine?«

Ich wollte ihn fragen, warum er das fragte, wie man das eben so tut, aber meine Stimme stolperte und fiel in meiner Kehle, als hätte ihr jemand ein Bein gestellt. Meine Hände hatten auf den Armlehnen des unbequemen Sessels gelegen, aber jetzt legte ich sie in meinen Schoß und senkte den Blick.

»Ich hab geschlafen«, sagte er. »Hab versucht, diesen Tag wegzuschlafen, aber ich bin nicht sehr weit gekommen. Ein bisschen weggedämmert bin ich, aber nicht ansatzweise genug. Man hat Träume, wenn man auf diese Weise schläft, aber von denen kriegt man genauso oft eins aufs Maul, wie sie einem sagen, dass man was Besonderes ist, deshalb versuche ich sie zu vermeiden.«

Ich nickte. Er schlug noch einmal mit dem Bleistift gegen den Türrahmen, dann steckte er ihn sich wieder hinters Ohr, kam herein und beugte sich über sein Landkartenbild.

»Dieser Kamerad hier macht mir zu schaffen«, sagte er. »Nicht die Idee an sich, sondern das Ganze richtig hinzukriegen. Ich werd da Bilder von uns drumherum kleben. Aus Illustrierten. Ich habe einen ganzen Stapel hier irgendwo rumliegen, hab sie schon ausgeschnitten. Ich mache einen Rahmen aus unseren Gesichtern.«

Er tat so, als suchte er nach den Bildern, hob eine Ecke des großen Blatts an und schaute darunter, zog eine Schublade auf, und als er nichts fand außer einem Töpfchen silberne Farbe, wie Onkel D sie für seine Beschriftungen benutzte, setzte er sich an seinen Tisch und tauchte den kleinen Finger in die Schüssel.

»Da ist Schwarzgebrannter drin«, sagte er. »Hab mir einen Splitter geholt, jetzt wollen wir mal sehen, ob der Whiskey ihn rauslockt. Hast du das mal ausprobiert, mit Whiskey einen Splitter ziehen?« Er nahm seinen kleinen Finger aus der Schüssel, als er das sagte. Zwei Tropfen fielen auf den Tisch, und mir wurde bewusst, dass ich schon die ganze Zeit Whiskey roch. Es war mir nicht aufgefallen, weil ich diesen Geruch als Geschmack auf den Lippen hatte. Selbst von meinem Sessel aus sah ich, dass Bobs Finger dick geschwollen war. Auf der Weltseite. So nannte Onkel D alle Körperteile, die nach außen zeigten. Die Selbstseite gehörte nur einem selbst, die Selbstseite ging nach innen. Bob steckte den Finger wieder in den Whiskey und fragte mich dann, noch bevor ich auf seine vorige Frage hatte antworten können, was mich allein zu seinem Köderladen geführt hatte. Die Würmer ja wohl bestimmt nicht, und von seinem Schwarzgebrannten hätte ich auch schon getrunken, das könnte er schon von Weitem riechen. Ich fand meine Stimme wieder und sagte ihm, ich sei zu spät nach Hause gekommen und sei jetzt auf der Suche nach Onkel D, Tante V und Hortensia. Ich weiß nicht, warum ich ihm das sagte. Ich suchte sie gar nicht. Schließlich hatten sie mich zurückgelassen.

»Gibt's mal wieder Ärger?«, fragte er.

Ich zuckte die Achseln. Natürlich gab es wieder Ärger, ich machte nichts als Ärger. Von morgens bis abends.

»Tja, ich habe sie nicht gesehen«, sagte er.

Ich sagte ihm, das hätte ich auch nicht erwartet, ich wäre einfach herumgefahren und hätte sie gesucht, und dann hätte ich beschlossen, bei ihm vorbeizuschauen.

»Herumgefahren?«

»Ich habe mich verfahren. Bin umgedreht. Das ist wohl die Hitze.«

Bob lehnte sich in seinem Sessel zurück, hob die Hände, an der rechten tropfte es vom kleinen Finger, legte die Zeigefinger aneinander und berührte damit das Engelsmal unter seiner Nase.

»Das ist nicht die Hitze«, sagte er.

»Nicht?«

»Das weißt du doch, oder? Es ist wichtig, dass du das weißt.«

»Was ist es dann?«

»Dir ist doch früher im Leben auch schon heiß gewesen, oder?«

»Ja, Sir.« Als ich das sagte, fielen mir sofort so etliche

Nächte im Waisenhaus in Indianapolis ein, mit Hortensia, die schon angefangen hatte, mich zu treten, oben in meinem Dachzimmer, wo es nur dieses eine kleine Fenster gab und kein Wasser, damit wir nicht ins Bett machten, wir durften das Zimmer nicht verlassen, und damals dachte ich, am nächsten Morgen würden wir tot in unseren Betten liegen wegen der Hitze.

»Uns ist allen schon heiß gewesen. Ich hab mal sechzehn Stunden angekettet in einem Blechschuppen in Georgia verbracht. Ja, es ist heiß da draußen heute, keine Frage, aber was dir den Kopf getrübt hat, Schätzchen, ist nicht die Hitze.«

Er tauchte seinen kranken Finger wieder in die Whiskeyschüssel, ließ aber die linke Hand da, wo sie war, über seinen Lippen. Dann sah er mich lange und ruhig an. Also erzählte ich ihm, wo ich gewesen war, was ich gesehen und getan hatte. Ich erzählte ihm von der alten Frau und dem blauen Haus und dem kleinen Mädchen mit dem Stein, erzählte ihm von den Flaggen und sogar von dem Mopp und der Schnur. Er nickte, als hätte das Leben jeden Tag Lynchmorde und gemeine kleine Mädchen und Flaggenwälder zu bieten, und von dem Nicken fiel der Bleistift hinter seinem Ohr fast herunter, also nahm er den kleinen Finger aus dem Whiskey, hob die tropfende Hand ans Ohr, um den Bleistift wieder richtig festzuklemmen, und steckte den Finger dann wieder in den Whiskey, alles, ohne den linken Zeigefinger von seinem Engelsmal wegzunehmen.

»Du bist an einem Lynchtag zu dem Platz vorm Gerichtsgebäude gegangen, um deine Leute zu suchen?«, fragte er. »Das ist purer Wahnsinn, selbst mit deiner hellen Haut.«

Bob streckte einen Augenblick lang seine Zungenspitze ein Stückchen heraus und leckte an seiner Oberlippe.

»Nicht meine Leute«, sagte ich.

Bob nickte.

»Wenn ich du wäre und die Schlüssel zu einem Auto hätte und gerade einen Mopp mit der Staatsflagge dran aus dem Fenster gehängt hätte, sodass alle ihn sehen können, und wenn ich außerdem vielleicht gerade mal wieder Streit mit meinen Pflegeeltern hätte und auf der Suche nach jemandem wäre, den ich so dringend sehen wollte, dass ich mich extrem unvernünftig verhalten hätte, dann würde ich jetzt die Stadt verlassen, Calla Destry, und zwar so schnell wie möglich.« Er zuckte mit den Achseln. Dieses Achselzucken hatte nichts Gleichgültiges an sich, kein *Mir ist das egal*. Es hieß so viel wie: *Es ist dein Leben, dein Ärger zu Hause und dein Lynchtag, und du musst das selbst entscheiden*.

»Glaubst du, die lynchen die Jungs wirklich richtig?«

»So sicher, wie ich hier in meinem Trödelladen sitze«, sagte er. »So sicher wie die Würmer, die ich da drüben im Eisschrank habe. So sicher wie dieses Haus und dieser Garten und der Fluss da draußen.«

Er hob den Finger aus dem Whiskey, und dünne Rinnsale liefen sein Handgelenk hinunter.

»Was ich sagen will, Kleine, ist, dass du Glück gehabt hast, dass sie dich nicht erwischt und dir wehgetan und dich dann auch aufgeknüpft haben.«

Ich nickte. Was für eine Vorstellung, die Arme gebrochen und den Kopf eingeschlagen zu bekommen und dann an einem Strick in die Luft gezogen zu werden. Oder sonst etwas angetan zu kriegen. Erst im vergangenen Januar war in Mississippi ein Junge bei lebendigem Leib verbrannt worden. Es hatte sogar hier oben bei uns in der Zeitung gestanden. Tante V hatte uns den Bericht laut vorgelesen. Sie musste viermal innehalten. Die hatten den Jungen als

»Erzfeind« und »Maisblatt-Teufel« bezeichnet. In der Zeitung stand, es wären über zweitausend Maishaare bei der Party gewesen.

Ich fragte Bob, was er jetzt vorhatte, ob er versuchen würde, noch ein bisschen zu schlafen, aber er antwortete nicht, und ich dachte, vielleicht stellt er sich auch gerade vor, eine Schlinge um den Hals gelegt zu kriegen, oder er denkt auch an den Jungen in Jackson, vielleicht saßen wir beide hier in seinem Köderladen und stellten uns vor, verbrannt oder an einem Strick in die Luft gezogen zu werden. Doch stattdessen fragte er: »Hast du schon mal eine Orange gegessen, Calla Destry?«

»Eine was?« Es kam dermaßen überraschend, eine Orange im Köderladen, dass ich einen Moment lang an Onkel Ds Behauptung zweifelte, Bob selbst würde nie auch nur einen Tropfen von seinem Schwarzgebrannten trinken. Aber er sah kein bisschen betrunken aus.

»Noch nie, oder?«

Ich schüttelte langsam den Kopf. Bob schlug mit der trockenen Hand auf den Tisch, sodass das Töpfchen mit der silbernen Farbe umfiel, stellte es wieder hin, stand auf, ging zu dem Kühlschrank, in dem er seine Würmer aufbewahrte, wühlte darin herum, zog etwas heraus, kam zu mir herüber und hielt es mir hin. Ich war sechzehn Jahre alt und hatte noch nie eine Orange aus der Nähe gesehen. Er legte sie mir in die Hand, und ich wollte etwas sagen, aber ich wusste nicht, was, also guckte ich sie einfach nur an. Spürte ihre seltsame, in meine Hand geschmiegte Schwere. Fuhr mit dem Finger über all die kleinen Knubbel. Drückte sie. Rieb mit dem Nagel über ihren blumigen Nabel, da wo die Schale hart ist, rau, sogar ein bisschen kantig. Wahrscheinlich hätte ich als Nächstes versucht, sie zu schälen, aber Bob schüttelte den Kopf und nahm sie mir wieder ab.

Er trat hinter seinen Tisch, machte eine Ecke frei, legte die Orange hin. Durch das Fenster hinter mir fiel etwas Licht herein, die Orange rollte ein kleines Stückchen, und das Licht traf auf ihre Rundung und brachte sie zum Leuchten. Während ich mir das ansah, nahm Bob ein Schälmesser aus einer Schublade und schnitt mitten durch das Leuchten. Sein Handrücken erglühte einen Moment lang, dann legte er die beiden Hälften nebeneinander auf den Tisch, zog seinen Stuhl heran und setzte sich.

»Früher habe ich jeden Tag eine frische Orange gegessen«, sagte er, und seine zwitschernde Stimme schien nach unserem kurzen Schweigen aus seinem Mund geflogen zu kommen und durchs Zimmer zu flattern. Und während sie flatterte, bearbeitete er die Orange mit dem Messer. Ich konnte nicht alles sehen, was er tat, weil ein Stapel kastanienbraune Rechnungsbücher und eine Kaffeetasse mit abgebrochenem Griff im Weg waren. Er redete und hantierte zugleich. Ich konnte den Blick nicht von der Orange, dem Messer und seinen anmutigen Bewegungen lösen, soweit ich sie eben sah. Plötzlich merkte ich, wie müde ich war, als wäre der lange Tag schon an seinem Abend angelangt und nicht erst am Nachmittag.

»Ist schon eine Weile her«, sagte Bob. »Im tiefen Süden war das. Hab als Fischer an der Küste von Florida gearbeitet. Weißt du, wo Florida ist? Da hab ich so manche Orange gegessen, da unten an der Küste. Man konnte sie direkt vom Baum pflücken, wenn sie einem nicht gleich von selbst in die Hand gefallen ist. Aber so richtig auf den Geschmack gekommen bin ich erst, als ich eine Orange vom alten Mr. Chan gegessen habe. Mr. Chan war ein Maiskorn und hatte ein Nudelrestaurant, das ich frequentiert habe.«

Ich sah ihn an. *Frequentiert* war nicht gerade ein Wort, das man auf Schritt und Tritt zu hören bekam. Roscoe hatte auch gern solche Wörter verwendet. Manchmal hatte ich abends, wenn ich wieder nach Hause gelangt war, die speziellen Wörter, die er benutzt hatte, aufgeschrieben. Einen Teil dieser Liste hatte ich noch, und ich hatte sie Leander gezeigt, der sagte, das sei eine vortreffliche Liste, die auf einen vortrefflichen Verstand schließen ließ. Ich sagte ihm, Roscoes Beschäftigung habe darin bestanden, draußen auf der Straße Leuten, die nicht mit ihm auf einer Linie waren, die Faust ins Gesicht zu hauen. Leander erwiderte, das sei zwar beklagenswert (auch eins der Wörter auf der Liste), ändere aber prinzipiell (ein weiteres) nichts an seiner Aussage, denn manch ein vortrefflicher Verstand verberge sich hinter strafenden Fäusten. Dann hatte Leander *meinen* vortrefflichen Verstand gelobt und gesagt, er empfinde große Bewunderung für meinen »Witz und sprühenden Geist«.

»Ein Nudelrestaurant?«, fragte ich.

»Da gab es zu allem immer Nudeln. Selbst zu den Nudeln gab es Nudeln. Wenn man keine Nudeln mochte, hatte man Pech.«

»Dieser Mr. Chan hat also Orangen zu seinen Spaghetti serviert?«

»Nein, die gab es zum Dessert. Er brachte sie einem, wenn man aufgegessen und bezahlt hatte. Wenn man nicht bezahlte, bekam man keine von Chans Orangen. Das war die Hausregel. Aber ich kann dir sagen, wir haben alle immer schleunigst aufgegessen und bezahlt.«

Big Bob lächelte und lehnte sich in seinem Sessel zurück. Er streckte beide Hände aus, die Handflächen nach unten.

Dann drehte er die Rechte um und zeichnete mit der Linken einen Kreis darauf. Durch den Kreis zog er zwei Linien. Und in diesen geviertelten Kreis steckte er eine imaginäre Gabel.

»Es war eine halbe Orange, geviertelt, gekühlt und schön saftig in ihrer eigenen Schale serviert. So was hatte ich noch nie gegessen. Willst du es mal probieren?«

Ich nickte. Er deutete mit dem Kinn auf den Tisch, und ich beugte mich vor und sah genau das, was er mir gerade pantomimisch vorgeführt hatte, in die Tat umgesetzt. Der einzige Unterschied war, dass er hier in beiden Orangenhälften je eine große Stopfnadel in einen der Schnitze gesteckt hatte statt einer Gabel.

»Bitte«, sagte er.

Ich roch die Orange, noch bevor ich sie in der Hand hatte, und allein der Duft war genug, um mich umzuhauen und sofort wieder aufspringen zu lassen. Es war, als würde ein süßes, sirupartiges Feuer in meine Nase aufsteigen. Bob nahm seine Orangenhälfte in die Hand und steckte sich den aufgespießten Schnitz in den Mund. Ich tat es ihm gleich. Schob den Orangenschnitz zwischen den Lippen hindurch und auf meine Zunge. Ich hatte an diesem Tag in Marvel lauter hässliche neue Erfahrungen gemacht, aber dieses dicke Orangenstück war die süßeste neue Erfahrung meines ganzen Lebens. Bis heute kann ich keine Orange essen, ohne an diese erste zu denken. Bob sagte, er habe sie, meine erste Orange, und noch ein paar andere von einem Mann bekommen, der ihm Geld schuldete. Er riet mir, immer zuzugreifen, wenn man mir eine Orange anbot. Egal, wo ich gerade war oder wie viel man mir schuldete oder was für ein gottverdammter Tag es war.

»So wahr mir Gott helfe«, sagte ich und kaute langsam.

Mochten diese Jungs im Gefängnis sein und eine Meute morddurstiger Maishaare auf dem Weg zu ihnen, mochte der Dictator eine Delle von einem kleinen Mädchen in der Tür haben und in meinem Korb auf dem Vordersitz ein Revolver liegen, ich nahm trotzdem diese süßen schweren Schnitze und steckte sie mir in den Mund. Keiner von uns lächelte beim Essen, aber wir beobachteten einander, unsere Augen hell im dunklen Laden.

»Bist du fertig?«, fragte er, als ich schon mindestens fünf Minuten fertig war und einfach nur dasaß und die Orangenschale wie ein leeres Schüsselchen in der Hand hielt und betrachtete und mir die Lippen leckte. Ich sagte Ja, und er sagte: »Du kannst die Schale in den Eimer da drüben werfen«, aber ich sagte, ich wollte sie lieber noch ein bisschen in der Hand halten, und er nickte. Dann wischte er sich die Hände sorgfältig an einem nicht allzu sauber aussehenden Handtuch ab, und als er fertig war, steckte er seinen geschwollenen kleinen Finger wieder in die Schüssel mit Whiskey und betrachtete das große Blatt.

»Wenn ich das hier fertig kriege oder wenn ich aufgebe, mache ich mich wahrscheinlich auf den Weg zu einem Fleckchen in der Nähe von Ryansville. Ist Desmond da schon mal mit dir hingefahren? Eine gute Stelle, um zu angeln und abzuwarten.«

»Ryansville?«, fragte ich.

»Ich sitze schon die ganze Zeit an dieser Landkarte, seit heute Morgen, seit ich davon erfahren habe, und wahrscheinlich hab ich sogar daran gearbeitet, während ich versucht habe, mein Nickerchen zu halten.«

»Landkarte?« Ich sah, dass er *Marvel* in die Mitte geschrieben hatte und dass eine Menge schwarze Markierungen auf dem Blatt waren, mehr aber auch nicht.

Er antwortete nicht, schaute nur auf den großen Bogen Papier hinunter, hielt seinen Finger in die Schüssel und erklärte mir genau, wo die gute Angelstelle war, man wusste ja nie. Dann fragte er, ob ich Myrtle gesehen hätte, seinen Hund. Ich sagte Ja, und er sagte, wahrscheinlich sei sie draußen und kaue auf ihrem Knochen herum oder sitze unter dem Pflaumenbaum, und dann nahm er einen anderen Bleistift als den hinter seinem Ohr und zeichnete eine weitere Markierung auf das Blatt, und genau in diesem Moment hörte ich einen Schrei. Ganz sicher. Er kam von draußen. Vom Fluss. Der da unten so schön und grün und tief dahinfloss.

BOB SAH NICHT VON seiner Arbeit auf, als ich ging, er sagte bloß, vielleicht bis später. Ich sagte, ja, vielleicht, und ging mit der Orangenschale in der Hand aus der Tür. Die Luft war glühend heiß, und die Straßen waren leer. Wäre ein leichter Wind gegangen, hätten das Gras und die Büsche und Bäume und der Himmel womöglich so laut geknistert und gekracht, dass ich um meine Ohren gefürchtet hätte. Aber es ging kein Wind. Nur das Ratschen der Heuschrecken war zu hören und das Klopfen von irgendeinem Vogel, der nicht wusste, dass es zu heiß zum Arbeiten war. Ich richtete mich auf und wischte mir den Mund ab, an dem noch ein bisschen von der klebrigen Süße der Orange pappte. Dann wischte ich mir die Augen. Von Big Bobs Haus, wo ich stand, bis zum Fluss runter waren es ungefähr hundert Schritt. Und da unten am Fluss sah ich Hortensias leuchtend blauen Hut.

Es war im Waisenhaus ihr Lieblingshut gewesen, und sie hatte ihn während der ganzen Zeit behalten. Und als ich ihn jetzt betrachtete, hörte ich wieder diesen Schrei. Er war lang und leuchtend hell und klang mal näher, mal ferner, als hätte jemand ein Stück biegsames Metall in den Himmel geworfen. Ich eilte über die Straße und das abschüssige Feld hinunter, stolperte in meinen festen Schuhen, rannte mehr oder weniger, obwohl ich die leere Orangenschale fest gegen meine Brust drückte. Ich war im Waisenhaus eine gute Läuferin gewesen, nicht mal Roscoe hatte mich schlagen können, wenn ich mit ihm unterwegs war. Aber mit einer sorgfältig ausgehöhlten Orangenschale in der Hand, die man nicht zerdrücken wollte, konnte man nicht sprinten, und auch wenn nicht die Hitze allein meinen Kopf zum Brodeln gebracht hatte, es war trotzdem heißer als frisch gebrannte Ziegel da draußen, und ich brauchte eine Weile, bis ich unten am Fluss war. Wo ich keine Hortensia fand. Was ich gesehen und wohl auch gehört hatte, war ein Häher in einem ausladenden Spierstrauch. Bestimmt ein Vetter von dem, den Onkel D immer erschießen wollte – besonders wenn er von einem Besuch bei Bob zurückkam –, er legte den Kopf auf die Seite und guckte mich an, dann hüpfte er weiter nach oben und guckte mich wieder mit geneigtem Kopf an.

»Verdammter Vogel, auch wenn du hübsch bist«, sagte ich. Ich trat ans Flussufer, pflückte ein Blatt von einem Fächerahorn, spießte es auf die Stopfnadel und steckte diesen Mast mit Segel in die Orangenschale, dann setzte ich sie aufs Wasser, richtete mich auf und schaute zu, wie sie auf dem Fluss trieb.

Schon am Vormittag, während ich auf Leander wartete, hatte ich über Papierboote nachgesonnen und mich daran erinnert, dass Hortensia und ich früher oft ausprobiert hatten, wie schwer man die Bootchen beladen konnte, ohne dass sie untergingen. Papier konnte eine ganze Menge tragen. Bei Orangenschalen war ich mir nicht so sicher. Die Strömung war nicht stark, aber stetig, und sie trug das Orangenschalen-Bötchen davon. Ich sah ihm nach, dann tauchte ich die Hände ins Wasser und fuhr mir damit über die Unterarme. Tauchte sie wieder ein und fuhr mir über den Hals. Ein bisschen Wasser rann mir den Rücken hinab, und ein kühler Schauder überlief mich, also machte ich es noch mal. Ich sah dem Bötchen nach und fühlte mich einen Augenblick lang abgekühlt, aber auch nicht länger, denn als das Boot verschwunden war und ich mich vom Wasser abwandte und den Abhang vor Big Bobs Haus hinaufschaute, hielt dort gerade ein weißes Auto an, und ein paar Maishaare stiegen aus.

Es waren drei, die da aus dem Auto stiegen, und einer von ihnen marschierte geradewegs zum Dictator, als hätte ich nicht versucht, ihn zu verstecken, aber dann wurde mir klar, dass man ihn zwar von der Straße aus tatsächlich kaum sehen mochte, aber von dem Fahrweg aus, der sich von der Anhöhe hinter Bobs Haus herunterzog, hatten die drei wahrscheinlich einen erstklassigen Blick darauf gehabt. Derjenige, der gerade zum Dictator gegangen war, schien jetzt etwas zu sagen, und die anderen beiden kamen zu ihm herüber, und einer von ihnen haute anscheinend auf die Stelle, wo das kleine Mädchen die Delle reingemacht hatte, und der dritte schmiss etwas auf die Motorhaube. Dann schienen sie alle abwechselnd darauf zu spucken, und dann fing Myrtle an zu bellen, und Bob kam aus seinem Laden. Die Maishaare drehten sich um, und als sie sich alle drei umgedreht hatten, holte ich tief Luft und rannte, so schnell ich konnte, die Arme hatte ich ja jetzt frei, entlang der geschwungenen Baumreihe, die den langen Hang säumte, nach oben. Myrtle bellte die Maishaare an, Bob hatte die Hände gehoben, und selbst während ich die Baumreihe entlangrannte, dachte ich daran, wie sein whiskeynasser geschwollener Finger über dem Landkartenbild in der Luft geschwebt und dabei so einsam und weise gewirkt hatte. Zwei Maishaare zeigten jetzt mit ausgestrecktem Finger auf den Dictator oder auf das, was sie auf seine Motorhaube geworfen hatten, und Bob schien zu lachen, genau konnte ich das nicht erkennen, und ich fegte entlang den Bäumen auf sie zu wie ein heißer Wind. Sie wurden größer und größer, und ich sah jetzt, dass mindestens zwei von ihnen unter den Jungs gewesen waren, die aus dem Weg gesprungen waren, als ich am Platz vor dem Gerichtsgebäude beschleunigt hatte. Bob nickte ihnen ruhig zu, trat zur Seite und winkte sie einen nach dem anderen in seinen Laden. Er winkte sie hinein, Myrtle folgt ihnen, und dann drehte Bob sich kurz um und sah mich direkt an, er zeigte auf den Dictator und machte eine Geste, als würde er eine Angelleine auswerfen. Dann ging er hinein zu den Maishaaren.

Ich hörte nicht auf zu rennen, lief keinen Schritt langsamer, auch wenn mein Herz einen kleinen Salto machte, hopplahopp, als ich erkannte, was sie da auf den Dictator geworfen hatten. Ich schnappte es mir und rannte um das Auto herum, und als ich schließlich drinnen auf dem Fahrersitz saß, blieb ich einen Moment lang einfach nur sitzen und guckte – auf den Mopp mit seinem sternenübersäten Umhang, der immer noch ordentlich an seinem Hals befestigt war. Ich zog ihn zu mir ins Auto und drückte ihn auf den Beifahrersitz, und da saß er nun und guckte durch die Windschutzscheibe zum Fluss hinunter. *Da sollte ich uns reinfahren*, dachte ich. Vieles an diesem Tag und alles, was auf ihn folgte, wäre anders gelaufen, wenn ich das getan hätte. Geradewegs den Hang hinunter und in den Fluss, vielleicht hätten wir Hortensia gefunden und wären dem Orangenschalenbötchen gefolgt, wären ihm bis zum Wabash gefolgt, in dessen Ende unser schöner grüner Fluss mündete. Als mir das Bild von dem Orangenboot vor Augen trat, musste ich wieder an Big Bob denken. Ich wandte den Blick vom Fluss ab und schaute in meinen Korb. Er stand neben dem Mopp. Ich dachte an Bob und wie er mit diesen Jungs geredet hatte, und schaute auf meinen Korb, und dann hätte ich mich am liebsten selbst angebrüllt, denn meine Hand verriet mich, und statt in den Korb zu greifen, steckte sie den Zündschlüssel ins Schloss.

Onkel Ds gutes altes gelbes Schätzchen war sofort da. Es sprang immer gleich an. Ich hatte schon einen hübschen Vorsprung, als die Maishaarjungs aus Bobs Haus drängten, jeder eine Papiertüte mit einer Flasche in der Hand. Ich sah, wie Bob einen von ihnen festhalten wollte und sich einen Fausthieb einhandelte, und ich sah, wie Myrtle nach einem von ihnen schnappte und einen Tritt bekam. Ich fuhr langsamer, schimpfte mich einen Dummkopf und einen Feigling, und jetzt wanderte meine Verräterhand sehr wohl in den Korb, aber sie zitterte wieder, als könnte sie nichts anderes, und dann saßen die Maishaare in ihrem Auto und machten ihm kräftig Dampf, also schaute ich nicht mehr hinter mich, sondern nach vorn auf die Straße und trat aufs Gas, und der Dictator brauste los.

ICH FUHR, WAS DAS Zeug hielt. Die Straße machte eine Biegung, verlief wieder gerade, machte eine weitere Biegung und überquerte den Fluss, und ich fuhr die ganze Zeit, so schnell ich konnte. Wäre die Polizei nicht damit beschäftigt gewesen, drüben beim Gefängnis Trinksprüche auszubringen und Vorschlaghämmer zu verteilen, hätten mich wahrscheinlich nicht nur die drei Jungs in ihrem weißen Auto aus der Stadt geleitet. Ihr Auto hatte nicht sehr beeindruckend ausgesehen, aber offenbar hatten sie ein paar zusätzliche Pferdestärken unter ihrer Motorhaube versteckt, denn so schnell ich auch fuhr, sie waren nie mehr als eine Viertelmeile hinter mir. Man hätte meinen können, mit meinen zitternden Händen, meinem Feigheitsanfall und der Mopp-Puppe neben mir hätte ich mich wieder verirren müssen, aber ich keuchte und schwitzte zwar wie ein Schwein, das gleich abgestochen werden soll, doch ich sah scharf und klar, folgte der Straße und wusste jede furchterregende Sekunde lang den Weg.

Wusste den Weg, obwohl der Todes-Jahrmarkt in die Stadt gekommen war. Immer noch kam. Während ich aus Marvel hinausröhrte, kam mir so manche Maishaargruppe auf ihrem Weg ins Zentrum entgegen. Einige lachten, als gingen sie wirklich zum Jahrmarkt, andere hatten harte Mienen, als würden sie in den Krieg ziehen. Wieder andere hatten überhaupt keinen Gesichtsausdruck, wie Getötete, die sich aus dem Grab gebuddelt hatten, nur damit sie in die Stadt laufen und mit glasigem Blick in die Bäume am Gerichtsgebäude hochgucken konnten. Unter ihnen war eine Frau, die schon betagt war. Sie hatte langes graues Haar, schön gekämmt und in der Mitte gescheitelt, und sie hielt ein Huhn, das den Kopf hierhin und dahin drehte, sodass der Kamm hin- und herwippte. Ein anderer war ein sieben Fuß großer Riese im blassroten Hemd und schmutzigen Anzug, und dann gab es noch eine junge Mutter mit ihren zwei kahlen Kindern, die mit mechanischem Schritt die Straße entlanggingen, ein Fuß vor den anderen. Ein, zwei Straßen nach dieser Familie kamen mir zwei entgegen, die wohl Zwillinge waren, jedenfalls waren sie genau gleich angezogen, mit schlichter Farmer-Latzhose und gelbem Hemd, und sie hatten die gleiche Maishaarnase mit großen Nasenlöchern und die gleiche lange Pfeife im Mund. Sie gingen Arm in Arm. Fast im Gleichschritt.

Als ich sie entdeckte – und ich fuhr inzwischen siebzig Meilen die Stunde –, musste ich natürlich an Hortensia denken und an all die anderen Orte, wo ich sie schon vermutet und dann doch nicht gefunden hatte. Wir hatten mal eine Mutter und einen Vater gehabt, Hortensia und ich. Und dann nicht mehr. Während ich an sie und an die beiden dachte, gelangte ich zu den armseligen Hütten und schiefen Zäunen am Stadtrand, das weiße Auto der Maishaare weiterhin keine Viertelmeile hinter mir, und traf dort auf zwei Maiswurzeln, die sich im Schatten von ein paar Pappeln am Straßenrand prügelten.

Man kann in wenigen Sekunden viel Denken unterbringen, und das tat ich wohl, denn noch ehe sich die Staubwolke hinter dem Dictator hatte legen können, war ich bereits mit dem Korb in der Hand aus dem Auto gesprungen, zu den beiden gegangen und hatte die Schinkenbrote herausgenommen. Die eine Maiswurzel schaute zu mir herüber, und der andere nutzte die Gelegenheit und verpasste ihm einen Haken hinters Ohr. Man sah, dass der Hieb nicht richtig gesessen hatte, denn sonst wäre die Schlägerei, oder was immer das war, vorbei gewesen. So aber beschwerte sich der, der den Hieb abgekriegt hatte, das sei nicht fair gewesen, und der andere hob beide Hände, um zu zeigen, dass er aufhören würde, und ich trat mit meinen Broten vor.

»Ihr habt Hunger, das sehe ich doch«, sagte ich.

»Wer in Dreiteufelsnamen bist du denn?«, sagte derjenige, der eins aufs Ohr gekriegt hatte.

»Ich hab Schinkenbrote dabei, das ist die Antwort«, sagte ich. »Ich dachte, ihr veranstaltet vielleicht deshalb so einen Tanz, weil ihr hungrig seid und nichts zu essen habt und euch deshalb aufeinander stürzt.«

Es war vielleicht nicht das Überzeugendste, was ich hätte sagen können, aber es war raus, und wenn man Fremden gegenüber erst mal etwas gesagt hat, dann ist es gesagt. Meine Hände zitterten noch etwas. Es gefiel mir nicht, aber so war es eben. Falls sie es bemerkten, sagten sie nichts.

»Wir prügeln uns. Wir sind mittendrin. Du unterbrichst eine Keilerei, so ist das«, sagte der andere. Er war groß und hatte lange Haare, die ihm über den halben Rücken reichten. Ich trat noch einen Schritt näher und drückte ihm ein gut verpacktes Schinkenbrot in die Hand.

»Wobei die Frage ist, wer hier wen verprügelt«, sagte der am Boden. Er war kleiner, hatte einen struppigen Bürstenschnitt und war um die Schultern herum um zwei Schränke breiter als der andere. Er war einen Moment lang zusammengekauert auf dem Boden hocken geblieben, nachdem der andere ihm eine verpasst hatte, und bevor er sich wieder ganz hatte aufrichten können, drückte ich ihm das andere Brot in die Hand.

»Es sind gute Schinkenbrote«, sagte ich. »Ich hab sie heute Morgen gemacht. Mögt ihr Senf? Da ist ein bisschen Senf drauf. Und leckere Essiggurken. Ich hab keinen Hunger, ich hab gerade eine Orange gegessen.«

»Eine Orange? Was soll denn das heißen, eine Orange? Und warum zum Teufel denkst du, wir hätten Hunger? Meinst du, jede Maiswurzel, die sich mit einer anderen Maiswurzel prügelt, braucht ein Schinkenbrot?«

»Ich weiß nicht. Ich hab das einfach gesagt. Wollt ihr sie haben? Wenn ja, gehören sie euch.«

Sie guckten die Brote an, dann einander und dann mich, und dann drehten wir uns alle um und guckten auf die Straße. Die Maishaare hatten mit quietschenden Reifen angehalten und dabei ihre eigene Staubwolke aufgewirbelt, und man konnte sich kaum vorstellen, dass sie noch Luft bekamen, als sie sich über ihnen niedersenkte. Ich stellte den Korb neben mir auf den Boden, sodass ich noch gut drankam, falls nötig, aber es war nicht nötig. Es waren nur drei Maishaare im Auto, und ich nehme mal an, jeder von uns erkannte sofort, dass die Jungs, mit denen ich hier stand, es jeweils mit einer Handvoll von dieser Sorte Maishaare hätten aufnehmen können. Und ich selbst war schließlich auch noch da. Ich hob eine Hand und stellte fest, dass sie aufgehört hatte zu zittern. Höchste Zeit, gottverdammt. Vielleicht, dachte ich – heute muss ich darüber lachen –, war dieses Thema ja nach dem zweiten Mal abgehakt. Wir standen da, und sie saßen in ihrem Auto. Schnauften in ihrem Staub. Es dauerte nicht lang, dann hörte ich rechts und links von mir Geraschel und dann malmende Geräusche, und als ich guckte, sah ich, dass die Brote gegessen wurden, der Schinken zermahlen, die Gurkenscheiben zerstückelt. Meine Schinkenbrotesser schauten zu den Maishaaren dort im Auto hoch und kauten herzhaft. Einer der Maishaare hatte eine Art Metallrohr, das er aus dem Fenster schwenkte. Derjenige, der die Mopp-Puppe auf die Motorhaube des Dictator geworfen hatte, nahm einen Schluck aus der Flasche von Big Bob und rief mit whiskeyerstickter Stimme: »Rück sie wieder raus!«

»Deine Freunde?«, fragte der Große, ohne mich anzusehen.

»Das sind nicht meine Freunde«, sagte ich.

»Seid ihr von der Polente?«, fragte der andere, dann biss er wieder kräftig zu.

»Fahr zur Hölle«, sagte der am Steuer.

»Ja, Sir, machen wir gleich«, sagte der Große.

»Sie hat versucht, ein paar Leute zu überfahren, unter anderem uns hier, und dann hat sie die Staatsflagge aufgeknüpft«, sagte der mit dem Metallrohr. Er hatte eine schrille Stimme, was seiner Behauptung doch etwas von ihrer Wucht nahm.

»Was hat sie?«, fragte der Große.

»Es war ein Mopp«, sagte ich laut und deutlich. »Ich habe einem Mopp einen Umhang aus der Staatsflagge gemacht und ihm einen Strick um den Hals gelegt. Die haben schon Teufelstänze unter einem blutigen Hemd aufgeführt, da hab ich gedacht, sie brauchen vielleicht noch was anderes, worunter sie tanzen können. Diese Maishaar-Memmen haben den Mopp runtergenommen und es nicht mal geschafft, ihn zu behalten. Ich hab ihnen das Ding gerade wieder abgenommen.«

Die beiden Maiswurzeln lachten schallend, mit aufgerissenem Mund und ohne Lächeln, und als sie anfingen zu lachen, machte der Fahrer Anstalten auszusteigen, aber da ging ich sofort auf ihn zu, und die beiden Maiswurzeljungs legten ihre Brote auf den staubigen Boden und gingen hinter mir her. Der Fahrer sah uns alle drei auf ihn zukommen, zog sein Bein schnell wieder ein und machte die Tür zu.

»Wir kriegen euch schon noch, ihr Maisblattwurzel-Dreckspack. Wir werden dafür sorgen, dass sie euch und euren Müttern ein paar Äste an dem Baum freihalten.«

Als sie das hörten, rannten die Jungs, die langsam hinter mir hergegangen waren, an mir vorbei und auf das Auto zu, und die Maishaare schafften es gerade noch so, ihren Wagen zu wenden und auf der staubigen Straße davonzujagen. Die beiden Jungs kamen hustend zurück. Ich sagte ihnen, den Blick weiter auf das verschwindende Auto geheftet, dass ich ihnen nur zu gern etwas Wasser anbieten würde.

»Wasser, zum Teufel«, sagte der Große, hob sein Schinkenbrot auf, biss hinein und schaute vorsichtig zu mir herüber. »Was hattest du eigentlich vor, als du auf den Kerl zugelaufen bist?«

»Ich wollte ihm eine reinhauen. Du nicht?«

»Das hattest du alles geplant, oder?«, fragte er.

Ich lächelte und schob meinen Unterkiefer ein paarmal hin und her, dann fragte ich ihn, ob ihm sein Brot schmecke.

Sie lachten beide. Und jetzt hatten sie ein kleines Lächeln in den Augen. Ich lachte auch ein bisschen.

»Wir hatten wirklich Hunger, das stimmt, auch wenn du es gar nicht so gemeint hast, aber wir haben uns nicht deshalb geprügelt«, sagte der Kleinere und hob sein Brot jetzt auch auf. Seine Handgelenke gefielen mir. Sie waren schlanker, als man hätte meinen können, fast zierlich, trotz der breiten Schultern.

»Warum habt ihr euch denn geprügelt?«, wollte ich wissen.

Sie zuckten beide mit den Achseln. Sagten irgendwas über den heißen Tag. Eine Albtraumschicht, die sie gerade drüben bei Fuller's hinter sich gebracht hätten, wo sie tags an den Öfen schufteten und manchmal auch Nachtschichten einlegten. Sie sagten was über die Jungs im Gefängnis, für die die Maishaare gerade die Schlingen knüpften. Über den Mond, der in letzter Zeit so groß gewesen sei. Dass sie sich früher oft geprügelt hatten. Dass sie sich seit ihrer Kindheit kannten. Dass das Leben ganz schön hart war und man ihm an den meisten Tagen am liebsten eins in die Fresse hauen würde.

Wir standen einen Moment lang schweigend da, dann stieß der Kleinere eine Art Schnauben aus, das nach der Stille komisch klang, und sagte, ich hätte ja sowohl ihnen beiden als auch den Maishaaren im Auto ein Schnippchen geschlagen, aber es sei ein gutes Schnippchen gewesen, und er würde wetten, wenn er mich so betrachte, dass ich noch mehr auf Lager hätte. Er habe eine ziemlich gewiefte Tante namens Betty Peconta, die habe genau den gleichen Blick wie ich. Sie habe mal einem Vertreter eine Ladung Swisher-Sweets-Zigarillos abgeluchst und jeden einzelnen davon selbst geraucht. Ich sagte ihm, ich fände nicht, dass ich ihnen ein Schnippchen geschlagen hätte, jedenfalls nicht so wie seine Tante mit den Zigarillos, und der Größere stimmte mir zu, ein Schnippchen würde man das wohl nicht nennen, es wäre eher eine Strategie gewesen. Schnippchen oder Strategie, sagte der andere, das sei egal, jedenfalls würde ich jetzt hier gemütlich plaudernd im Schatten sitzen und nicht mit einem Metallrohr oder sonst was verprügelt werden. Manchmal würde es sich halt doch auszahlen, schlau zu sein, worauf ich sagte, nicht oft genug, und da nickten sie beide.

»Hast du heute wirklich eine Orange gegessen?«, fragte der Größere.

»Ja. Ich habe immer noch ein bisschen von dem Geschmack im Mund.«

»Ich hab einmal in meinem Leben eine Orange gegessen. In Wabash war das. Allerdings war sie etwas vertrocknet. War deine auch vertrocknet?«

Ich schüttelte den Kopf.

»Sie will nicht über Orangen reden«, sagte der Kleinere.

»Vielleicht ja doch. Woher willst du das denn wissen?«

Ich sagte, ich wolle es wirklich nicht. Die Orange sei köstlich gewesen, und mehr wüsste ich dazu nicht zu sagen.

»Köstlich, das ist doch schon mal was«, sagte der Kleinere. »Viel mehr kann man nicht erwarten.«

*Sie* war *köstlich, und mehr kann man wirklich nicht erwarten*, dachte ich. Ich fragte, wie sie hießen, worauf der Größere sagte: »Ben Able«, und der Kleinere: »Robert True.« Ich sagte ihnen, dass ich Calla Destry hieß und dass ich im Osten der Stadt wohnte und vielleicht auch weiter dort wohnen würde, wenn der Lynchtag erst mal seine Gräber ausgehoben hatte. Ich dankte ihnen beiden, und dann sagte ich zu Ben Able, du musst dein Gewicht verlagern und die rechte Hüfte nach innen drehen, wenn du einen Haken schlägst. Ich führte es ihm vor, ließ Robert True die Hand hochhalten und schlug hinein, lächelte, als er sagte, ich würde härter schlagen als Ben Able, was zweifellos stimmte, nahm meinen Korb, sagte, es freue mich, dass ihnen die Schinkenbrote geschmeckt hätten, und ob ich einen von ihnen oder sie beide irgendwohin mitnehmen könnte.

Ben Able sagte, sie wollten ein paar Meilen weiter, da gebe es einen Ort, wo sie abwarten könnten, bis dieser Tag vorbei war, und wenn nötig auch noch die Nacht. Ich sagte, das würde wohl nötig sein, und sie nickten beide, und Robert True sagte, wenn ich nichts dagegen hätte, könnten sie vielleicht auf den Trittbrettern mitfahren, bis wir zu ihrer Abzweigung kämen. Ich sagte, ich hätte nichts dagegen, und klassische Kavaliere wie sie könnten innen oder außen mitfahren. Außen, sagten sie. Und wenn wir zu der Abzweigung kommen, fährst du einfach ein bisschen langsamer, dann springen wir ab.

Wir gingen also zum Auto, und nachdem sie die Mopp-Puppe auf dem Beifahrersitz ausgiebig betrachtet hatten, stieg ich ein und sie stiegen auf und wir fuhren los. Wir passierten Zaunstreifen, Scheunen, Schuppen und ein paar unterernährte Kühe, die in einer Schlammpfütze wühlten wie Schweine. Eine Weile wirbelten wir ordentlich Staub auf, dann kamen wir auf eine schöne Asphaltstraße und es hatte sich ausgewirbelt, wir fuhren an einer riesigen Geißblatthecke vorbei, und ich atmete tief ein und beschleunigte, und Ben Able lächelte mit seinen hübschen weißen Zähnen durchs Fenster zu mir herein, und Robert True, dessen lange Haare hinter ihm flatterten, ebenso, und dann klopfte er ans Fenster und gab mir zu verstehen, dass ich die Scheibe herunterkurbeln sollte. Ich beugte mich rüber und kurbelte, und er lächelte wieder, schnappte sich die Mopp-Puppe und zog sie durchs Fenster heraus. Einen Moment lang dachte ich, er würde sie in den Graben schmeißen. Doch stattdessen hielt er sie neben sich hoch und johlte, und Ben Able hämmerte auf das Dach des Dictator und johlte auch.

»IN DIESEM KÖPFCHEN STECKT Magie«, hatte mein Leander mal zu mir gesagt, als wir an seinem Teich nebeneinander lagen. Ich war ihn besuchen gekommen, so wie ich es immer tat, im Dunkeln mit dem geliehenen Dictator, nachdem ich Tante V, Onkel D und Hortensia nach einer unserer nächtlichen Ausfahrten zu Hause abgesetzt hatte.

»Was denn für eine Magie?«, fragte ich.

Er nahm meine Hand und küsste sie, dann küsste er sie noch mal und sagte: »Eine Magie, die umhaut.«

Wenn ich vor Leanders Zeiten daran gedacht hatte, jemanden umzuhauen, dann nur in dem Sinn, wie Ben Able vorhin Robert True umgehauen hatte, also nach Roscoes Art. Roscoe hatte mich zu sich gerufen, nachdem er gesehen hatte, wie ich einem Jungen, der sich wegen Hortensia über mich lustig gemacht hatte, eine Ohrfeige gab. Ich schlug so kräftig zu, dass der Junge drei Schritte nach hinten getaumelt war, und ich hätte noch ein zweites Mal zugeschlagen, aber Roscoe rief mich zu sich rüber und fragte sofort, ob ich seine Kumpanin werden wollte. Und das wurde ich, im Guten wie im Bösen. Leander sagte, dass es ihm gefiel, wenn ein Mädchen ordentlich zuschlagen *und* scharf denken konnte. Eine bessere Sorte Mädchen gebe es für ihn auf der ganzen Welt nicht. Roscoe hätte mich wegen meinen zitternden Händen ausgelacht, aber es hatte ihm gefallen, dass ich seine Kumpanin war, und von ihm hatte ich auch gelernt, mit der Faust zuzuschlagen statt mit der offenen Hand.

Tante V hatte mal gesehen, wie ich einem großen, starken Maishaarmädchen, das sich am Markttag über die Farbe meiner Hutbänder lustig gemacht hatte, einen Fausthieb verpasste; das war nicht lang nachdem sie mich gegen alle Hoffnung aus dem Waisenhaus zu sich geholt hatten. Ich hatte dem großen, starken Mädchen aufs Maul gehauen, und sie war in die Knie gegangen. Ich hätte noch mal zugeschlagen, denn Roscoe sagte immer, das sollte man tun, wenn sie weiterredeten, und das Mädchen redete weiter, aber Tante V hatte mich am Arm gepackt und weggezerrt.

»Aber das macht man so«, sagte ich.

»Du kannst froh sein, dass sie Maishaar-Gelump ist und allein unterwegs«, sagte Tante V. »Und du machst das von jetzt an nicht mehr so, die Zeiten sind vorbei.«

Onkel D sah das genauso. Und als Roscoe dann aus Indianapolis kam, um mich zu besuchen, nicht lang nachdem ich dieses Riesenmädchen in die Knie gezwungen hatte, da empfing Onkel D ihn mit seinem Armeerevolver an der Tür. Roscoe hatte gleich den dicken Maxe gemacht, hatte Onkel D »Alter« und »Opa« genannt, und Onkel D, der keinerlei Anzeichen von Schwachsichtigkeit zeigte und nicht den Anflug seines breiten Lächelns, das ich schon so liebgewonnen hatte, hielt Roscoe seinen Revolver unter die Nase, und als Roscoe trotzdem weiterredete, hob er den Revolver langsam und vorsichtig an und schoss eine Kugel in den Türpfosten, knapp oberhalb von Roscoes Kopf. Danach kam Roscoe erst mal eine Weile nicht mehr, und ich hörte tatsächlich auf, Maishaarmädchen umzuhauen. Hörte so entschieden damit auf, dass es nicht lange dauerte, bis ich eine Stelle als Blumenmädchen bekam. Und kurz nachdem ich angefangen hatte, in der ganzen Stadt Blumen zu verkaufen, kaufte ein Mann, der sich Leander nannte, eine Blume von mir.

Und so kam es, dass ich mit Ben Able und Robert True die Straße entlangsauste und in das Gejohle einstimmte, aber gleichzeitig Leander mit den Hüften wackeln sah und mir zurufen hörte, was er eben immer so sagte, dass ich Magie im Kopf hatte zum Beispiel, was ich auch heute Vormittag am Fluss von ihm hatte hören wollen, aber nicht gehört hatte, weil er nicht gekommen war. Was vielleicht daran lag, dass heute Lynchtag war, aber vielleicht auch nicht. Aber wie dem auch sei, ich nickte nur flüchtig, als Ben Able ans Fenster klopfte und Robert True rief, gleich komme ihre Abzweigung. Erst nachdem ich abgebremst hatte und Robert True mir die Mopp-Puppe wieder hereingereicht hatte und sie am Anfang eines Schotterwegs, der sich in ein Gerstenfeld hineinwand, abgesprungen waren, kam ich auf die Idee, ihnen zu winken. Allerdings weiß ich nicht, ob sie das sahen. Ich überlegte, ob ich noch langsamer fahren oder sogar wenden sollte, um mich noch mal richtig von ihnen zu verabschieden, aber in dem Moment erschien in meinem Rückspiegel ein Fahrzeug, und ich dachte, vielleicht sind das diese jämmerlichen Maishaare, die mit ein paar Freunden wiederkommen. Also rief ich laut Auf Wiedersehen, auch wenn das jetzt nur noch das Getreide da draußen hörte. Das Getreide, das mich auf allen Seiten umgab, als ich den Dictator wieder beschleunigte.

LEANDER, ROSCOE, HORTENSIA, unsere Eltern, die bei einem Feuer in einem Waschhaus ums Leben gekommen waren … die Tankuhr im Dictator riss mich aus meinen Träumereien. Ich war nach Süden und dann Westen gefahren, entschlossen, mein Vorhaben umzusetzen, da holperte ich über einen mächtigen Huckel auf der Straße, und mein Blick zuckte erst hoch, dann runter, und ich sah, was ich schon vor zehn Meilen hätte sehen sollen. Ich schluckte gewaltig, denn der Zeiger der Tankuhr zeigte auf null, fuhr an den Rand und hielt neben einer weißen Waldhortensie einen Moment lang an, um nachzudenken.

Aber natürlich gab es nichts nachzudenken, nur ein paar kurze Überlegungen anzustellen, also nahm ich die Mopp-Puppe und warf sie auf den Rücksitz, setzte den Hut ab und zog den feuchten Dollarschein hervor, den ich unter dem Etikett stecken hatte. Ich schob den Schein unter meinen Oberschenkel, griff in den Korb und nahm den Revolver heraus. Ich entsicherte ihn und legte ihn in den Korb zurück. Dann setzte ich den Hut wieder auf und fuhr drei Meilen nach Osten und zwei nach Norden und hielt unter den glänzenden orangen Schildern der Gulf-Tankstelle außerhalb von Elizaburg. Wir waren oft spätabends dort vorbeigefahren, wenn alles still und dunkel war. Onkel D hatte immer Benzinkanister im Schuppen stehen. Füllte sie bei einer maisblattfreundlichen Tankstelle in der Stadt. Er hatte Geschichten auf Lager, die er nicht gern erzählte, über Maisblätter und Maiskörner und Maiswurzeln, denen mitten in einem Maishaar-Gebiet das Benzin ausging. Geschichten, die böse endeten. Das waren damals unsere üblichen Geschichten. Was sich nicht geändert hat. Jedenfalls nicht genug. So war es, und so ist das.

Ich hatte den Motor kaum ausgeschaltet, er tickte noch laut, da kam der Tankwart aus dem Gebäude geeilt und fing an, mit seinem Lappen die Windschutzscheibe abzuwischen. Er wischte eine ganze Weile und ließ sich darüber aus, welche Unmengen von Insekten einem zur Zeit die Scheibe verkleisterten und wie dick die Schmalbienen waren und dass wir dringend Regen brauchten und was er zum Mittagessen gegessen hatte, und ich hielt den Kopf unter meinem Hut gesenkt. Die Weile Wischen war dann doch recht schnell vorbei, und er kam an mein Fenster, jetzt wieder bei den Schmalbienen angelangt, und während er von ihnen redete, landeten prompt welche auf seinem haarigen Unterarm, gruben sich in den saftig glänzenden Schweißfilm und saugten mit ihren Gesichtsstrohhalmen.

Während er gewischt und geredet hatte, war eine alte Frau aus dem Gebäude hinter ihm gekommen und hatte sich auf eine Bank neben der Tür gesetzt. Sie trug ein Kleid aus blauem Kattun und abgestoßene schwarze Schuhe und hatte keine Zähne mehr. Ich warf ihr einen Seitenblick zu, und der Tankwart ging ans Heck des Dictator und fing an zu pumpen, und während er pumpte, wischte er mit der freien Hand noch ein bisschen über die Heckscheibe. Das Reden hatte er eingestellt, dafür pfiff er jetzt. Und zwar gar nicht schlecht. Er war nicht mehr der Jüngste, und sein beigefarbenes Arbeitshemd spannte über einem Wanst, der aussah, als würde ein ausgewachsenes Schwein darin stecken. Als er mit Pumpen fertig war und wieder nach vorn gehen wollte, beugte sich die alte Frau vor, guckte mich scharf an und sagte: »Gottverdammt, Junge, die Kleine da drin, für die du Benzin pumpst, ist ein Maisblatt.«

Sie krächzte das heraus, und in meinem Kopf verschmolz blitzschnell der schmierige Unterarm des Tankwarts mit den Schmalbienen, die darauf gesessen hatten. Ich sah den Arm auf gelben Flügeln durchs Fenster hereinschwirren, mich packen, vom Sitz reißen und in der Tankstelle zu Brei hauen, den die alte Frau dann aufwischen und in den Müll kippen würde.

Als der Tankwart an mein Fenster trat, zog ich den Revolver aus dem Korb und legte ihn mir in den Schoß. Falls der Mann ihn sah, war es ihm nicht anzumerken, er schaute mich direkt an und sagte: »Fünfzig Cent, bitte.«

Ich sah ihn an und er mich.

»Fünfzig Cent, mehr nicht?«, fragte ich.

»Ja, Miss, bei uns wird niemand übervorteilt.«

»Das ist ein gottverdammtes Maisblatt, Erastus!«, sagte die alte Frau. Sie lehnte sich gegen die Wand des Tankstellengebäudes. Ihre Worte kamen undeutlich heraus, weil keine Zähne bei der Aussprache halfen. Tante V hatte Probleme mit ihren Zähnen und bearbeitete sie jeden Tag mit Colgate-Pulver. Uns hielt sie auch dazu an.

»Sei jetzt still, Mama, ich habe Kundschaft«, sagte der Tankwart.

Den Revolver immer noch auf dem Schoß, hatte ich den Dollarschein unter meinem Oberschenkel hervorgezogen. Als der Tankwart ihn entgegennahm, berührten unsere Finger sich kurz und er sagte: »Verzeihung.« Drei Schmalbienen machten sich an einem geröteten Kratzer auf seinem

Unterarm zu schaffen. Andere schwebten in der Luft. Ich gab ihm zehn Cent Trinkgeld.

»Kommen Sie jederzeit wieder, Miss«, sagte er. Und nach einer kurzen Pause: »Es ist eine verdammte Schande.«

»Ja, Sir.«

»Ich bin kein *Sir*. Ich bin Erastus Fellows und gehe zu Quäkertreffen, und die alte Frau da auf der Bank, die Ihnen Unglück wünscht, ist meine Mutter und geht nicht mit. Sie ist nicht durch und durch böse. Nur fast.«

»Ich höre dich. Ich höre jedes Wort«, sagte seine Mutter.

»Ich weiß, Mama, ich weiß, dass du mich hörst. Und trotzdem stehe ich hier und spreche weiter.«

Zu mir gewandt, tippte er an seine Mütze und sagte, jetzt leiser, die Haltung der Quäker, die auch seine sei, mal beiseitegelassen, sei es klug, an einem so schlimmen Tag wie heute einen Revolver dabeizuhaben, ich solle die Augen offen halten und mir gut überlegen, wo ich anhielt. Was in Marvel gerade stattfinde, sei nicht richtig, aber es finde nun mal statt, und ich müsse vorsichtig sein.

»Es ist schlicht und einfach falsch«, sagte er.

»Falsch?«

Er hatte ein kleines Lächeln auf den Lippen, das wahrscheinlich einfach nur nett gemeint war, sein Unterarm sah nicht mehr aus wie eine Monster-Schmalbiene, und seine kleinen Augen glänzten. Er nickte und klopfte beiläufig auf den Türrahmen des Dictator, ehe er wegging. Und dann passierte zum zweiten Mal an diesem Lynchtag auf dieser Tankstelle in Elizaburg etwas Komisches in meinem Kopf. Obwohl er der Freundliche war und seine Mutter dort auf der Bank hasserfüllt herumgemümmelt hatte, hätte ich, wenn ich nicht mehr im Auto gesessen, sondern auf meinen Füßen gestanden hätte, nicht seiner Mutter, sondern ihm eine reingehauen, und gleich noch eine, und dann hätte ich ihn mit einem kleinen Tänzchen in den Boden gestampft. Hätte ihn und seine freundlichen Worte und sein »fünfzig Cent, bitte« in den Boden gestampft. Dann Salz und Kalk auf seine Überreste gestreut. Hätte auf den Kalk gespuckt und zugeschaut, wie es blubberte. Und dann hätte ich die Alte *ihn* in den Müll schmeißen lassen.

*Falsch* war nicht das richtige Wort für das, was heute passierte. Es war Lichtjahre von dem entfernt, was hätte gesagt werden müssen. Es gab kein Wort auf dieser Welt, das aus dem Mund von einem Maishaar richtig geklungen hätte, und deshalb sollte ein Maishaar seine freundlichen Lippen so fest geschlossen halten, als wären sie zugenäht. Selbst ein reizender, fetter Erastus Fellows, der vielleicht in seinem ganzen Leben noch keiner Fliege oder Schmalbiene etwas zuleide getan hatte und für alle Benzin pumpte.

Ich hatte den Revolver noch auf dem Schoß, und jetzt schloss sich meine Hand wieder um ihn. Ich konnte Erastus Fellows erschießen, und dann konnte seine alte Mutter, die immerhin sagte, was sie dachte, ein paar letzte Worte über seinem Leichnam sagen. Oder vielleicht stieg ich auch erst aus und haute ihm eine rein. Ich konnte fest zuschlagen, bei Gott. Robert True hatte es gerade erst gesagt, und Roscoe interessierte sich zwar keinen Pfifferling für mich und die Magie in meinem Kopf, aber er hatte mich zu seinem Leutnant gemacht. Ein paar ordentliche Fausthiebe und dann *wumms*! Oder vielleicht gleich jetzt durchs Autofenster. Es überkam mich so rasant, dass ich tief Luft holen, die Augen zumachen und meine zitternden Verräterhände erschlaffen lassen musste, um das alles wegzuschieben. Als Augen und Hände wieder offen waren, dankte ich ihm, ließ mit dem Revolver im Schoß den Dictator an und fuhr weiter.

ICH HATTE EIGENTLICH WIEDER direkt nach Westen und dann Süden fahren wollen, um dahin zu gelangen, wo ich, wie ich jetzt sicher wusste, hinwollte, aber stattdessen hielt ich ein Stück außerhalb von Elizaburg auf dem Land an, stieg aus und schrie. Ich schrie, dann hämmerte ich gegen den Ersatzreifen, der auf der Beifahrerseite des Dictator hing, und dann zerrte ich die Mopp-Puppe aus dem Wagen, knallte sie wieder und wieder auf den Boden und schließlich gegen einen Baum. Als ich genug davon hatte, schwang ich mich mitsamt der Mopp-Puppe auf einen der unteren Äste hoch und stellte dort fest, dass ich gar nicht mehr aufhören konnte zu klettern, selbst mit der Mopp-Puppe in der Hand. Ich kam bis auf einen der oberen Äste, schrie wieder, und dann musste ich an die Jungs denken, die im Gefängnis saßen oder auch schon nicht mehr, band die Mopp-Puppe fest und ließ sie baumeln, und es gefiel mir ganz gewaltig, sie baumeln zu lassen statt den Jungs.

Ich guckte eine Weile zu, wie sie da hing und sich hin- und herdrehte, und spürte, wie mein Atem sich beruhigte. Es war eine Eiche, auf der ich da saß. Eine starker Baum. Das Laub raschelte in der heißen Nachmittagsluft, dicht und dunkel. Ich sah, dass auch meine Hände sich beruhigt hatten, und daraufhin ging mein Atem noch mal leichter, und während ich sie anschaute und mich ruhiger fühlte und leichter atmete und auf die Felder hinausguckte, merkte ich, dass ich an diesen Bogen Metzgerpapier auf Big Bobs Tisch dachte. Auf seinem Landkartenbild waren Whiskeyspritzer gewesen. Das Töpfchen silberne Farbe. Bereit für seinen Rahmen aus kleinen Bildern. Die Maisblatt-Girlande. Das Land da unten hätte auch ein paar Whiskeyspritzer vertragen. Ein paar Tropfen, um es zu besänftigen. Die Bäche zu beruhigen. Die Wege zu kühlen. Alle Splitter herauszuziehen. Seinen Durst zu stillen. Einen Funken einzufangen und alles in Flammen aufgehen zu lassen. Ich schaute hinaus und zog mit den Augen die Ränder der Felder silbern nach. Spinnweben über dem zitternden Getreide. Big Bob hatte *Marvel* mitten auf das Blatt geschrieben. Ich wusste also, da ich schon etliche Meilen von Marvel entfernt war, dass ich jetzt irgendwo am Rand der Karte war. Vielleicht Teil des Rahmens, mit dem er die Karte umgeben wollte. Wir alle, einer neben dem anderen, rundherum. Und keiner von uns wusste, wohin wir da schauten.

»Falsch«, sagte ich. Dabei dachte ich an Erastus Fellows, aber ich sagte es auch, weil ich nicht wusste, wofür Big Bobs Bildkarte gedacht war. Woher sollte ich es auch wissen? Er hatte es mir nicht gesagt, und ich hatte sie kaum richtig gesehen. Ich sagte: »Falsch«, und wünschte, Hortensia wäre da, und fühlte mich leer und dachte nicht mehr daran, irgendwen zu erschießen. Dachte nur noch an Big Bobs Laden und die Ruhe dort und an das Landkartenbild, das in der kühlen Dunkelheit auf dem Tisch gelegen hatte.

»Oh, Calla«, hatte Hortensia gesagt. Als ich sie das letzte Mal sah. Das letzte Mal gesehen habe. Fünf Jahre ist das her. Zwei fröhliche junge Dummerchen waren wir, die mit Puppen spielten und versuchten, sich selbst den »Wang Wang Blues« beizubringen. Im Vorgarten des Waisenhauses. Das sollte auch auf Big Bobs Karte. Der Tag, an dem ein Maishaarpaar gekommen war und uns hatte wettlaufen und auf Bäume wie diesen klettern und sogar im White River schwimmen lassen, und dann hatten sie gesagt, wie hell wir doch beide seien, ein wahres Wunder, besonders Hortensia, man merke es ja kaum, und wir hatten beide gelächelt, denn wir waren jung und dumm, und dann hatten sie uns gezeigt, dass sie nur einen Platz in ihrem Ford hatten, und uns gesagt, für wen sie sich entschieden hatten, und sie mitgenommen, für immer.

Wir waren im White River geschwommen, und noch ehe unsere Haare wieder trocken waren, war sie weg. »Oh, Calla«, hatte sie gesagt, und ich hatte nichts gesagt, was ist denn das für eine Geschichte, möchte ich mal wissen, und dann war sie in das Auto gestiegen.

Es änderte nichts, dass sie ungefähr eine Woche später wieder da war. Wieder mit mir auf Bäume kletterte und schwimmen ging und im Bett nach mir trat und morgens nach dem Aufwachen den »Wang Wang Blues« sang. Es war egal, dass ich die Einzige war, die sie sehen und hören konnte. Oder dass sie nicht immer da war. Dass sie mich über lange Zeiträume verließ. Spazieren ging. Andere Bundesstaaten besuchte. Die Welt kennenlernte. Das Leben. Jetzt gab es die Landkarte, die ich brauchte. Eine, die mir zeigen würde, wo sie spazieren ging, wo all die anderen waren, die mich verlassen hatten, wo ich hinsollte.

Wir hatten sie nicht kommen sehen, das Maishaarpaar. Sie waren plötzlich einfach da gewesen, wie lächelnde Ungeheuer in einer Geschichte, und wir rannten den ganzen Tag herum und plantschten, wie Enten mit aufgeschlitzter Kehle. Die Hausmutter im Waisenhaus sagte später, dass sie nicht wüsste, warum sie Hortensia genommen hätten.

Dass man das nicht wissen konnte. Egal, wie oft ich sie fragte. Dass ich mich wieder hinsetzen und mein Abendessen essen und mich für Hortensia freuen sollte und aufhören, so zu tun, als säße sie noch neben mir, und: »Gottverdammt, Calla Destry, jetzt sei endlich still!«

Da du die Karte nicht hast, brauchst du Augen, dachte ich. Du brauchst ungefähr hundert Augen hier draußen, wenn du alles erfassen willst. Alles erfassen, ohne selbst erfasst zu werden. So wie es Hortensia passiert war. Von den lächelnden Ungeheuern gepackt und verschlungen. Ich kletterte von dem Baum runter, streifte dabei die dunkelgrünen Eichenblätter, und als mein Blick auf die Delle fiel, die das kleine Mädchen in die Fahrertür des Dictator gemacht hatte, sah ich es plötzlich vor mir. Das war die Magie in meinem Kopf. Onkel D bewahrte einige seiner Beschriftungsfarben und -pinsel gut verpackt im Kofferraum des Dictator auf, seinem Lagerraum, wie er es nannte, in dem sein Handwerkszeug sicher und geschützt untergebracht war. Der Dictator stand im Schatten der Eiche, das Metall kühlte langsam ab. Ich kippte die Farbgläschen auf den Rücksitz, wählte ein paar aus, die mir gefielen, schraubte die Deckel ab, suchte mir einen Pinsel aus und fing mit der Delle von dem kleinen Mädchen an, um das ich eine Mandelform malte. Auf die Mandel kamen Wimpern. Ich dachte an Big Bobs Landkarte. Tupfte Farbe in die Mitte, wo das Metall hervorlugte. Die Farbe verlief hier und da ein bisschen, aber ich tauchte den Pinsel nur mit der Spitze ein, und größtenteils blieb sie da, wo sie sein sollte.

»Augen überall«, sagte ich. Ich stellte mir vor, Onkel D wäre da und sähe mir nickend bei der Arbeit zu. Tante V säße unter dem Baum und würde sich Luft zufächeln. Hortensia mit ihrem blauen Hut würde über meine neuste Idee lachen. Sogar Roscoe war da. Die Arme vor der Brust verschränkt. Und Big Bob mit Myrtle, seinem kleinen Hund. Sie bildeten den Rahmen für meine Landkarte. Wir waren alle zusammen aus Marvel rausgefahren. Hatten unterwegs vielleicht bei den Handy Brothers Halt gemacht und eine kühle Limo getrunken. Hortensias Lieblingssorte war Orange-Cream gewesen. Gott, ich wünschte, ich hätte meine Hälfte von Bobs Orange mit ihr teilen können. Was hätte sie in die Hände geklatscht. Vielleicht aß sie ja gerade Orangen, wo immer sie war. Und Ananas und Zitronen.

Ich sah meine Mopp-Puppe oben in den Zweigen hängen, und plötzlich tat sie mir leid. An diesem Tag heute sollte nichts hängen. Ich holte sie wieder herunter und lehnte sie gegen den Baumstamm, malte ihr mit roter Farbe zwei Augen auf die Fransen und redete mit ihr und mit mir selbst, während ich den Dictator bemalte. »Dass mir keine blinden Flecken auf diesem Prachtexemplar übrig bleiben. Ich will, dass er alles sieht. Alles. Und überall. Keine Überraschungen mehr, ja?«

Als ich fertig war, schraubte ich die Deckel wieder auf die Gläser, ließ die Farben auf dem Rücksitz stehen und ging zu dem Baum hinüber, und dort stellte ich mich neben die Mopp-Puppe und erklärte ihr, so schön habe der Dictator noch nie ausgesehen und ich sei mir sicher, dass Onkel D das genauso sehen würde. Meine Hände waren voller Farbe, also wischte ich sie am Ende der schmutzigen Moppfransen ab. Sie sah gut aus mit Rot und Grün, Blau und Gold an ihren Haarspitzen. »Du siehst gut aus«, sagte ich zu ihr. Und dann, dass wir jetzt fahren müssten. Nach Ryansville. Wo Leander wohnte.

ICH HATTE IHN ERST einmal zuvor bei Tageslicht gesehen, damals, beim allerersten Mal. Als er mit seinem wabbelig-festen Schritt über den Platz vor dem Gerichtsgebäude ging. Ich half beim Blumenverkauf vor dem Diner. Er kam rüber, kaufte eine Rose, zwinkerte mir zu und fragte flüsternd, ob ich mich an diesem Abend in dem Gässchen hinter der Bank mit ihm treffen würde, denn er hätte Fragen von größter Tragweite mit mir zu erörtern. Ich lachte über seine alberne Stimme und die noch alberneren Worte, aber ich kam. Ich sagte ihm, dass ich Calla Destry hieße, und er sagte, ich sei die schönste junge Frau, die er je gesehen hätte, ich sei schöner als jede Frau, die ihm je im Traum erschienen wäre oder überhaupt irgendjemandem in irgendeinem Traum, und zwar seit Menschengedenken. Dann zog er die Hand hinterm Rücken hervor und reichte mir die Blume, die er vorher bei mir gekauft hatte. Die Blume war inzwischen ziemlich welk, und dass sie nicht duftete, wusste ich eh. Aber abgesehen von Roscoe, der mir mal ein paar Narzissen aus dem Boden gerupft und zugeworfen hatte, als wir in der Nähe vom White River irgendeinen Unfug anstellten, keine Woche bevor Tante V und Onkel D zum Waisenhaus kamen, um mir einen Platz in ihrem Fahrzeug anzubieten, hatte mir noch nie jemand eine Blume geschenkt. Womöglich hätte Leander an diesem ersten Abend auch versucht, mich zu küssen, und ich hätte es ganz sicher zugelassen, wenn nicht am Ende des Gässchens eine Bande von Maishaarjungs angefangen hätte, leere Kartons herumzukicken, worauf Leander sich vor mir verbeugte, sagte, ich solle mich nächste Woche wieder mit ihm treffen, und davonrannte.

In der folgenden Woche küsste er mich dann wirklich. Sein Mund schmeckte nach Veilchenbonbons. Ich legte kurz die Hand auf seine Taille und stellte fest, dass sie so weich war wie frischer Plätzchenteig. Als es Zeit war, uns voneinander zu verabschieden, wurde er ganz bekümmert, denn er hatte gerade den Ford seines Vaters verkauft und würde in Zukunft nicht mehr einfach so kommen können, um sich mit mir zu treffen. Er habe ihn nach dem Tod seines Vaters mit Zustimmung seiner Mutter verkauft, erzählte er mir, und wolle den Erlös für seine politische Karriere verwenden. »Eines Tages werde ich Gouverneur sein«, erklärte er. Es war eine seltsame Aussage zwischen süßen Küssen in einem dunklen Gässchen, und wir lachten beide. Er hatte ein schönes Lachen. Höher und feiner als seine Stimme. Roscoe hatte kein schönes Lachen. Roscoe war noch ein Junge, kaum älter als ich, aber er hatte schon jetzt ein Lachen, das Unheil krächzte, es klang wie ein Frosch, der von einer Katze verschlungen wurde, die von einem Wolf verschlungen wurde, den ein Bär übel zugerichtet und dann gefressen hat. Als ich erst noch lernte, wie man einen Haken richtig setzt, war ich mal von einem anderen Mädchen niedergeschlagen worden, und Roscoe hatte mich mit diesem Lachen ausgelacht, statt mir aufzuhelfen. Er hätte auch lang und laut gelacht, wenn er mich hätte Blumen verkaufen sehen. Ich erzählte Leander von unserem gelben Biest, dem Dictator, der sich unter seiner Decke in dem

Schuppen hinter meinem neuen Zuhause verbarg. Erzählte ihm davon, und meine Besuche bei ihm begannen. Und jetzt, an diesem Tag des Mobs und des Mordens, fuhr ich mit meinem Mopp und meinem Korb in einem von Augen bedeckten Auto, auf dessen Rücksitz Onkel Ds Farbgläschen klirrten, zu einem weiteren Besuch.

Und deshalb stieg, trotz allem was war, mein Herz aus meiner Brust auf und eilte dem Dictator voraus, es flog in Richtung Ryansville und ließ meinen Körper, der sich schwach und langsam und ach so klein anfühlte, hinter sich. Jedenfalls fühlte ich mich klein, als ich schließlich dort ankam. Klein und dumm. Draußen auf dem Land hatte es mir gefallen, dass ich das Auto und den Mopp mit Augen bemalt hatte, aber als ich Ryansville erreichte, stellte ich fest, dass mir die Vorstellung, mit meiner Begleitung in diesem bunten, von Augen bedeckten Fahrzeug durch die Straßen zu fahren, nicht so recht behagte. Die Welt ist voller Steine. Und Stricke. Womit ich sagen will, dass ich, als mein Herz vom Himmel stürzte und mir durch die Kehle wieder in die Brust rutschte, durchaus den Gedanken hatte, umzudrehen und stracks zu Big Bobs Angelstelle zu fahren. Dem Mob aus dem Weg gehen. Dem Morden aus dem Weg zu gehen. Für meinen Besuch die Dunkelheit abzuwarten. Ich gab dem Gedanken so weit nach, dass ich den Dictator an einer Kreuzung kurz vor der Abzweigung zu Leander abbremste, und es gelang mir, dumm wie ich war, den Motor dabei abzuwürgen.

Die Hausmutter im Waisenhaus in Indianapolis hatte ein Stereoskop gehabt, durch das ich manchmal schauen durfte. Auf den meisten Bildkarten, die sie hatte, waren Maishaarkinder und Maishaarerwachsene zu sehen, kein Maisblatt weit und breit. Nichts Besonderes, so war das

Leben. Aber es gab auch einen Packen Bildkarten, auf denen nur Landschaften, Gebäude und Monumente zu sehen waren, ohne Menschen, egal welcher Art. Und diese Karten liebte ich. Denn ohne jemanden drauf konnte ich mir vorstellen, sie wären voller Maisblätter. Hunderte Maisblätter, die sich hinter Bäumen oder Türen versteckten, die nur darauf warteten, Fenster hochzuschieben und hinauszurufen, während ich zu ihnen hineinschaute. Als Hortensia nicht mehr da war, wünschte ich mehr als alles auf der Welt, bei ihnen dort drinnen zu leben. Manchmal meinte ich, aus einem dieser stillen Winkel ein leises Husten oder Lachen zu hören, und versuchte mit aller Macht, mich durch meine Augen auf diese Straße oder leere Waldlichtung strömen zu lassen. Nachdem ich ihm davon erzählt hatte, kam Roscoe einmal in den frühen Morgenstunden zu mir und wir schlichen uns in das Büro der Hausmutter, um im Licht der Lampe diese Bilder zu studieren.

»Da sind wir«, sagte Roscoe, dem die Idee sofort gefiel. »Da am Ende der Straße hinter den Bahngeleisen, das sind wir. Und in dem See hier schwimmen wir direkt unter der Oberfläche. Wir sind überall.« »Und Hortensia?«, fragte ich. »Die ist auch da. Klar, Mann! Wir sind alle da oben in den Wolken. Hinter dem Flussufer. Auf diesen Pyramiden. Auf unserem Thron im Palast. Im Wald kannst du uns auch sehen, schau mal genau hin, da hinter dem Baumstamm, da verstecken wir uns.«

Genau dieses Gefühl hatte ich einen seltsamen Moment lang an diesem frühen Augustabend im Maishaar-Ort Ryansville, während der Motor des Dictator noch ein paarmal leise knackte und neben der Straße ein Kardinal rief. Als wäre die Welt geleert worden und jetzt bereit für andere Füße auf ihren Straßen. Für andere Gesichter in geöffneten Türen, hinter Ladentheken. Für andere Hände, die hupten und Lichter einschalteten. Doch die flüchtigen schönen Träume einmal beiseitegelassen, war ich weder beschränkt noch naiv. Ich wusste, dass ein Maishaar diese leeren Landschaften fotografiert hatte, und ich wusste, dass jeder Zoll von dem, was ich jetzt vor mir hatte, von Maishaaren gebaut worden war. Falls sich jemand hinter den Bäumen von Ryansville verbarg oder still hinter dem Vorhang wartete, dann keine Maisblätter. So viel war sicher. Und als ich diesen Gedanken gehabt hatte und dabei den Blick über die leeren Straßen ringsum schweifen ließ, kam mir noch ein anderer, der mir gar nicht gefiel. *Hier findet das Gleiche statt*, dachte ich.

Jeder Dummkopf – außer mir – hätte Ryansville in Windeseile wieder verlassen, wäre zu Big Bob gefahren, der gut zu mir gewesen war, oder hätte sich wirklich auf die Suche nach Tante V und Onkel D gemacht, die heute Vormittag beide den Kopf geschüttelt hatten, als ich hinausging, langsam und ausgiebig den Kopf geschüttelt hatten, während sie mir nachsahen, doch stattdessen ließ ich den Motor wieder an und fuhr den Dictator hinter einen baufälligen Schuppen, den Ranken und Gesträuch höhlenartig umwuchert hatten, achtete darauf, dass er diesmal besser versteckt war, schnappte mir meinen Korb und stieg aus. Die Mopp-Puppe ließ ich bei den Farbgläsern im Auto sitzen. Ich ging los, ohne so recht zu wissen, auf was ich da zumarschierte. Es war, als hätte die Stille einen Geruch. Die Leere einen Geschmack. Ich ballte die Hände zu Fäusten, was sich gut anfühlte, und sei es nur, weil sie dann nicht so zitterten. Calla Destry – die Version von ihr, die ihre Fäuste ballte und furchtlos vorwärtsschritt.

Ich fand die braven Bürger von Ryansville vor der methodistischen Kirche versammelt. Ein blutiges Hemd sah ich nirgends, aber das hieß nicht, dass es keins gab. Sie lächelten und nickten und murmelten »Genau«, »So ist es«, »M-hm«. Einige drehten sich nach mir um, aber Schlimmeres als eine hochgezogene Augenbraue folgte nicht. Ich ging weiter, trat in die Menge, bereit, die Faust zu öffnen und in meinen Korb zu greifen, aber als ich weit genug nach vorn gelangt war, merkte ich, dass ich das nicht musste, denn es ging hier nicht um einen Jungen oder Mädchen an einem Baum. Sie hatten keine Maisblätter gefangen. Es sei denn natürlich, sie warteten noch wie eine große Spinne darauf, dass ihnen die richtige Fliege ins Netz ging. Ich trat einen weiteren Schritt vor und wurde von einer massigen Frau, die noch heftiger schwitzte als wir alle, mit einem Lächeln bedacht. Sie schwitzte so heftig, dass die Krempe ihres gelben Huts am Rand nass war. Eine Frau lächelte mich an. Sie wollten mich nicht lynchen.

Ich atmete auf und spürte, wie ich mich entspannte – es war einfach nur eine Gruppe von Maishaaren, die sich einen schönen Sommernachmittag machten. Einfach Leute, vielleicht wie Erastus Fellows, in Sonntagsanzügen und sauberen Latzhosen und hübschen Kleidern. Ich konnte ihn noch nicht sehen, diesen Redner, dem sie da lauschten, aber er war laut. Eine volle, dröhnende Stimme, die gegen die Heuschrecken und Zikaden, die ringsum eifrig sägten, mühelos ankam. Eine Stimme, die jetzt ans Ende ihrer Rede gelangte. Die von dem bereitstehenden Essen sprach, von den Bussen, in die man danach steigen, und der hehren Fahrt, die man unternehmen würde, von der christlichen und patriotischen Mission, die es zu erfüllen galt. Ich erschauerte und dachte *falsch*, mir wurde ganz schwindlig, die fette Frau lächelte mich wieder an, und ich schaute langsam von ihr zu dem Redner, und während meine Augen hinüberwanderten, hörte die Stimme auf zu dröhnen und wurde für einen Moment leiser, sanft und leise, nur ganz kurz, und in diesem kurzen Moment, bevor meine Augen ihr Ziel erreicht hatten, erkannte ich die Stimme.

SOBALD LEANDER SEINE REDE beendet hatte, stieß die Menge ein letztes Hurra aus und hielt dann zielstrebig auf die Kirchentür zu. Es war ein einziges schweißnasses Vorwärtsdrängen, und alle redeten von Wels und Cornbread und davon, sich einen möglichst guten Platz zu sichern, wenn die Busse kamen. So eilig hatten sie es, dass im nächsten Moment niemand mehr im Hof war außer Leander, der sich mit einem Taschentuch die Stirn abwischte. Ich hatte neben einem riesigen, hohen Straucheibisch gestanden und wollte gerade ein paar Schritte auf ihn zugehen, damit er mich sah und ich ihn herüberrufen und er mir sagen könnte, was das alles zu bedeuten hätte und warum zum Teufel er heute Morgen nicht an den Fluss gekommen war, ganz zu schweigen von all dem Gerede über Busse und gerechte Missionen, aber als ich vortrat, sah ich eine Frau mit vollgeladenem Teller aus der Kirche kommen. Sie stellte den Teller auf einen Tisch, und mein süßer Leander eilte alsbald zu ihr hinüber.

Sie sah mir aus, diese Frau, als wäre sie höchstens zwei Cent und ein paar alte Truthahnfedern wert, aber mein Leander, der heute Vormittag nicht zu unserem Treffen gekommen war, steuerte direkt auf sie zu. Und zwar im Sauseschritt, obwohl man Tomaten auf den Augen haben musste, um nicht zu sehen, dass sie kein Interesse daran hatte, mit ihm zu reden, jedenfalls nicht, solange der vollgeladene Teller vor ihr stand. Leander hatte einen Anzug an, den ich noch nie gesehen hatte. Er sah darin aus wie eine aus allen Nähten platzende Vogelscheuche, und sein Haarteil war leicht verrutscht. Er stützte eine Hand in die Hüfte und sprach die Frau an, und sie antwortete. Sie trug ein enges grünes Kleid und blaue Schuhe. Sie hatte eine Stupsnase, wie man wohl sagt, und einen gewaltigen Busen. Ihr Hut hätte mal neu festgesteckt werden müssen, ein paar lange rote Strähnen zwirbelten sich darunter hervor.

Während sich Leander über diese Dame beugte, kam nach und nach die ganze Horde mit beladenen Tellern aus der Kirche. Als ich die vollen Teller sah und dann auch noch der herrliche Duft von frisch frittiertem Wels herüberwehte, fiel mir plötzlich auf, dass ich seit den paar Frühstückspfannkuchen von Tante V nichts mehr gegessen hatte, mal abgesehen von Big Bobs besonderer Orange, die im Mund das reine Paradies gewesen war, im Magen aber gar nichts. Ich hatte das kaum gedacht und meinen Magen knurren hören, da kam die fette Frau, die mich angelächelt hatte, mit zwei Tellern aus der Kirche. Sie brauchte ewig, bis sie bei mir war, denn sie ging langsam und blieb an jedem Tisch stehen, um ein bisschen zu plaudern. Aber schließlich war sie da.

»Hier, Schätzchen«, sagte sie. »Das ist Gottes Essen, es ist für alle da.«

»Für alle – sind Sie sich da sicher, Ma'am?«, fragte ich.

»Na, iss schon, es ist gutes Essen. Ich kenn die Mädels, die es gekocht haben. Eine davon ist die Tante von dem glänzenden Redner, den wir gerade gehört haben. Ich bin den ganzen weiten Weg von Forrest hierhergekommen, um ihn zu hören. Ich hab gesehen, dass du erst am Ende der

Rede gekommen bist, aber der hat wirklich den Bogen raus. Aus dem wird mal was. Das ist unübersehbar.«

Sie lachte, und wir schauten beide zu Leander hinüber. Er hatte gerade aufgehört, mit der Rothaarigen zu reden, und war jetzt auf dem Weg zur Kirchentür.

»Seine Tante hat das gekocht?«, fragte ich.

»Sie ist ganz reizend, genau wie er.«

»Und seine Mutter, hat die auch geholfen?«

»Seine Mutter? Sag mal, Herzchen, hast du etwas für das Gemeindeessen mitgebracht?« Sie schaute auf meinen Korb. »Falls ja, könnte ich es runterbringen.«

Ich sah erst den Korb an und dann sie und biss mir von innen auf die Lippe, damit ich nicht losprustete bei der Vorstellung, wie die massige Lady den Revolver herausnahm und ihn im Untergeschoss der Kirche zwischen den Wels und die Kasserollen legte.

»War es wirklich so eine gute Rede?«, fragte ich, biss noch fester und hatte mich schließlich im Griff.

»Also, ich glaub nicht, dass ich je eine bessere gehört habe. Von Kirche und Vaterland hat er geredet. Auch Flora und Fauna sind vorgekommen. Und Lauffeuer! Ganz zu schweigen von all den Straßen, Wegen und Passagen.«

Mir fiel nichts anderes ein, deshalb sagte ich: »Das klingt gut.«

»Na, dann lass es dir mal schmecken, Schätzchen«, sagte sie. »So ein hübsches Ding. Du erinnerst mich an ein Mädchen, das mal bei uns in der Küche gearbeitet hat. Bloß bist du ein bisschen hellhäutiger.«

Ich sagte ihr, dass ich zu Hause die Küche nicht mal betreten durfte. Im Waisenhaus hatte ich ab und zu gekocht, aber die Gerichte, die ich bei Tante V ausprobiert hatte, waren alle angebrannt, und ich wurde aus der Küche verbannt.

»Lass es dir schmecken, und behalt es in Erinnerung«, sagte sie. »Hier sind nur brave Christen, auch wenn ein paar Schlechte darunter sind. Aber ein paar Schlechte gibt es immer.« Sie zwinkerte mir zu und lachte gackernd, als würde in dem, was sie gesagt hatte, noch etwas anderes mitschwingen, das ich verstehen müsste, und dann ging sie mit ihrem Teller weg. Ich stand da und sah ihr nach, ihre Beine waren so dick, dass man nicht sicher sein konnte, ob sie sie wirklich anwinkelte, und obwohl ich einen Mordshunger hatte, drehte ich mich um und kippte den Wels, den sie mir gebracht hatte, in den Strauchеibisch.

Während meiner Unterhaltung mit der netten Christin, die fand, dass ich wie ihre Küchenhilfe aussah, war Leander wieder aus der Kirche gekommen, er flitzte zwischen den Tischen hin und her und eilte schließlich davon. Mir kam der Gedanke, dass er jetzt, wo er seine Rede gehalten und sein Essen gegessen hatte, vielleicht auf dem Weg nach Hause war, und ich dachte mir, dass wir bei ihm zu Hause genauso gut miteinander reden könnten wie an jedem anderen Ort. Wir mussten miteinander reden. Es konnte nicht warten. Ich richtete mich auf, strich mein Kleid vorne glatt und setzte mich in Bewegung, vielleicht würde ich ja vor ihm da sein, dann konnte ich ihn auf dem kleinen Weg zum Haus abpassen. Wir könnten ein Stückchen vom Haus weggehen. Seine Mutter nicht stören. Erst mal Stillschweigen bewahren. So still ich halt bleiben konnte bei dem, was ich zu sagen hatte, und je nachdem, wie er reagierte.

Aber dann hörte ich ein Rumpeln und guckte zwischen den Blättern und rosa Eibischblüten hindurch. Vor meinen Augen fuhren hintereinander fünf frisch gestrichene, reinweiße Busse vor. Am Steuer des ersten saß mein Leander. Er drückte ein paarmal kräftig auf die Hupe, dann lehnte er sich aus der Tür und rief so laut, dass selbst ich es hören konnte, obwohl ich schon ziemlich weit weg war. »Wer zur Party nach Marvel mitfahren will, bitte alle einsteigen!«

MANCHMAL WENN ICH HIER sitze und daran denke – und ich tue praktisch nichts anderes, als daran zu denken –, zieht sich hinter Leander und diesen Bussen der Himmel zu und wird finster. Nicht jedes Mal, und er wird auch nicht pechschwarz wie beim Gerichtsgebäude. Ich schwebe nicht hinter dem Straucheibisch empor und fliege in die Busse hinein und wirbele auf den Sitzen herum. Es ist eher so, als ob eine kleine Wolke oder ein Teil des Mondes oder der Daumen von einem achtlosen Teufel dic Sonne verdeckt. Verdeckt, wie ich eilig vom Kirchengelände weggehe. Alles verdüstert sich ein wenig, aber dann wird es wieder hell.

Ein paar klug dreinschauende Stare pickten an den Ranken neben dem Dictator, und zwei oder drei hüpften auf der Motorhaube herum. Sie stoben auseinander, als ich kam, und schlossen sich einer lauteren, größeren Gruppe an, zu Dutzenden saßen sie auf den Ästen eines nahen Trompetenbaums. Roscoe mochte Stare nicht. Er behauptete, ihm würden sich die Haare sträuben, wenn er diesen klugen Blick sah. Er würde Albträume kriegen, wenn sie ihn zu lange so anguckten. Mir gefiel überhaupt keine Vogelart, wenn sie in größeren Mengen auftrat, aber davon abgesehen hatte ich immer gefunden, dass Stare hübsch aussahen. Als ich die Tür des Dictator zuschlug, hüpften ein paar Stare von ihren Ästen, und als ich den Motor anließ, hoben sie sich alle zusammen wie ein einziges Wesen in die Luft und flogen in einem Bogen davon. Ich fragte die Mopp-Puppe, was sie von den Vögeln hielt, aber sie starrte nur geradeaus. Sie war so zielgerichtet, wie ich es hätte sein sollen. Als ich den Dictator aus seinem Versteck bugsierte, sah ich, dass die Busse mehr oder weniger abfahrbereit waren.

Hurrarufe drangen aus den blitzblanken Fenstern, geballte Fäuste wurden herausgestreckt, hupende Autos reihten sich hinter den Bussen auf. Ich meinte, die massige Frau zu sehen, die mir diesen Berg Essen gebracht hatte. Essen für alle. Wels des Herrn. Ich war oft genug in der Kirche gewesen. Hatte die frohe Botschaft vernommen. Die Leute vom Klan waren ehrliche Kirchgänger, die nur das Beste für ihr Land wollten, Maisblätter und alle, die keine Maishaare waren, kamen direkt vom Teufel, wir müssten alle hart arbeiten und schweigen, und Jesus Christus war ein Zimmermann, der Wunderfische herbeizauberte, damit die Maishaare zu essen hatten. Und so weiter und so fort.

Es gab ein Seitensträßchen an ein paar Kuhställen vorbei, das mich in einer großen Schleife aus der Stadt und dann wieder hineinführen würde. Ich hatte es schon öfter benutzt. Wenn ich mich beeilte, konnte ich vielleicht doch noch ein paar Worte mit meinem süßen Leander wechseln. Die Kühe standen zusammengedrängt in ihren Ställen. Ich hüllte sie in eine Staubdecke, als ich vorbeifuhr.

»Bist du bereit, Mädchen?«, fragte ich, und da die Mopp-Puppe nicht antwortete, übernahm ich es selbst.

»Ja«, sagte ich.

Ich war noch nicht weit aus der Stadt rausgekommen, da begann der erste Bus, der von Leander, mich anzuhupen. Leander wedelte wie verrückt mit der Hand, als wäre eine Hornisse hinter der Windschutzscheibe, und ungefähr die Hälfte der Fahrgäste streckte den Kopf aus dem Fenster und winkte, als glaubten sie, das würde ein Wunder bewirken und mich dazu bringen umzudrehen. Ich habe ja schon gesagt, dass der Dictator pfeilschnell sein konnte, wenn man es wollte. Pfeilschnell flogen wir auf diese Busse zu. Und diesmal flog ich meinem Herzen voraus. Meinem Auto, das von zornigen Augen bedeckt war. Meinem Herzen, das vor der Kirche zurückgeblieben war. Diesmal würde mein Gefühl wahr sein.

EINE AUSGEDEHNTE SEKUNDE lang dachte ich, dass mindestens einer von uns weiterfahren würde, geradeaus weiter, und wir uns da draußen auf der heißen Straße einen Kuss geben würden, nur einen viel größeren und lauteren als den, den ich mir den ganzen Tag vorgestellt hatte. Als den, der gefolgt wäre, nachdem ich ihm gesagt hatte, was ich zu sagen hatte, und er das Richtige geantwortet hatte. Ein Kuss von der Sorte, die Roscoe mir immer gegeben hatte. Als käme es nur auf den Kuss an. All diese Küsse. Küsse, die auch nicht aufhörten, nachdem Onkel D die Kugel in den Türrahmen geschossen hatte. Küsse, die selbst dann nicht aufhörten, als Leander schon mein Verehrer war und ich ihm, Roscoe, gesagt hatte – mit voller Überzeugung, wie ich glaubte –, es sei aus mit uns.

Aber ich sah, dass Leander abbremste, also bremste ich auch, und dann hielt Leander an, und ich hielt auch an. Wir ließen beide den Motor laufen. Ich sah, dass er sich umdrehte und den Leuten im Bus sagte, sie sollten sich einen Moment gedulden, er würde sich der Sache annehmen. Das Gleiche sagte er noch mal, als er aus dem Bus gestiegen war, denn die Fahrer all der Autos hinter ihm waren ebenfalls ausgestiegen und nach vorn gekommen. Als er sich wieder mir zugewandt hatte, hielt er einen Moment inne, um sich zu sammeln. Er zog seine Krawatte gerade, strich seinen Anzug glatt, bewegte den Unterkiefer hin und her. Während er sein Haarteil andrückte, stieg ich aus dem Dictator aus, den Korb ließ ich drin, und stellte mich mit verschränkten Armen vor den Wagen.

»Himmel Herrschaftszeiten, Calla!«, sagte er, als er sah, dass ich es war. »Hast du mich erschreckt. Was in aller Welt tust du hier? Wie ein Gespenst bist du aus dem Nichts erschienen. Was ist mit dem Dictator passiert? Warum ist er von Augen bedeckt?«

Er kam einen Schritt näher. Die Schar hinter ihm war angewachsen und bewegte sich unruhig. Er schaute über die Schulter, rief: »Alles in Ordnung, Leute«, und wandte sich wieder mir zu.

»Calla, Calla, Liebling, du musst hier weg, es ist nicht der richtige Zeitpunkt für ein Treffen, absolut nicht.«

»Du bist heute Morgen nicht gekommen«, sagte ich. »Ich hab dir eine Nachricht geschickt, dass du kommen sollst.«

»Was für eine Nachricht? Wohin sollte ich kommen?«

»Ich habe gewartet. Ich habe ein Picknick mitgebracht. Ich wollte dir etwas sagen. Will es immer noch.«

»Was zum Teufel ist da los, Hale?«, fragte ein bulliger Mann mit Chauffeursmütze, der von hinten herankam.

»Schon gut, schon gut«, sagte Leander. »Da steht eine junge Frau auf der Straße, Morely. Ich glaube, ihr ist nicht gut. Ich werde ihr helfen, und dann fahren wir weiter. Komm nicht zu nahe. Wir sollten sie nicht erschrecken. Ich glaube, sie hat sich verirrt.«

Ich legte den Kopf auf die Seite, rührte mich ansonsten aber nicht. Morely schaute zweifelnd drein und spie einen dicken Strahl Kautabak aus dem Mundwinkel. Fünf oder sechs andere hatten sich zu ihm gesellt. Einige der Leute erkannte ich von der Kirche wieder. Ich schaute, ob die massige Frau oder die Rothaarige oder womöglich sogar Leanders Mutter darunter waren, sah sie aber nicht. Leander kam noch einen Schritt näher.

»Es macht dir doch nichts aus, dass ich gesagt habe, dir wäre nicht gut oder du hättest dich verirrt, oder? Ich habe das nur gesagt, um sie auf eine falsche Fährte zu locken. Um unser Geheimnis zu wahren.« Den letzten Satz hatte er geflüstert, er schaute immer wieder hinter sich und dann zu mir. Er stieß ein kleines nervöses Lachen aus. Seine Finger zuckten und wanden sich neben seinem Körper wie kleine Teichaale.

»Pack dieses verdammte Maisblatt und schmeiß sie ins Feld!«, hörte ich eine Frau rufen. Ich konnte nicht erkennen, wo sie stand. Die meisten Männer trugen Strohzylinder, die sie tief ins Gesicht gezogen hatten. Die Gesichter der Frauen verschwanden unter blumen- und früchtebeladenen Hüten. Eine ganz schöne Menge hatte sich inzwischen angesammelt. Es wurde nicht wenig gekichert und gelacht. Ich entdeckte die massige Frau. Sie zeigte auf mich und flüsterte einem Alten, der neben ihr stand, etwas ins Ohr, vielleicht war es ihr Mann.

»Calla, mein Liebling, *bitte* …«, sagte Leander. Er sah mich mit diesem Blick an, den er immer hatte, wenn er wollte, dass ich etwas Bestimmtes tat. Etwas Privates. »Können wir nicht später darüber sprechen, vielleicht heute Abend nach meiner Rückkehr? Du könntest den Dictator bis zu diesem Feldweg da drüben zurücksetzen und dann wenden. Die Straße ist zu schmal und die Gräben sind zu tief, als dass wir gefahrlos an dir vorbeifahren könnten.«

»Soll das heißen, Mr. Homer Hale aus Ryansville, dass Sie tatsächlich glauben, wir könnten nach Ihrer Rückkehr aus Marvel und nachdem Sie unser Stelldichein und Tête-à-tête heute Morgen verpasst haben, in aller Muße und angemessenen Vertrautheit in Ihrer nahe gelegenen Heimstatt miteinander plaudern?« Ich sprach laut, und er zuckte so heftig zusammen, als ich *Tête-à-tête, Heimstatt* und *Vertrautheit* sagte, dass ich dachte, gleich fällt er rücklings um und reißt ein paar seiner Freunde mit.

»Nicht so laut, Calla, bitte, mein Liebling, *bitte*«, flüsterte Leander. Nachdem er zurückgezuckt war, trat er jetzt noch näher zu mir, ohne dass ich es recht bemerkte. Sein Haarteil hing wieder völlig schief, und sein Wabbelbauch quoll an einer Stelle, wo der Knopf abgerissen war, aus seinem Hemd. Er schaute über die Schulter hinter sich zu der Menge, die mit ihm näher gerückt war. »Nur noch einen kleinen Moment, verehrte liebe Leute, dann macht sie sich auf den Weg, sie hat zu viel Hitze abbekommen, so wie wir alle wahrscheinlich.« Er zog sein Taschentuch hervor und tupfte sich den Kopf ab. Es war ein hellblaues Taschentuch mit einem Zierrand aus lila Nelken, wie ich jetzt sah. Das hatte ich ihm bei unserem letzten Treffen geschenkt. Hatte es mit Geld, das ich aus Tante Vs Handtasche geklaut hatte, für ihn gekauft. Ich weiß nicht, ob ihm klar war, welches Taschentuch er da verwendete, als er sich die Stirn abtupfte und auch als er mir das feuchte Ding hinhielt und fragte, ob ich es auch benutzen wollte. Wir schauten beide auf das Taschentuch. Und alle anderen, die da standen, vermutlich ebenfalls.

»Nein, danke, Mr. Hale, wobei das ein sehr hübsches Taschentuch ist, das Sie mir da anbieten.«

Jemand rief, sie sollten endlich losfahren, dann müssten die Busse mich und meinen Wagen halt überrollen. Leander steckte das Taschentuch wieder ein, beugte sich zu mir und hielt den Mund fast an mein Ohr. »Ich habe diese Fahrzeuge unter beträchtlichen Kosten für mich und meine Mutter gemietet«, sagte er. Er kam noch näher. »Ich habe Schulden gemacht. Es ist für meine Karriere. Das alles hier. Nicht mehr und nicht weniger.« Noch näher. »Für unsere Zukunft, Liebste, *unsere* Zukunft.«

Auch ich beugte mich jetzt vor und flüsterte, die Lippen dicht an seinem Ohr: »Wo ist denn Ihre neue Freundin, Mr. Hale, die in dem grünen Kleid?«

»Was für eine Freundin?«

»Die rothaarige Schlampe«, zischte ich.

»Ich verstehe das nicht, Calla, warst du denn auch bei dem Gemeindeessen? Wo kommst du überhaupt her? Was meinst du mit diesem Picknick? Ich verstehe gar nichts mehr.« Seine Stimme wurde jetzt etwas lauter, und er zupfte an meinem Ärmel.

»Bitte treten Sie zurück, Mr. Hale«, sagte ich, jetzt wieder mit klarer, fester Stimme. »Sie stehen zu nahe.«

Er tat, worum ich ihn gebeten hatte. Unbehaglich, aber elegant, mit einer kleinen Verbeugung.

Als er ein Stückchen von mir entfernt stand, straffte ich die Schultern und fragte: »Wollen Sie all diese Leute nach Marvel fahren, damit sie zusehen können, wie die Maisblattjungs gelyncht werden, Mr. Hale?« Ich sprach noch lauter als zuvor, und ein Murmeln ging durch die Menge. Sie wogte vor und zurück. Ich musste an die Stare denken, wie sie sich in bebendem Schwung in die Luft gehoben hatten. *Du bist lange nicht so schön anzuschauen wie Roscoe*, dachte ich, während ich Leander betrachtete, der schwitzend vor mir stand und aus seinem Hemd quoll. Er bewegte seine langen Finger. Gemächlich, so wie immer, wenn er nachdachte. Ich ließ ihn nicht fertig denken.

»Ich bin schwanger«, sagte ich.

Leander sah mich an, trat einen kleinen Schritt zur Seite, und dann stand er sprachlos da, als wäre er zu Salz erstarrt und es fehlte nur noch eine Kuh, die an ihm leckte.

»Ich bin schwanger«, sagte ich noch einmal, diesmal lauter.

Weiteres Gemurmel in der Menge. Die massige Lady schob sich näher. Morely spielte mit seiner Mütze herum.

»Wir werden uns heute Abend noch einmal unterhalten, Mr. Hale. Ja, Ihr Plan gefällt mir, er gefällt mir sehr«, sagte ich. Dann wandte ich mich an die Menge und rief, so laut ich konnte: »Sind Sie alle auf dem Weg nach Marvel, um zuzusehen, wie die Maisblätter gelyncht werden?«

»Ja, zum Teufel, das sind wir!«, war die mehr oder weniger einhellige Antwort. Daraufhin kehrte ich ihnen und Leander den Rücken und ging zum Dictator.

»Calla«, sagte Leander, als ich einstieg.

»Woher wissen Sie denn, wie das Mädchen heißt?«, fragte die massige Frau. »Und warum hat sie Ihnen gesagt, dass sie in anderen Umständen ist?«

Leander stand stumm und starr zwischen mir und der massigen Frau. Und genau in diesem Moment ertönte ein scharrendes Geräusch, und ein alter Maishaarmann mit einem riesigen Gewehr kam zum Dictator geschlurft.

»Steig noch mal aus und heb mir dieses Ding richtig hoch, damit ich auf die Mistkerle schießen kann«, sagte er aus dem Mundwinkel, als er neben meinem Fenster stand.

»Ist das der verrückte alte Wilton?«, hörte ich jemanden fragen. »Der glaubt wirklich, mit diesem Gewehr könnte man noch schießen. Das ist doch seit dem Bürgerkrieg nicht mehr abgefeuert worden, und wahrscheinlich hat es schon damals nicht funktioniert.«

»Es hat sehr gut funktioniert, denn ich habe Leute wie euch damit erschossen, und es funktioniert auch jetzt noch bestens, ihr erbärmlichen Mistkerle«, sagte Wilton und schwang die Faust.

Schallendes Gelächter. Die Menge zerstreute sich allmählich, die Leute kehrten zu ihren Autos und ihren Plätzen in den Bussen zurück. Leander hatte sich nicht gerührt. Seine langen Finger hatten jetzt einen stumpfen Glanz.

»Es gibt mehr als eine Möglichkeit, dieses Schwein zu schlachten«, sagte ich zu dem Alten. »Treten Sie zur Seite und sehen Sie selbst.« Den Blick auf Leanders reglose Augen gerichtet, legte ich den Rückwärtsgang ein.

Ich schaute nur einmal kurz über die Schulter, um mich zu vergewissern, dass der Weg frei war, dann drehte ich mich wieder nach vorn, legte beide Hände aufs Lenkrad und sah zu, wie ein hängeschultriger Leander und die Busse und Autos und die Stadt Ryansville immer kleiner wurden, wie ein Problem, das man für immer aus der Welt schaffen kann, indem man es einfach hinter sich lässt. Aber da stand Leander. Ich konnte den Blick nicht von ihm wenden. Und es schien mir, während ich rückwärtsfuhr, dass sich in der Regung, die sich jetzt auf seinem Mund, seinen Wangen, seinen schönen, breiten Lippen abzeichnete, nicht nur Erleichterung ausdrückte, sondern auch noch etwas anderes, etwas Weicheres, Zärtliches, von dem ich wusste, dass ich mich noch lange daran erinnern würde, genauso lange, wie ich bedauern würde, es wieder aus seinem Gesicht verschwinden zu sehen, denn genau das geschah, als ich auf die Bremse trat.

In ausreichender Entfernung für einen ordentlichen Anlauf hielt ich an, und dann ließ ich den Dictator vorwärtspreschen, so schnell es seine glänzenden Räder hergaben.

ICH HATTE DIE VORSTELLUNG gehabt, dass die halbe Welt erbeben würde, wenn der Dictator und dieser Bus sich schließlich und endlich ihren Kuss gaben. Tatsächlich aber kam das lauteste Geräusch, abgesehen von dem Scheppern, mit dem einige von Onkel Ds Farbgläsern zerbrachen, und dem hässlichen Knirschen und Knarzen beim Zusammenstoß, von dem alten Mann, der sein riesiges Gewehr irgendwie gen Himmel gerichtet und dann abgedrückt hatte, sodass ein gewaltiger Schwarzpulver-Donner krachte. Während er tanzte und jubelte und im Kreis herumhüpfte, stieg ich aus, um festzustellen, dass ich den Dictator nicht mehr zurücksetzen konnte, weil sich die Kühlergrille der beiden Fahrzeuge ineinander verkeilt hatten. Ich war mit dem Kopf gegen das Lenkrad geknallt, und mir schwindelte ein bisschen, als ich da stand und Luft schnupperte und mir über ein paar blaue Farbflecken am Handgelenk rieb, das auch wehtat.

Während der Alte jubelnd sein Tänzchen am Straßenrand vollführte, standen die Busse und die Autos dahinter in absoluter Stille da. Als wäre die ganze Schlange mitsamt den Insassen zu Salz erstarrt. Leander, der zur Seite gesprungen war, als ich auf ihn zufuhr, saß im Straßengraben, die Ellbogen auf den Knien und das Taschentuch schlaff in der Hand. Die Mopp-Puppe und der Picknickkorb hatten zusammen mit den Farbgläsern ihren eigenen kleinen Tanz im Auto vollführt, als ich mit dem Bus zusammengestoßen war, und mein Hut hatte sich gelöst und war so mit Farbe verkleckst, dass ich ihn gleich ganz abnahm und auf den Boden warf.

»Habt ihr das alles gesehen?«, fragte ich sie. Und dann fragte ich die Augen auf dem Dictator noch mal das Gleiche. »Schaust du auch schön zu, Schätzchen?«

Einige der Leute standen jetzt auf. Ein Mann in der vordersten Sitzreihe von Leanders Bus hielt sich die Schulter, die anscheinend wehtat. Andere stiegen aus den Bussen dahinter aus. Ihre Fahrzeuge würden noch eine ganze Weile hinter Onkel Ds Dictator und Leanders ruiniertem Bus auf der schmalen Straße feststecken. Aber sie selbst steckten nicht fest, und ich schätzte, dass mir ungefähr eine halbe Minute blieb, ehe ich selbst Lynchmaterial wurde. Also beugte ich mich ins Auto, schnappte mir meinen armen farbbekleckten Korb, setzte die Mopp-Puppe hinters Steuer, den Blick grimmig nach vorn gerichtet, und drehte mich um.

»Leb wohl, Homer Hale«, sagte ich. »Es tut mir leid, dass ich dir deinen Ausflug verdorben habe und du deine Investition umsonst getätigt hast. Ich hoffe sehr, dass du den Tag trotzdem noch ein bisschen genießen kannst.«

»Der Sheriff kommt gleich«, sagte er und schaute zu mir hoch. Sein Haarteil war jetzt heruntergerutscht, es hing über dem einen Ohr. Er lächelte nicht, aber er weinte auch nicht, und ich meinte, ein Funkeln in seinen Augen zu sehen. »Er fährt im letzten Bus mit. Er ist ein massiger Mann und nicht der Schnellste, aber wenn er erst mal loslegt und sein Ziel vor Augen hat, dann ist er durch nichts aufzuhalten.«

»Ich gehe jetzt«, sagte ich.

»Stimmt es wirklich?«, fragte er.

Ich nahm ihm das hübsche Taschentuch aus der Hand und benutzte es, um die Farbe auf meinen Armen, meinem Nacken und dem Korbdeckel abzuwischen. Dann gab ich ihm das Tuch wieder zurück.

»Ja, es stimmt«, sagte ich und trat in das Dickicht des Maisfelds. Der Mais war sicher zweieinhalb Meter hoch, wenn es reichte. Plötzlich gellten Rufe, und dann hörte ich es hinter mir knacksen und rascheln und war froh, dass ich meine festen Schuhe anhatte und rennen konnte. Und das tat ich, mit dem Korb in den Armen. Erst zwischen den Maispflanzen hindurch immer tiefer ins Feld, wobei ich die trockenen Blätter zur Seite schob, damit ich sah, wo ich hinging, und dann, als ich mittendrin war, an der Pflanzreihe entlang, den Korb schützend vors Gesicht gehalten, und nur alle dreißig Schritte oder so wieder ein Stück querfeldein durch die Pflanzen. Es konnten hundert Leute hinter mir her sein oder auch gar niemand, so wie mir die knisternden Blätter gegen Arme und Gesicht schlugen, war das unmöglich zu hören.

Ich rannte lange, fing mir dicke Spinnweben auf den Armen ein und scheuchte große gelbe Grashüpfer auf, rannte durch Laut und Leise, Licht und Schatten, und kam schließlich auf eine kleine freie Fläche mitten im Feld, wo die Maispflanzen verkümmert waren. Die Fläche war so groß, dass ich erkennen konnte, wo ich war, sogar ganz genau: Ich war fast in Rufweite von Leanders Farm. Hinter mir hörte ich lautes Rascheln, also tauchte ich wieder in das Maisfeld ein. Nach ein paar Minuten verließ ich das Feld und kam an einen Bach. Ich folgte ihm, scheuchte kleine Frösche auf, die mit großem Sprung davonplatschten, und gelangte zu Leanders Schwimmteich, wo ich an so manchem Abend mit ihm geschwommen war. Ich rannte weiter, immer weiter, aber ein Teil von mir sprang im Vorbeirennen in das kühle Wasser des Teichs. Ich rannte, keuchend, mit schmerzendem Handgelenk und dröhnendem Kopf, aber dieser andere Teil von mir tauchte ein. Sprang voll bekleidet in das besonnte Wasser, wusch Farbe und Schweiß ab, sauste messergleich und dunkel und pfeilschnell bis auf den Grund, wo ich die Augen schloss und zu mir sagte: »Und jetzt schlaf, Calla Destry. Ertrinke.«

Ich weiß nicht, ob es das Ich war, das sich in der flachen Tiefe ertränkte, oder das Ich, das sich durch den Nachmittag kämpfte, eines von beiden merkte jedenfalls, dass mir niemand mehr folgte. Und als ich das tat, setzte ich mich mitten auf den Weg, der vom Teich zum Haus führte, und vergrub das Gesicht in den Händen.

Tante V, die sich von niemandem für dumm verkaufen ließ, hatte mich mehr als einmal, auch heute Morgen wieder, unsanft zur Seite genommen und gesagt, was immer ich mir in der Annahme, sie wüsste es nicht, dabei dächte, sowohl mit einem Maisblatt als auch mit einem Maishaar herumzuturteln, es würde böse enden. »Mit Haareraufen und Tränen wird das enden«, hatte sie gesagt. Über diesen Tunichtgut, der immer wieder aus Indianapolis kam. Über diesen Klumpen tropfende Melasse, den ich im Straßengraben zurückgelassen hatte.

Und ja, ich weinte, als ich mit dem Gesicht in den Händen dasaß. Ich weinte, schon seit ich aus dem Graben und in das Maisfeld getreten war. Hatte geweint, als ich durch die Kühle des Teichwassers gesaust war. Weinte schon seit den Begonien. Seit dieses Mädchen den Stein geworfen hatte. Seit Big Bob mir diese Orange zu essen gegeben hatte. Ich weinte schon den ganzen Tag. Seit ich vom Fluss hochgekommen war. Seit ich Onkel Ds Armeerevolver genommen und in meinen Picknickkorb gelegt hatte. Seit sich Tante V neben Onkel D gestellt und mir zugesehen hatte, wie ich auf der hinteren Veranda Schinkenbrote machte, und mir sagte, ich solle mich zum Teufel scheren, wenn ich ihn denn so dringend sehen wollte.

TROTZDEM MACHT MAN WEITER. Man ist jung. Man war mal jung. Man ist fern von seinen Freunden. Man macht weiter. Ich stand langsam auf, spuckte kräftig aus, fuhr mir mit den Händen durchs Haar, ging rasch den gewundenen Weg entlang und kam im Garten der Hales heraus. Staatliche Landschenkung und seit fünfundachtzig Jahren in der Familie. Und entsprechend gut sah er aus. Die Schwarzäugigen Susannen waren welk, und die gelben und roten Rosen und eigentlich auch alles andere machten den Eindruck, als bräuchten sie mal dringend was zu trinken, aber der Rasen war ordentlich gemäht, die Hecken waren gestutzt und die Wege gefegt.

Leanders Vater war ein fähiger Farmer gewesen, jedenfalls eine Zeit lang, und sie hatten ein großes weißes Haus, eine große weiße Scheune, und dann war noch manch anderes Weißes dazugebaut worden, alles frisch gestrichen. Der Vater hatte die Zügel fest in der Hand gehabt, bis er sich selbst seine Fahrkarte ins Jenseits knipste, indem er einen Becher Karbolsäure trank, aber es war offensichtlich, dass Leander und seine Mutter den Laden ganz gut in Schuss hielten. Ich ging rasch um den Garten herum, hinter der Weinlaube vorbei und unter einem üppig behangenen Holzapfelbaum hindurch, den Leander einmal mehr



schlecht als recht hochgeklettert war, um mir zu imponieren, und in die Scheune, in deren muffiges Heu wir uns oft verirrt hatten. Calliostro, Leanders Maultier, ein lieber Kerl, schnaubte, als er mich sah.

»Wollen wir eine Runde drehen?«, fragte ich ihn. Er schnaubte noch einmal, munter wie ein Fisch im Wasser, als ich ihn aus seiner Box führte, mit der Bürste striegelte, die er so mochte, und ihm dann das Geschirr anlegte. In einem Eimer lagen Karotten, vermutlich heute Morgen geerntet, und ich gab ihm eine, dann noch eine. Es ist schön, einem Maultier beim Knabbern zuzuschauen. Balsam für die Seele. Wenn man zusieht, wie ein sanftes Maultier etwas frisst, das man ihm selbst gereicht hat, ist das, als würde man seine Augen pausieren lassen, als wäre man wach, würde aber gleichzeitig ein Nickerchen einschieben. Calliostro und ich waren Freunde. Leander wollte sich bei unseren Treffen immer gern »ein bisschen in der Welt umsehen«, und wir nahmen dazu fast nie den Dictator, sondern Calliostro und das Fuhrwerk, das Leanders Vater für die Farmarbeit benutzt hatte und um Gemüse zum Verkauf in die Stadt zu bringen. Leander hatte Calliostro schon seit seiner Kindheit, und es gab kaum etwas auf dem Anwesen, das ihm mehr am Herzen lag. So manches Mal hatte ich Calliostro angeschirrt, während Leander schon im Mondlicht auf dem Fuhrwerk saß, die Zügel in der Hand.

Und so wäre ich an diesem Abend innerhalb von zehn Minuten fort gewesen, wäre nicht, als Calliostro erst halb eingespannt war, Leanders Mutter mit ihrem Krückstock um die Ecke der Scheune geklappert gekommen. Ich hatte damals gute, starke Zähne, aber ich war mir so sicher gewesen, dass sie drüben bei der Kirche war, dass mir vor Schreck fast die Zähne aus dem Mund und auf den staubigen Scheunenboden gefallen wären. Sie dagegen schien kein bisschen überrascht, mich zu sehen, wie ich da am Maultier ihres Sohns und am Fuhrwerk ihres verstorbenen Mannes hantierte. Sie lächelte mich an, fragte, ob ich Durst hätte, und hielt ein Glas mit etwas hoch, das frisch und kühl aussah.

»Ma'am?«, fragte ich.

»Ich habe hier eisgekühlten Brombeertee. Möchtest du ein Glas? Ein bisschen die Kehle anfeuchten? Du siehst aus, als könntest du eine kleine Erfrischung gebrauchen. Habe ihn gerade erst gemacht. Selbst im Schatten fühlt man sich heute wie ein Brot im Backofen.«

Ich wusste nicht, was ich zu all dem sagen sollte, und wartete darauf, dass erkennbar wurde, welcher Trick sich dahinter verbarg. Sie war nicht groß, aber sie sah ungefähr so hart aus, wie Leander weich war. Sie hatte riesige blaue Augen, aus denen es funkelte wie aus einer Schatztruhe im Frachtraum eines Runzel-Schiffs. Ihre Schürze saß so schief wie Leanders Haarteil. Der Anblick ihrer sehnigen, muskulösen Unterarme gefiel mir gar nicht, aber nach ihrem Äußeren zu urteilen, war sie fast so alt wie die Mutter von diesem Erastus Fellows und zudem auf ihren Stock angewiesen.

»Ich kann ihn dir auch einfach hinstellen, wenn du ihn nicht jetzt gleich willst«, sagte sie. »Dann kannst du ihn trinken, wenn du Calliostro so weit hast. Er ist doch ein braver Bursche, oder? Er kann den ganzen Tag ziehen. Egal, wie schwer die Last ist. Mein Mann hat ihn für meinen Homer besorgt, als der Junge gerade mal zehn war.«

»Sind Sie Mrs. Hale, die Mutter von Mr. Hale?«, fragte ich. Zumindest ließ ich es wie eine Frage klingen, aber natürlich war es keine, auch wenn ich Leanders Mutter noch nie aus der Nähe gesehen hatte, außer auf einem Bild, das er mir ein paarmal gezeigt hatte. Ich wette, er hatte es auch jetzt im Straßengraben bei sich. Es war ein altes Bild, und sie trug darauf ihren Sonntagsstaat und einen kleinen Hut, der über und über von Trauben bedeckt war. Von den Runzeln mal abgesehen, hatte sie sich kaum verändert.

»Ja, das ist mein törichter und fauler Sohn, der einzige, den ich habe. Er hat dich geschickt, oder? Faul wie ein hoher Herr ist er.«

»Ma'am?«, fragte ich.

»Er schickt immer wieder irgendwelche Leute, die ihm sein Fahrzeug bringen sollen. Wie viel hat er dir gegeben, einen Nickel?« Sie guckte mich mit einem leicht missbilligenden Blick an. Als würde sie in Gedanken das Kleingeld sowohl in seiner als auch in ihrer Tasche zählen.

»Er hat mir einen Quarter gegeben«, sagte ich.

»Einen Quarter! Ist das wahr!«

»Na ja, jedenfalls hat er gesagt, ich bekomme einen Quarter, wenn ich mit dem Maultier und dem Fuhrwerk wiederkomme.«

Sie lächelte und nickte. So schien ihr das besser zu gefallen.

»Willst du das jetzt trinken oder nicht? Ich nehme an, er hat dir gesagt, dass du quer durch die Felder gehen sollst. Ich hab gesehen, dass du vom Teich gekommen bist. Er mag diesen Teich und kennt alle Abkürzungen, der Junge. Er will höher hinaus, will aufsteigen, aber diesen Ort hier wird er nie vergessen, so viel ist sicher. So ein Ort sitzt einem in den Knochen, den kann man nicht einfach abschütteln. Er ist blitzgescheit, aber faul wie ein Hund. Daran muss er noch arbeiten. Findest du nicht auch, dass er faul ist?«

»Immerhin haben ihm hundert Leute bei seiner Rede zugehört.«

»Hast du sie auch gehört?«

»Nur einen kleinen Teil. Nicht viel.«

»Angeblich hält er gute Reden. Aber ich höre sie mir nie an. Ich schick ihn immer hier in die Scheune zum Üben. Das Maultier hat alles mitgehört. Mein Herz tut nicht, wie es soll, und ich kann es mir nicht leisten, mich mitreißen zu lassen. Er reißt die Leute doch mit, oder?«

»Sie haben alle gejubelt.«

Sie nickte. »Du hast einen Kratzer auf der Stirn. Soll ich dir was dafür geben?«

Ich schüttelte den Kopf. Sie machte eine Bemerkung zu den Farbklecksern und -spritzern, von denen ich übersät war, meinte, die kämen wohl von der Feier, und ich trat zu ihr und nahm das Glas. Es war von der Hitze beschlagen, sein Inhalt war so kühl wie der Teich an seinem Grund. Ich leerte es in einem einzigen kräftigen Zug. Danach wollte ich das Glas neben die Tür auf den Boden stellen, aber sie sah mich böse an und sagte, ich solle es ihr geben. Nicht jede Maishaarfrau auf dieser Welt hätte ein Glas genommen, aus dem ein Maisblatt oder sonst wer anderes getrunken hatte, und ich sah sie erst noch mal vorsichtig an, ehe ich es ihr reichte.

»Du findest das komisch, oder?«

»Ein bisschen.«

»Kann ich verstehen. Wer fände das nicht?«

Ich nickte. Wir standen da und betrachteten das Glas in ihrer Hand. Es sah aus wie ein Stück Leben, in dem man es gut aushalten könnte. Ein kleiner, kühler, süß duftender Ort, der sich gerade aufgetan hatte.

»Du solltest dich auf den Weg machen«, sagte sie.

»Gut.«

 »Draußen ist eine Pumpe, da kannst du dich waschen.«

»Das ist schon in Ordnung.«

»Nimm auf jeden Fall den Wasserkrug da mit, bei dieser Hitze.« Sie deutete auf einen Krug, der neben einer rostigen Hacke und einer Futterkarre stand. »Den hab ich Homer heute Morgen erst füllen lassen, vielleicht ist das Wasser sogar noch kühl. Er wollte nicht mit dem Fuhrwerk in die Stadt fahren, deshalb hat er ihn hiergelassen. Er wollte nicht, dass jemand sieht, dass er kein anderes Fahrzeug hat als dieses Fuhrwerk.«

Sie kicherte. »Offenbar hat er es sich anders überlegt. Also nimmst du den Krug jetzt mit.«

»Er fährt Leute nach Marvel, Ihr Sohn«, sagte ich, während ich den Krug hochhob und hinten auf das Fuhrwerk stellte.

»Ich weiß«, sagte sie. »Und ich weiß auch von den Bussen. Schließlich habe ich selbst dafür bezahlt, mit Geld, das wir nicht haben. Ich würde auch mitfahren, wenn ich könnte. Täusch dich nicht. Aber das heißt nicht, dass ich Fremden, die meinem einzigen Sohn gegen Geld einen Gefallen tun, keinen Brombeertee anbieten würde.«

Wir sahen uns an. Sie schürzte die Lippen. »Besonders wenn sie keine Fremden sind. Besonders wenn ich sie schon mal gesehen habe.«

»Also gut«, sagte ich. Ich sagte es langsam, versuchte an ihrem Gesichtsausdruck zu erkennen, ob das jetzt schließlich doch die vermutete Falle war, die einfach nur langsamer als erwartet zuschnappte.

Aber sie sagte bloß ebenfalls: »Also gut«, und fügte hinzu, wenigstens hätte ihr fauler großer Junge guten Geschmack, was das Aussehen seiner Damen betraf, auch wenn sie zu jung waren und er mehr als guten Geschmack leider nicht zu bieten hatte.

»Sag ihm, dass er bei mir anklopfen soll, wenn er nach Hause kommt, egal, wie spät es ist«, sagte sie. »Ich bin auf jeden Fall noch wach.«

»Er weiß nicht, dass ich das Fuhrwerk nehme«, sagte ich.

»Das Maultier gehört ihm, aber das Fuhrwerk nicht, also mach dir keine Gedanken. Solche Dinge klären sich. Alles klärt sich. Ich habe schon so manches Feld beackert. Mein Mann schläft in seinem Knochenanzug, und meine Jugend liegt schon sehr lang zurück, aber ich erinnere mich gut. Es gibt nicht wenige Nächte, wo ich mich hinlege und mein Herz anfängt zu pochen, als wäre ich noch ein junges Mädchen. Als wäre er nicht tot. Als hätten wir die ganze Ackerei noch vor uns.«

Ihr Blick wurde abwesend, als sie das sagte, aber er blieb es nicht lang.

»Diese gottverdammte Ackerei«, sagte sie. »Am besten zieht man Handschuhe an. Sonst kriegt man Blasen.«

Sie lachte, und ich stimmte ein. Dann hörte ich auf zu lachen und sagte: »Ich wollte ihm etwas sagen.«

»Und, hast du es ihm gesagt?«

»Ich glaube schon.«

»Na, das ist doch mal ein Anfang.«

»Ja, Ma'am.«

»Du musst nicht Ma'am zu mir sagen. Ich heiße Leona.«

»Mrs. Hale.«

»Das geht auch.«

»Ich heiße Calla. Calla Destry.«

«Sehr angenehm, Miss Destry.«

»Soll ich Ihnen den Wasserkrug hierlassen, Mrs. Hale?«

»Nein. Er ist nichts Besonderes, und ich nehme mal an, wohin die Reise auch geht, du wirst nicht weniger durstig sein als er.«

Daraufhin weinte ich noch etwas. Es war mir unangenehm, so vor ihr zu weinen, aber es schien ihr nichts auszumachen, und sie nickte bloß und sah mich direkt an, als ich sagte, ich wüsste gar nicht, warum ich weinte.

»Ich weine normalerweise nicht«, sagte ich, als ich mich wieder im Griff hatte.

»Das wird wohl so sein.«

»Es muss an der Hitze liegen.«

»An der Hitze, meinst du?«

»Nein. Nicht an der Hitze.«

Womöglich hätte ich noch weitergeredet, und wer weiß, was dann alles gekommen wäre – Mopp-Puppe, Buswracks, der Revolver in meinem Korb –, aber sie hob die Hand, um mich zum Schweigen zu bringen, und ich glaube, wir waren beide dankbar dafür.

»Sei nett zu dem Maultier«, sagte sie. »Es ist ein lieber Kerl.«

»Ich weiß«, sagte ich.

»Wenn du nicht durch die Stadt fahren willst, nimmst du besser den kleinen Weg hintenrum. Aber das hast du dir wahrscheinlich selbst schon gedacht.«

Ich nickte. Den Stock über den sehnigen Arm gehängt, half sie mir, Calliostro fertig anzuschirren, zog das Scheunentor weit auf und sah dann zu, wie ich auf das Fuhrwerk stieg und die Zügel nahm.

ICH MUSSTE ZWEIMAL VOM Fuhrwerk springen und Tore auf- und zumachen, als ich das Anwesen der Hales verließ. Ich hatte jetzt Schmerzen, und jedes Mal wenn ich wieder hochkletterte, schrie mein Handgelenk, und mein Kopf rief um Hilfe. Der Weg entlang ihres Grundstücks war grasbewachsen und weich, aber die Straße, in die er mündete, war es nicht, und die Sonne stand jetzt zwar tiefer, aber sie brannte immer noch heftig herunter. Ich behielt die Umgebung genau im Auge, aber ich sah während der ganzen Fahrt keine Menschenseele. Truthahngeier kreisten auf irgendwelchen widerwärtigen Winden und Luftströmungen über der Anhöhe, und ich sah ein paar Hirsche reglos auf einer leeren Kuhweide stehen. Es gab jede Menge Schweine, die alle auf der Seite im Matsch lagen, als hätte jemand sie umgeschmissen, und sie hätten noch keine Erlaubnis bekommen, wieder aufzustehen.

Eine Zeit lang begleitete mich ein Schwarm Stechmücken, die unter schrillem Gesirre ihr Glück an meinen Kratzern versuchten. Ich hatte einen dicken Streifen grüne Farbe neben dem Ellbogen, und eine der Mücken landete mittendrauf und blieb kleben. Calliostro hatte seine eigenen Fliegen und Mücken um die Ohren, aber er schien glücklich und zufrieden, draußen an der Luft zu sein und über Land zu traben. Flott und fließend ging es durch die ruhigen Felder. Das Fuhrwerk war groß, aber leicht gebaut, und seine Räder liefen rund und zuverlässig. Ich versuchte herauszufinden, ob ich froh war oder wütend oder irgendwas dazwischen, weil mein Versuch, Leander zu bestehlen, so geendet hatte. Aber wie hatte er überhaupt geendet? Ich verließ Ryansville im Fuhrwerk mit Erlaubnis der Herrin des Anwesens, das war auch schon alles, was klar war. Das Wasser in dem Krug hinter mir schwappte hörbar. Sodass ich mich im Fluss der Fahrt nach einer Weile fragte, ob es da oben im Jenseits genug zu trinken gab.

Jesus, der Zimmermann, hatte Durst gehabt und Essig zu trinken bekommen. An einem langen Stock hatte man ihm den Essig an den Mund gehalten. Was war das nur mit den Maishaaren, dass sie meinten, sie müssten die Leute in die Luft hinaufbefördern, um sie umzubringen? Die Heiligen wie die Sünder. Maisblätter brachten einander auf dem Erdboden um. Jedenfalls soweit ich davon wusste. Was würden diese Jungs zum Schluss empfinden, kurz vor ihrem Ende? Wahrscheinlich nur Angst. Angst und das Böse, das sie umgab und mit ihnen aufstieg. Würden sie noch wach sein? Oder würden sie bewusstlos aufsteigen? Von der Angst in ihren langen Traum gezwungen. Noch hatte ich die Zeitung nicht gelesen, hatte keine Berichte gehört, die den Himmel meiner Erinnerung schwarz färbten und mich ins Dunkel trieben. Das sollte erst in den folgenden Tagen geschehen. Ich dachte ans Emporsteigen, an meine eigenen Sorgen und an wenig mehr, als ich in den Abend rollte, den dürftigen Fahrweg entlang, der mich zu Big Bobs Angelteich führen würde.

Erst sah ich es, kleine Lagerfeuer, zwischen den Bäumen eines lichten Wäldchens verstreut, und dann hörte ich es, inmitten der Grillen und Heuschrecken, das Murmeln und

Knistern und die kleinen Geräusche von Menschen, die auf Baumstümpfen und dicken Ästen und Sitzplätzen aus Gras und Erde saßen. Ich zählte mehr als ein Dutzend ordentliche kleine Feuer, als Calliostro mich die glatt getretenen Wege entlangzog, auch wenn das eine oder andere Feuer, das ich sah, vielleicht nur eine Spiegelung in dem weitläufigen, schilfumstandenen Teich war. Aus dem so manche Angel einen Fisch gezogen hatte, wenn ich von dem süßen, saftigen Duft nach Bratendem ausgehen konnte, den ich jetzt überall roch. Sie hielten Stöcke über ihre Feuer, an denen sie ganze oder in große Stücke geteilte Fische rösteten, die Maisblätter, die sich hier unter den Bäumen versammelt hatten, und es hing Rauch in der Luft, Rauch und der Dampf der garenden Fische.

Der Weg machte eine Schleife und führte über eine kleine Steinbrücke, dann weitete er sich, und ich sah eine Wiese, auf der ich Calliostro stehen lassen konnte. Er schnaubte und zuckte mit den Ohren, als ich ihm sagte, dass ich bald wiederkommen würde. Ich nahm meinen Korb, gab ihm eine Karotte zu knabbern, und dann ließ ich ihn im Schatten stehen, damit er sich ausruhen konnte, und trat in die Kühle des kleinen Waldes, in dem die Dämmerung schon begonnen hatte. Ich kam an etlichen kleinen Lagerfeuern vorbei, und an jedem sah ich Menschen mit müden Gesichtern, schweißüberströmt, aber ruhig atmend, ihr Essen vor sich und der Sturm zumindest vorübergehend in weiter Ferne.

Es war Big Bobs cleveres Hündchen mit den schiefen Zähnen, das mich, nachdem ich eine Weile herumspaziert war, zu Bob führte. Sie bellte ein paarmal laut, kam herübergerannt, drehte sich im Kreis, sprang an meinem Bein hoch und wedelte mit dem Schwanz, als wären wir alte

Freunde. Ich folgte ihr und traf auf Big Bob, der einen Stock mit aufgespießten Fischstücken über sein eigenes ordentliches Lagerfeuer hielt. Es war ein schönes Bild. Ich kann es mir hier und jetzt vor Augen rufen, ganz deutlich und nur mit seiner eigenen Dunkelheit, der natürlichen, schönen, sauberen Dunkelheit des sich niedersenkenden Abends. Ein Mann mit etwas Essbarem und einem Feuer, auf dem er es zubereiten kann. In der Nähe von anderen, aber nicht zu nah. Viel schöner als Jesus und sein Kreuz und zu Tode geängstigte Jungs und dieser ganze Essig.

»Hey, hallo, Calla Destry«, sagte Bob. Ganz leise sagte er es. Als wäre Flüstern hier in diesem Wäldchen und an diesem Gewässer die einzig richtige Art zu sprechen.

»Hey, hallo, Big Bob«, erwiderte ich schön leise.

Bob klopfte auf sein Bein, und Myrtle sprang in seinen Schoß und rollte sich zusammen.

»Wie geht's deinem Finger?«, fragte ich.

»Kaum besser.«

»Sitzt du hier am Feuer und denkst an deine Orangen?«, fragte ich.

»Möchtest du noch ein Stück?« Er streckte mir seine freie Hand entgegen, hielt sie mir leer hin, und durch die Magie dieses Abends lag plötzlich eine in Schnitze geschnittene Orange darin.

»Die könnte man den ganzen Tag essen«, sagte ich, stellte meinen Korb ab und tat so, als würde ich mir einen Schnitz nehmen und kauen.

»Meine Rede«, sagte er.

Wir saßen eine Weile zusammen da. Ich fragte ihn, wie er mit den Jungs zurechtgekommen sei, die hinter mir her gewesen waren, und Bob spie aus und fragte mich dann das Gleiche. »Ging schon«, sagte ich. Er fragte mich, ob ich sie abgehängt hätte. Oder mit den Fäusten bearbeitet. »Weder noch«, sagte ich. Er sagte, ich sähe aus, als hätte ich mich mit ein paar Farbdosen geprügelt. Ich sagte, ich hätte versucht, die Farbe einigermaßen abzuwischen. Er fragte, ob es wirklich, ganz ehrlich, ich gewesen sei, die den Mopp so ausstaffiert hatte, dass er aussah wie ein Mädchen. Ihn aus dem Fenster des Gerichtsgebäudes gehängt hatte. Indiana Sweetheart. Er lächelte ein bisschen, als er das sagte, und im äußeren Winkel seines Lächelns blitzte ein kleiner abgebrochener Zahn, und es kam mir vor, als könnte ich in diesem kleinen abgebrochenen Zahn so ziemlich alles lesen, was wir beide an diesem Tag erlebt hatten. Ich fragte Bob, wieso man ihn eigentlich damals in Georgia sechzehn Stunden in einen Blechschuppen gesperrt hatte, und er sagte, er habe sich erhoben, statt sich zu ducken, genau wie ich. »Deswegen mag ich dich auch«, sagte er. Ich gab ihm dann meinerseits auch noch ein paar Antworten. Und ulkigerweise schienen sie eine Weile lang alle darum zu kreisen, wie Ben Able und Robert True auf den Trittbrettern des Dictator mitgefahren waren. Bob sagte, wo wir gerade davon sprächen – wie er sehe, sei ich nicht mehr mit dem Dictator unterwegs. Ich sagte, ja, ich hätte ihn nicht mehr.

Ich glaube, wir waren beide eigentlich zu müde, um uns zu unterhalten, aber wir unterhielten uns trotzdem und saßen dabei zugleich ziemlich still da. Bob sagte, er habe nicht nur Orangen anzubieten, und hielt mir den Stock hin, der mit Fischstücken vollgepackt war. Ich streifte ein schlüpfriges, heißes Stück herunter. Ich hatte Angst, dass er mir da im Dämmerlicht womöglich Wels reichte und ich dann beim Essen die ganze Zeit an Leander und die Leute vor der Kirche denken müsste und an den Teller, den ich in den Straucheibisch geleert hatte, aber es war irgendeine Art von Barsch, und ich will verdammt sein, wenn er nicht schon fast zu gut schmeckte. Wir aßen, nachdem Bob den restlichen Fisch vom Stock gestreift und die Hälfte davon Myrtle gegeben hatte, die aufgeregt winselnd fraß. Als wir fertig waren und eine Weile einfach dagesessen hatten, während ringsum Dämmerung und Stille weiter anwuchsen, kniff Bob die Augen zu und sagte: »Ich hab gar nicht an Orangen gedacht, bevor du gekommen bist.«

»Das habe ich auch nicht wirklich gedacht. Ich hoffe, ich habe deinen Gedankengang nicht unterbrochen.«

»Unterbrochen schon, aber nicht abgebrochen.«

»Das ist gar nichts, so ein abgebrochener Gedanke.«

»Es sei denn, man kann ihn wieder ankleben.«

»Wünschst du dir nicht auch manchmal, dass es nur ein bisschen Leim bräuchte?«

»Hübscher Gedanke.«

»Finde ich auch.«

»Aber mein Gedanke ist nicht abgebrochen. Ich denke ihn noch weiter. Sogar während wir hier sitzen und uns unterhalten. Er dreht sich um Friedhöfe«, sagte Bob.

Ich legte den Kopf auf die Seite. Bob sagte, das klinge wahrscheinlich seltsam. Ich sagte, ich hätte an diesem Tag schon Seltsameres gehört.

»Glaubst du, sie haben es schon getan? Die große Tat? Die Jungs hochgezogen?«, fragte ich.

Bob zuckte die Achseln.

»Ich wollte sie da rausholen.«

»Natürlich wolltest du das.«

»Es stimmt wirklich«, sagte ich und spürte das plötzlich mit jeder Faser. Ich erschauerte und wäre am liebsten aufgestanden und hätte irgendwas kaputtgehauen und diesmal nicht geschrien, sondern laut aufgeheult. Aber nun saßen wir hier unter den Bäumen, wir alle, also nickte ich bloß, ballte die Faust und ließ es dabei bewenden.

»Ich frage mich, wo sie die Jungs zur Ruhe betten werden«, sagte Bob. »Wenn sie mit ihnen fertig sind.«

»Bei unseren anderen Toten, nehme ich mal an.«

»Wusstest du, dass wir mehr als einen Totenacker haben?«

»Was?« Ich war mit den Gedanken immer noch beim Aufheulen und beim Kaputtmachen von mehr als nur Busausflügen, aber zugleich hörte ich zu.

»Ich zeig dir, worüber ich nachgedacht habe«, sagte er.

Bob beugte sich vor und nahm den Stock, an dem der Fisch gesteckt hatte. Er wischte den Boden neben dem Feuer frei und begann, darauf herumzukratzen. Er markierte zehn Stellen, dann lehnte er sich zurück. Und dann beugte er sich wieder vor, verwischte alles und legte den Stock weg.

»Erinnerst du dich an diese wirre Landkarte, an der ich gesessen habe?«

»Für mich sah die nicht wirr aus.«

Er griff hinter sich, tastete etwas herum, dann beugte er sich weit nach hinten und kam mit der Karte in der Hand wieder nach vorn, alles ohne Myrtle von seinem Schoß zu nehmen. »Erst hab ich gedacht, ich lasse sie zu Hause, weil sie da in Sicherheit ist. Aber dann dachte ich, vielleicht kommen diese Kerle ja zurück, und vielleicht brennen sie das Haus nieder. Man weiß es einfach nicht. Man kann sich nicht sicher sein, wenn man das Haus verlässt. Das altbekannte gottverdammte Elend. Und ich wollte nicht meine ganzen Gedanken verlieren.« Er zog das Gummi von der zusammengerollten Landkarte ab und breitete sie aus. Sagte, ich solle auf seine Seite des Feuers kommen, damit ich mehr sah. Bob roch nach Zuckermais, süßer Gerste, nach gut gebratenem Fisch und Rauch. Falls es Myrtle etwas ausmachte, dass die Karte auf ihr lag und ich mich über Bobs Schulter beugte, ließ sie es sich nicht anmerken.

Bob hatte weitergearbeitet, nachdem ich seinen Köderladen verlassen hatte, und die Karte hatte jetzt ihren Rahmen aus Gesichtern. Um die fünfzig Maisblätter und auch Maiswurzeln umrandeten sie. Sahen uns an. In die Mitte der Karte hatte Bob ein altes unscharfes Foto des Gerichtsgebäudes geklebt. Er sagte, es hätte eine Weile gedauert, bis er sich dazu entschlossen hätte, aber dann sei es ihm genau richtig vorgekommen.

»Siehst du all die schwarzen Markierungen?«, fragte er. »Die über die ganze Gegend verteilt sind?«

Als er darauf deutete, sah ich seinen kleinen Finger. Er war immer noch dick geschwollen. Ich berührte einige der schwarzen Markierungen. Ich hatte grüne und blaue Flecken auf dem Handrücken. Ich nickte.

»Das sind alles Friedhöfe«, sagte er. »Unsere oder alte Totenäcker von Maiswurzeln. Über das ganze County verteilt. Unsere Heimat.«

»Totenäcker von Maiswurzeln?«

»Klar. Was meinst du denn, wem das Land hier früher gehört hat. Es gibt einen ganz großen nicht weit von da, wo die Schlacht von Mississinewa stattgefunden hat. Und wenn man den Maßstab vergrößert, findet man noch viel mehr Totenäcker. Auch von uns. Das hier sind nur die in der Nähe. Die ich bei meinen Nachforschungen gefunden habe.«

»Das ist also eine Karte von unserem County.«

»Sie zeigt mehr als unser County.«

»Du hast da richtig drüber nachgedacht.«

»Ich denke immer nach. Du nicht?«

»Ich versuche immer, es zu vermeiden.«

»Die Karte ist nur ein Teil des Ganzen. Zu Hause in meinem Hinterzimmer habe ich auch noch ein maßstabsgetreues Modell.«

»Von Friedhöfen?«

»Sag ich doch.«

Es waren nicht nur Bilder dazugekommen, seit ich die Landkarte das erste Mal gesehen hatte. Auch silberne Linien, die sich über das ganze Blatt zogen, und farbige Schnörkel.

»Du musst mir jetzt gut zuhören, Calla Destry.«

»Mach ich.«

»Und hinsehen«, sagte er. »Wir sind hier am Fischteich, das Licht schwindet, dieses Feuer flackert ganz furchtbar, und man sieht schlecht, aber du musst trotzdem hinsehen.«

Ich beugte mich vor. Bob begann die silbernen Linien nachzufahren, die er zwischen die schwarzen Markierungen gezeichnet hatte. Myrtle wurde etwas zusammengedrückt, als er auf der Karte herumfuhr, aber sie muckte nicht. Bald hatte er die Linien zwischen sämtlichen Markierungen nachgefahren, und dann setzte er den Zeigefinger auf das Bild in der Mitte.

»Deshalb schien es mir richtig, das Bild vom Gerichtsgebäude dahin zu kleben«, sagte er.

»Weil sich da alle Linien kreuzen«, sagte ich.

»Und in Marvel bilden sie einen Stern. Genau in der Mitte. Das ist die Crux.«

»Die Crux?«

»Der Mittelpunkt der Geisterwege.«

»Das verstehe ich nicht.«

»Ich auch nicht, aber das sind die Geisterstraßen. Auf denen sie entlanglaufen. Und zwar immer durch Marvel.«

»Wozu sind die Gesichter da? Von den Maisblättern?«

»Um zu zeigen, dass wir Bescheid wissen. Dass wir sehen. Dass wir hier sind.«

»Um es wem zu zeigen?«

»Jedem, der die Karte anschaut.«

»Und wenn du die Linien anders gezogen hättest?«

»So gehört es. So wie ich es gemacht habe. Man verbindet die einzelnen Punkte zu einem Stern und findet die Mitte des Sterns. Und jetzt versuche ich, mir einen Reim darauf zu machen.«

»Und können wir irgendwas tun? Was sagt dein Reim dazu?«

»Es ist einfach so.«

»Der Gang der Welt.«

»Der Gang der Welt, genau.«

Mir lag noch eine weitere Frage auf der Zunge, aber in diesem Moment hob Myrtle den Kopf und bellte kurz und laut.

»Siehst du!«, sagte Bob. »Selbst die alte Myrtle sieht das so.«

»Sieht was so?« Es war ein kleiner alter Mann, der mit einem Apfel in der Hand zu uns herübergelaufen kam. Er hob den Apfel zum Mund, biss krachend hinein und sagte dann, er und die Seinen würden jemanden suchen, der sie zur Gebetswache mitnehmen könne. Bob schüttelte lächelnd den Kopf, und der Mann ging zum nächsten Feuer weiter.

»Gebetswache?«, fragte ich.

»Gegen das Lynchen. So hab ich es jedenfalls gehört. In einem alten Andachtshaus von den Quäkern, nicht weit von hier.«

»Ich habe heute auch schon einen Quäker getroffen. Zumindest hat er behauptet, er wäre einer.«

»War das, bevor du einen Bus k.o. geschlagen und in Farbe schwimmen gegangen bist?«

»Ich habe keinen Bus k.o. geschlagen.«

»Hätte mich aber nicht gewundert.«

»Da hätte ich mir doch die Hand kaputtgemacht.«

»Stattdessen hast du ein Auto kaputtgemacht.«

Er lachte. Lang und laut. Ich sah, dass sich Leute nach uns umdrehten.

»Machen das hier nicht alle schon, beten? Sitzen die nicht an ihren Feuern und beten?«, fragte ich, als er sich wieder beruhigt hatte.

Bob sah sich um, dann schaute er wieder mich an, antwortete aber nicht.

»Fährst du da hin?«, fragte ich.

Bob schüttelte den Kopf. Er schüttelte ihn mehr als nötig, als hätte er wieder angefangen, über seine Geisterwege nachzudenken, und vergessen, mit dem Kopfschütteln aufzuhören. Zum Schluss war es nur noch eine winzige Bewegung, die man kaum sah, und vielleicht hatte er dabei die Augen geschlossen, dachte mit geschlossenen Augen an Geister und Orangen, und da kam mir der Gedanke, dass ich ja vielleicht Tante V und Onkel D bei dieser Gebetswache finden würde, denn wenn sie hier nicht waren, mussten sie dorthin gefahren sein. Was bedeutete, dass ich da auch hinmusste. Um Onkel D zu sagen, dass ich den Dictator zu Schrott gefahren hatte. Mich dafür zu entschuldigen, dass ich seinen Revolver genommen hatte. Und um Tante V zu sagen, dass sie recht gehabt hatte. Dass ich jetzt wirklich in Schwierigkeiten steckte. Dass ich tatsächlich den Teufel hatte sehen wollen. Dass es kein gutes Ende nahm. Es hatte überhaupt nichts genutzt, dass ich Leander gesagt hatte, was ich ihm hatte sagen müssen. Mit Onkel D und Tante V zu reden, würde bestimmt ganz anders sein. Ich würde ihnen alles erzählen und mich für alles entschuldigen, und sie würden mir zuhören, und dann würden wir gemeinsam nach Hause gehen. Nachdem wir den Kopf gebeugt hatten. Es machte mir nichts aus, den Kopf zu beugen. Damals im Waisenhaus waren Hortensia und ich jeden Sonntag zusammen in die Kirche gegangen. Den Kopf zu beugen, war viel besser, als in den Schlaf geprügelt und dann in die Luft hochgerissen zu werden.

Ich sagte Bob, dass ich glaubte, ich könne im Andachtshaus vielleicht meine verloren gegangene Familie wiederfinden, und er öffnete die Augen, oder jedenfalls sah er mich wieder an und lächelte und sagte, ja, vielleicht seien sie dahin gefahren, vielleicht sei das so. Es sei ein bedeutender Abend, ein Abend voller Rätsel, und vielleicht habe ihr persönlicher Weg an diesem Tag sie tatsächlich dorthin geführt. Sicher wissen könne ich das erst, wenn ich selbst nachgesehen hätte, und er könne gut verstehen, dass ich das wollte.

Bobs Worte und die Vorstellung, ich könnte Tante V und Onkel D bei der Gebetswache finden, ihnen alles erzählen und ihnen sagen, wie leid es mir tat – dass ich das Geld gestohlen, den Dictator genommen, den Revolver eingesteckt hatte, dass ich heute Morgen gesagt hatte, sie sollten zur Hölle fahren, und mich genau in die Sorte Schwierigkeiten gebracht hatte, aus denen sie mich hatten heraushalten wollen –, und sie dann bitten, mich wieder zurückzunehmen, mich nicht aufzugeben, egal, was ich tat und wie sehr ich sie verfluchte, das alles und noch dazu vielleicht die Tatsache, dass ich endlich etwas im Magen hatte, machte mich so froh, dass ich Bob umarmte, über Myrtle hinweg, die mich anknurrte und nach mir schnappte. Bob erwiderte meine Umarmung, dann küsste ich ihn auf die Wange, nahm meinen Korb und sagte, ich würde alles wieder in Ordnung bringen.

»So, alles?«, fragte er.

»Ja, alles.«

»Alles ist ganz schön viel.«

»Ich weiß.«

Ich lachte. Er nicht.

»Nimm die mit«, sagte er. Er tippte auf die Landkarte, dann rollte er sie zusammen und streifte das Gummiband darüber.

»Das geht doch nicht.«

»Leih sie dir für eine Weile. Vielleicht führt sie dich nicht ans richtige Ziel, aber sie zeigt dir eindeutig, wo du nicht hinsolltest. Jedenfalls nicht heute Nacht. Solange es dunkel ist.«

»Das kann ich nicht annehmen.«

»Wenn du dich entscheidest, von der Kirche aus noch woandershin zu fahren, kannst du sie dort lassen. Bei Desmond, falls die beiden dort sind. Ich wüsste eh gern, was er davon hält.«

»Was glaubst du, wird er dazu sagen?«

»Das Gleiche wie immer.«

Er zwinkerte mir zu, sagte aber nicht, was das war, und ich ließ mir die Landkarte in die Hand drücken, in meine farbverkleckste Hand, versprach, gut darauf aufzupassen, umarmte ihn noch einmal und ging dann rasch davon, zwischen den Lagerfeuern hindurch. Unterwegs traf ich den Mann mit dem Apfel und sagte ihm, ich hätte ein Fuhrwerk und würde jetzt zur Gebetswache fahren und ob er mitkommen wolle. Das wollte er, bei Gott, ja, sagte er, und fünf Minuten später, während ich noch dabei war, mir das alles gut einzuprägen, saß ich mit dem alten Mann und seinen drei Begleiterinnen hinter Calliostro auf dem Fuhrwerk, unterwegs zu der Gebetswache.

ES WAR SCHÖN GEWESEN dort am Wasser zwischen den Bäumen, mit all den Lagerfeuern, über denen man Fisch brutzeln hörte und roch, aber auf der abendlichen Straße war es auch schön, mal lauschte ich den Grillen und Calliostros Hufgeklapper, mal dem Knarren der Wagenräder und dem Geraschel einiger schläfriger Zaunkönige, die in ein paar Hickorybäumen das Geschehen des Tages nachspielten. Der alte Mann sagte, er heiße Jasper, und die ältere Frau sei Miss Marjorie Keys. Die beiden saßen bei mir auf der vorderen Bank. Die anderen zwei saßen hinten und nannten ihre Namen nicht, aber nach einer Weile fragte die eine in die geräuschvolle ländliche Stille hinein, ob wir glaubten, Gebete würden diesen Jungen helfen. Jasper sagte, wenn irgendetwas den Jungs dort im Gefängnis helfen könnte, sofern sie überhaupt noch im Gefängnis waren, dann inniges Beten, und als er das gesagt hatte, stieß Miss Marjorie Keys einen tiefen Seufzer aus und fing an zu singen. Sie sang, und nach einer Weile fielen die beiden auf der hinteren Bank mit ein. Es war schön, und es tat gut. Es war schön und tat gut, mit diesem Fuhrwerk zu fahren, während diese Frauen sangen. Zum Klang der Grillen und des Gesangs dahinzurollen, einfach hinter Calliostro zu sitzen, mit Big Bobs Landkarte und meinem Korb zu meinen Füßen.

Das Lied kam an sein Ende, und Miss Marjorie Keys verstummte, aber die beiden hinter uns begannen ein neues Lied, so leise, dass man sie kaum hörte, und nachdem wir eine Weile gefahren waren, sagte Miss Marjorie Keys: »Es gibt die Welt, und dann gibt es das, was in der Welt ist, aber das ist nicht das Gleiche.« Jasper nickte und tätschelte ihr das Bein, als hörte er das nicht zum ersten Mal, und dann sagte sie: »Mir hat mal eine Maishaarfrau, die ich vorher noch nie gesehen hatte, gesagt, der Erdboden solle sich auftun und mich und alle anderen Maisleute, die keine Maishaare waren, verschlucken. Die Erde solle ihre Fehler erkennen und uns wieder in sich aufnehmen. Solche Dinge sagen die. Man muss nur neben ihnen stehen, und dann kommt es raus. Einfach so. Vielleicht nicht bei allen und jedem, aber bei sehr vielen. So vielen jedenfalls, dass es stimmt, was ich sage. Oder? Ich lüge doch nicht?«

»Nein, Ma'am«, sagten die beiden Frauen hinter uns. Sie sagten es und sangen dann weiter.

»Trotzdem, für heute ist es vorbei mit dem Traurigsein, und ich habe beschlossen, dass es für immer vorbei ist. Wie findet ihr das? Ist das eine gute Idee? Was meinen Sie, junges Fräulein, Miss Destry?«

»Es kann nicht für immer vorbei sein, Marjorie. So läuft das nicht«, sagte Jasper.

»Dann vielleicht für ein Weilchen? Jetzt, auf unserem Weg zur Gebetswache?«

»Nur jetzt?«, fragte Jasper nach.

»Nur jetzt. Bis wir dort sind. Ist das eine gute Idee, ihr Mädchen?«

Ich nickte. Die beiden hinter mir nickten auch. Sie hatten nicht aufgehört zu singen. Und nur wenige Radumdrehungen weiter stimmte Miss Marjorie Keys mit ein, und wir rollten durch die Nacht und waren nicht traurig, jedenfalls behaupteten wir das. Ich wäre gern ewig so weitergefahren und dachte mehr als einmal, während wir so dahinrumpelten, dass wir vielleicht in etwas hinübergeglitten waren, das ein bisschen besser war als gerade eben noch und als es bald wieder sein würde, dass wir alle fünf in einen Nicht-so-schlimm-Himmel geglitten waren, der nur uns gehörte.

Aber gutes Gefühl oder nicht, zehn Minuten später merkte ich plötzlich, dass ich so dringend ein Gebüsch brauchte, wie ich je in meinem Leben etwas gebraucht hatte, also reichte ich Jasper die Zügel und war mitsamt meinem Korb vom Fuhrwerk gesprungen und suchte Schutz, bevor irgendwer auch nur einen Finger rühren konnte.

»Wohin so eilig, Mädchen?«, fragte Miss Marjorie.

»Ich komme nach, fahren Sie ruhig weiter!«, sagte ich.

»Nicht weit von hier kommt eine enge Kurve, hinter der warten wir«, sagte Jasper.

»Calliostro schafft jede Kurve, wenn er richtig gelenkt wird!«, rief ich.

»Wie schnell sie verschwindet!«, sagte Miss Marjorie.

Leander nannte diese Art von Gebüsch-Tätigkeit »seine Meinung sagen«. »Entschuldige, Liebste, ich muss mal rasch meine Meinung kundtun«, sagte er gern. Er hatte einen empfindlichen Magen, und es überkam ihn ziemlich oft. *Hatte* ihn überkommen – während ich vornübergebeugt dahockte und voll Bedauern Bobs Fisch von mir gab, vergaß ich einen Moment lang, dass das alles vorbei war. Ich vergaß auch anderes. Die Jungs im Gefängnis zum Beispiel. Sie hatten mal gelebt. Sie waren real. Dumme Burschen, mehr nicht. Waren in Schwierigkeiten geraten. Vielleicht hatten sie sogar einiges von dem getan, was man ihnen vorwarf. Aber sie in der Luft zu ermorden?

Angeblich waren sowohl Maisblätter als auch Maishaare bei der Gebetswache, zu der wir unterwegs waren. Das hatte Jasper gesagt, als wir auf das Fuhrwerk stiegen. Mir kam die Befürchtung, während ich mich kurz hinsetzte, damit der Schwindel in meinem Kopf aufhörte und ich mir die Augen wischen konnte, dass ich durch die Tür gehen und gleich dem ersten Maishaar, das ich sah, meine Faust ins Gesicht hauen könnte oder Schlimmeres. Dann dachte ich, hätte ich doch die Mopp-Puppe noch, dann könnte ich jedem Maishaar auf dieser Gebetswache damit eins überziehen. Und jedem Maisblatt auch. Ich hätte nicht von den Lagerfeuern weggehen sollen. Ich war froh und zufrieden dort aufgebrochen, hatte von Wiedersehen und Versöhnung geträumt – und jetzt? Es war wohl das Geholper des Fuhrwerks gewesen, das mich an diesen Punkt gebracht hatte. Scheiß auf Leander. Scheiß auf alles Beichten. Scheiß auf die Idee, Tante V und Onkel D zu bitten, sie sollten mich wieder zurücknehmen. Scheiß auf Leona Hale und ihre Runzeln und ihren Brombeertee. Ich würde Roscoe suchen gehen. Mein Kind richtig aufziehen. Ich zog mein Kind richtig auf. Von Leander brauchte ich nur Geld. Dafür war der Revolver gedacht gewesen. Konnte es immer noch sein. Ich richtete mich auf und spürte sein Gewicht in dem Korb. Also nahm ich ihn heraus.

Richtete seinen blauen Lauf auf mein Gesicht. Hielt ihn eine ganze Weile so. »Wag es ja nicht, meinen Revolver zu nehmen, Calla Destry«, hatte Onkel D mir hinterhergerufen, als ich am Morgen das Haus verlassen hatte. »Wenn du ihn mitnimmst, sind wir weg, wenn du zurückkommst.« Ich legte ihn an meine Stirn, den Revolver, den ich trotzdem genommen hatte, denn ich brauchte etwas, irgendetwas, das mich genau ansehen und mir sagen würde, was es sah.

# DIE ENGELSBOTIN

ICH VERABSCHIEDETE MICH ALSO von ihnen, und sie gingen ihres Wegs, eines guten Wegs, hoffte ich, obwohl mir ihr Ziel nicht gefiel und ich annahm, dass sie deshalb wohl in die Hölle kommen würden. Ich gestattete mir noch einen kleinen Blick über die Schulter auf Bud Lancer – denn *ein* Blick ist immer erlaubt, sofern man nicht Lots Frau ist –, aber Bud tanzte mit Ottie Lee im Kreis herum, und ich konnte sie beide nicht gut sehen.

Es war nicht weit zurück zur Kirche, wo alle so friedlich beieinandersaßen und mit jeder Minute neue Leute dazukamen. Früher am Abend hatten wir Homer Hale eine Weile bei uns gehabt, aber er hatte es kaum länger ausgehalten, als bis einige von uns die Meute, die ihm bis vor die Kirchentür gefolgt war, abgewimmelt hatten. Am Anfang war er ziemlich aufgeregt gewesen, hatte herumgezappelt wie ein dicker Fisch an der Angel und gesagt, er habe Fehler begangen, und zwar viele, aber in seinem Innersten sei er ein guter Christ, er habe Verfolger von seiner Liebsten abgelenkt, und ob wir ihm in seiner Schande Zuflucht gewähren würden. Wir sagten, ja, das würden wir, aber das sei hier keine Redewache, er müsse jetzt mal eine Weile einfach still dasitzen. Wir würden für die armen Jungs in Marvel beten, erklärten wir ihm, und für die armselige Welt, in der diese Jungs und viele andere aus unserem Kreis ihr Dasein fristen müssten. Wenn er zur Armseligkeit dieser Welt beigetragen habe, so wie praktisch jeder von uns, dann solle er darüber nachdenken und mit seinem Fisch-Gezappel aufhören. Nachdem wir das gesagt hatten, saß er ein Weilchen tatsächlich ruhig da, hörte mehr oder weniger auf zu zappeln und betete, oder jedenfalls neigte er den Kopf und atmete schwer und ließ wie wir reichlich Schweiß in seinen Schoß tropfen.

Aber Homer Hale war jetzt weg, und Bud und Ottie Lee und Pops und Dale waren auch weg, dafür waren Veronia und Desmond Combs aus Marvel gekommen, sanft und still saßen sie aneinandergelehnt da, als würden sie sonst umfallen. Ich kam an ein paar Frauen vorbei, die ich bisher noch nicht gesehen hatte, sie unterhielten sich leise über eine geplante Versammlung des Klans südlich von Marvel, zu der die Leute bereits von überallher strömten, weshalb wir noch heftiger beten müssten, damit dieses Unheil nicht ausuferte. Sie hielten sich an den Händen, während sie miteinander redeten. Ich setzte mich eine Weile ans hintere Ende des Raums, wo jemand einen Topf mit staubig rosafarbenen Nelken hingestellt hatte.

Ich saß mit gesenktem Kopf da und betete für diese Jungs in Marvel, so wie meine Engel es mich gelehrt hatten, nämlich indem ich bis zehn zählte und keine Dezimale ausließ. Sie hatten mir gesagt, dass ich bei jedem Gebet an der Stelle weitermachen sollte, wo ich beim letzten Mal aufgehört hatte. Ich war ungefähr bis zur Mitte zwischen 1 und 1,5 gelangt. Es war eine gute Art zu beten, denn ich wusste von Anfang an, dass ich es nicht richtig machen würde, weil man nicht alle Zahlen durchzählen kann, und etwas nicht richtig zu machen, ist eine Art von Liebe, denn wenn man etwas nicht richtig macht, ist das eine Lehre, und eine Lehre ist eine Art von Liebe, und Liebe ist immer gut – das hat mir mein verstorbener Vater gesagt –, denn Liebe ist das, was Jesus gelehrt hat.

Ich betete also, und dann hob ich den Kopf, denn das Zählen hatte mich darauf gebracht, dass wir unsere Schar vergrößern sollten. Ich ließ den Blick über die gebeugten Köpfe und die gefalteten Hände schweifen, und dann senkte ich meinen Kopf wieder und faltete auch die Hände, denn vielleicht meinte ich mit *Schar vergrößern* in Wirklichkeit nur, dass ich Bud Lancer wiedersehen wollte, denn auch ich bin schwach, so wie wir alle. Dass ich wieder in die Nacht hinaus und Ottie Lee, Bud, Pops und Dale aufspüren wollte. Die sich alles andere als nett verhalten hatten, als sie hier gewesen waren. Die bloß gekichert hatten und wahrscheinlich meine Freunde waren, auch wenn ich davon ausging, dass sie auf dem Weg zur Hölle waren, so wie alle Leute oder jedenfalls fast alle. Aber im Aufspüren war ich gut. Das machte ich gern. Ich war überzeugt, dass ich alles und jeden aufspüren konnte.

Meinen verliehenen Pritschenwagen hatte ich wieder zurückbekommen, also ließ ich den Motor an und fuhr schön ordentlich und brav die Straße entlang. Ein bestimmter Gedanke hatte mich auf den Weg gebracht – einer, der nicht direkt mit Bud Lancer oder Ottie Lee Henshaw zu tun hatte –, nämlich dass ich schauen sollte, ob die alte Esther Cotton vielleicht zur Gebetswache kommen wollte. Die alte Esther Cotton schlief seit Jahren kaum mehr, sie würde hellwach sein und mit dem Mond reden. Manchmal nahm ich sie in meinem Wagen auf eine Runde mit, und sie redete oder lächelte nie groß, aber sie war trotzdem ein kluger Kopf und gute Gesellschaft.

Mit ihr fuhr ich immer nur auf guten Straßen, denn sie

war so ziemlich das älteste Fossil, das ich kannte, und Buckel auf der Straße waren keine Freude für sie. Ich hatte ein schlechtes Gewissen, weil ich nicht schon vorhin in der Kirche an sie gedacht hatte, aber jetzt tat ich es ja. Ich fuhr die Straße entlang, ohne nach Bud oder Ottie Lee Ausschau zu halten. Ich wusste ungefähr, wo sie waren, denn ich wusste, wo sie hinwollten, und kannte alle guten Wege dorthin und auch sonst überallhin, damals wie heute, aber in diese Richtung fuhr ich nicht.

Stattdessen fuhr ich auf den Mond zu, dann von ihm weg, dann wieder auf ihn zu. Esther Cotton erzählte dem Mond gern ihre Geschichten. Sie hatte in ihrem Leben so manch eine Geschichte erlebt, und wenn sie überhaupt mal was sagte, dann, dass es nichts Besseres gab, als diese Geschichten den Himmelskörpern zu erzählen, denn die hörten immer zu und antworteten nie, und besser könnte man es eigentlich nicht treffen. Ich sagte, auf unseren Fahrten könne sie mir erzählen, was sie wolle, ich würde nichts dazu sagen, aber sie sah mich nur an und schüttelte den Kopf. Sie sagte, ihre Geschichten darüber, was sie getan hatte und wer sie mal gewesen war, würde sie mir nicht erzählen, falls es das war, was ich hören wollte, aber sie würde mir erzählen, wo sie herkam, nämlich aus Randolph County, und dass sie mal einen Mann gehabt und ihre Abenteuer erlebt hatte und dass sie lange Ackerbau und Viehzucht betrieben und auf alle erdenklichen Arten den Boden bestellt hatte.

Ich fuhr durch die Dunkelheit zu Esther Cottons Fleckchen Erde, das sie vor nicht mal zehn Jahren von Vic Dunn gekauft hatte. Wenn sie wach war, würde sie mitkommen oder es zumindest zu schätzen wissen, dass ich sie fragte. Bud Lancers Verhalten gefiel mir überhaupt nicht, und was er in dieser Welt darstellte oder sonst irgendwas genauso wenig, mir gefiel nur, dass er mir einmal zart und sanft die Hand aufs Gesicht gelegt hatte. In dem Schuppen hinter der Werkstatt meines Vaters war das gewesen, und dabei hatte er mir gesagt, ich sei prima, ich sei in Ordnung. Er war damals jung, und ich war jung, und er legte die Hand auf mein Gesicht, und ich legte meine Hand auf seine und schloss die Augen. Wenig später hatte ich meinen Unfall, bekam diesen Schlag auf den Kopf und begann, meine lieben Engel zu sehen, und mein eines Auge war völlig verdreht, und man konnte es ihm nicht verdenken, dass er jemand anderen fand und nie wieder die Hand sanft auf mein Gesicht legte.

Das Licht war aus bei Esther Cotton, ihre Tür blieb zu, als ich klopfte, und Colonel, ihr altersschwacher Bluetick Coonhound, lag fest angebunden unter dem Spierstrauch. Colonel und ich waren Freunde, und er leckte meine Hand, als ich sie ihm hinhielt. Auch an ihm war nichts mehr jung. Er leckte noch einmal langsam an meiner Hand, dann ließ er den Kopf wieder sinken, wedelte mit seinem Stummelschwanz und schloss die müden Lider. Ich sagte: »Braver Junge«, so wie Esther Cotton es immer tat, ganz leise, um ihn nicht aufzuregen, und dann klopfte ich noch mal, richtig kräftig mit der Faust, denn Esther Cotton hatte gesagt, das sollte ich bei meinen Besuchen tun, aber es kam keine Reaktion. »Sie wird uns ja wohl nicht gestorben sein, Colonel?« Ich sagte es lachend, weil ich das nicht glauben wollte, und so laut, dass er es hören konnte, aber auch wieder nicht zu laut, damit er nicht reagieren musste, wenn er nicht wollte. Er wollte nicht. Ich dachte mir, dass sie wahrscheinlich einfach schlief, obwohl sie ja behauptete, nie zu schlafen, oder sie erzählte dem Mond gerade so laut ihre

Geschichten, dass sie mich nicht hörte, also stieg ich wieder in meinen Pritschenwagen und fuhr weiter.

Ich glaubte, ungefähr zu wissen, wo Bud – der allein in der Welt stand, warum also nicht – und Ottie Lee inzwischen sein würden, aber dort fuhr ich nicht hin. Ich fuhr nach Norden und dann nach Osten, und ich fuhr schnell, wie eigentlich immer. Alle möglichen Leute waren unterwegs, gingen zu Fuß die Straßen zwischen den Feldern entlang oder fuhren im Auto, aber ich sah niemanden, dessen Namen ich kannte. Ich war so eifrig am Herumgucken und Halsrecken, dass ich den Jungen fast übersehen hätte, der am Wegesrand saß. Ja, ich war schon ein ganzes Stück weitergefahren, als mir klar wurde, dass das kein Busch oder Baumstumpf gewesen war, sondern ein Jemand, der womöglich meine Hilfe brauchte. Ich helfe anderen Menschen immer, wenn ich kann. So bin ich. Ich hielt an und stellte den Motor ab. Es knackte und zischte ein-, zweimal, dann stieg ich aus und ging zurück.

Ich ging nicht übermäßig schnell, denn das tut man nicht, wenn man nicht weiß, auf wen man da zugeht, und diese Person einen nicht kennt. Außerdem weiß ich, dass ich mit meiner Größe, meinen breiten Schultern und dem Auge, das herumwackelt und damals Bud verschreckt hat, auch andere Leute verschrecken kann. Esther Cotton hatte mehr als einmal zu mir gesagt, sie fände es gut, dass ich groß bin und Leute mit meinem Auge und meinen breiten Schultern verschrecken könnte, und würde mir gern mal dabei zusehen, denn sie hätte selbst mal eine ähnliche Wirkung erzeugen können, aber ich sagte ihr, so gern ich sie auch hätte, es sei einfach nicht recht, Leute zu verschrecken. Also ging ich langsam und zog die Schultern ein bisschen herunter, als ich mich diesem Jungen näherte.

So direkt vor mir wirkte er größer, als er ausgesehen hatte, während ich durch die Dunkelheit auf ihn zugegangen war, ja er war richtig groß, aber trotzdem war er einfach nur ein Maisblattjunge mit kindlichem Gesicht, siebzehn oder höchstens achtzehn. Er saß im Schneidersitz, die Hände im Schoß. Er hatte eine Trillerpfeife um den Hals hängen.

»Bist du in einen spitzen Stein gefahren?«, fragte ich ihn. Ich lächelte, als ich das fragte. Ich weiß, dass ich lächelte, denn das tue ich immer.

»Fehlt deinem Fahrrad etwas, oder willst du nur ein bisschen frische Luft schnappen? Warm genug ist es ja. Aber es ist nicht mehr ganz so heiß, wenigstens kann man durchatmen.« Ich hatte mich auf allen vieren neben ihn gekauert, und jetzt setzte ich mich richtig hin. Weiter vorn knackte mein Pritschenwagen noch mal laut. Ich sah auf, der Junge aber nicht.

»Wie heißt du?« Ich fragte das, weil mir meine Engel gesagt hatten, dass ich meine Nächsten kennen soll, und ich tat gern mein Bestes.

»Roscoe«, sagte der Junge. Er hatte den Blick dabei über die Straße und die Felder dahinter gerichtet, so wie man guckt, wenn man gar nichts sieht außer den Pünktchen, die in den eigenen Augen herumschweben.

»Ist deinem Fahrrad was passiert? Bist du runtergefallen?«

»Ich könnte auf diesem Ding tausend Meilen fahren, ohne runterzufallen. Ich bin die ganze Strecke von Indianapolis bis hierher damit gefahren.«

»So was«, sagte ich.

»Aber jetzt fahre ich nicht mehr damit, gar nicht. Keinen Zoll weit fahr ich mehr damit.«

»Wir können es hinten auf meinen Wagen laden. Ich kann es mit rüber nehmen und aufladen, wenn du müde bist. Ich setze dich da ab, wo du hinmusst. Oder du kommst mit mir zur Gebetswache. Betest du gern?«

»Wer sind Sie?« Es klang ein bisschen so, als hätte er eben erst bemerkt, dass ich neben ihm saß. Die alte Esther war auch manchmal so. Und noch andere Leute, die ich kannte.

»Na, ich bin Sally Gunner aus der Nähe von Francfort. Meine Mutter war Mary Ellen Gunner, und mein Vater wurde immer der Schöne Tom genannt. Ich kenne dich nicht, aber in Indianapolis kenne ich eine Menge Leute. Wo wohnst du denn? Warst du zu Besuch dort und bist auf dem Rückweg? Wer sind deine Leute? Es würde mich freuen, wenn ich dir helfen könnte. Ich war praktisch schon überall hier in der Gegend.«

»Waren Sie auch in Marvel?«

»Kommst du da her?«

»Da bin ich hingefahren.«

»Um diese schreckliche Sache mitanzusehen?«

»Um jemanden zu sehen.«

»Und hast du ihn gesehen?«

»Sie.«

»Oh«, sagte ich. Ich sagte »Oh«, weil sein Blick gleichzeitig härter und weicher geworden war, als er »sie« sagte, und ich weiß, was diese Feinabstimmung der Sehwerkzeuge zu bedeuten hat, zumindest bei mir.

»Nein«, sagte er. »Sie war nicht mehr da. Und ihre Leute auch nicht. Die ganze Straße war leer. Ich hätte sie von da weggeholt.«

»Die sind alle deswegen weggegangen.«

»Natürlich.«

»Hast du es denn gesehen?«

Er war eine ganze Weile still, nachdem ich ihn das gefragt hatte, und ich überlegte schon, ob er mich vielleicht nicht gehört hatte. Er hatte ein schönes Profil, breite Schultern und gewaltige Fingerknöchel. Als er schließlich antwortete, klang es, als hätte man alle Luft aus ihm herausgepresst.

»Ja, ich habe es gesehen«, sagte er, und dann ließ er die Schultern sinken und schüttelte den Kopf. Er legte die Stirn in die eine Hand mit den kräftigen Fingerknöcheln. Diese Geste hatte mein Vater auch oft gemacht, nachdem der Doktor ihm gesagt hatte, dass ihn der Krebs holen würde. Dass der Krebs in seinem Magen saß und sich ausgebreitet hatte und dass er damit zu Gott heimgehen würde. Es war ein langer, schlimmer Heimgang, aber er kam schließlich an. Meine Engel saßen manchmal bei ihm. Er hielt meine Engel für Mücken, die man wegwedeln konnte. Oder für Flöhe, die sich an seinen Kratzern und tränenden Augen zu schaffen machten.

»Ungefähr drei Meilen von hier liegen zwei tote Hunde«, sagte der Junge. Er nahm die Hand von der Stirn und deutete mit seinem langen Arm an mir vorbei, die staubige Schotterstraße entlang.

»Auch das tut mir leid«, sagte ich.

»Sie sehen wie nette Hunde aus. Sie lagen einfach so mitten auf der Straße. Ich konnte sie da nicht liegen lassen, also habe ich sie an den Straßenrand gezogen.«

»Sind sie überfahren worden?«

»Nein, erwürgt.«

»Das sind ja schlimme Dinge, die du da erzählst.«

»Sie hatten Krawatten um den Hals. Lose geschlungen. Wie die Schlingen, in denen sie in Marvel diese Jungs hochgezogen haben. Nachdem sie sie zusammengeschlagen hatten. Wussten Sie, dass sie die zuerst zusammengeschlagen haben? Das haben sie wirklich getan. Den einen haben sie im Gefängnis aus dem Fenster gehängt. Und unter den Zuschauern waren lauter Frauen. Ich habe eine Frau mit einem Baby auf dem Arm gesehen, die dem Jungen gegen den Kopf getreten hat.«

»Meine Güte«, sagte ich.

»Es sollten ja eigentlich drei sein. Aber sie haben es nur mit zweien gemacht. Den letzten haben sie am Leben gelassen. Ich habe jemanden sagen hören, dass ein Engel ihn verschont hat.«

»Ein Engel!«, sagte ich.

Der Junge drehte ruckartig den Kopf, beugte sich zu mir, legte die eine Hand auf meinen Arm, kniff fester in das Fleisch, als es mir gefiel, und sah mir in die Augen.

»Sie waren nicht dort«, sagte er.

»In Marvel? Großer Gott, nein, heute Abend ganz sicher nicht. Keine zehn Pferde hätten mich dahin gebracht.«

»Man sieht es in den Augen, wenn jemand da war. Ich habe es bei allen in den Augen gesehen.«

»Es ist also wirklich passiert. Sie haben es getan.«

»O ja, das haben sie. Und wenn ich nur einen Moment lang stehen geblieben wäre, hätten sie es mit mir vielleicht auch gemacht. Eine Menge Leute wollten das, als ich an ihnen vorbeigeradelt bin.«

Er sagte das, dann nahm er die Hand von meinem Arm, griff nach der Trillerpfeife, die auf seiner Brust hing, und steckte sie in den Mund. Ich hatte nicht genug Zeit, um mir die Hände auf die Ohren zu legen, bevor er hineinblies. Er blies noch mal, ich hielt mir die Ohren zu, und als er aufhörte und die Pfeife von den Lippen fallen ließ, berührte ich ihn sanft an der Schulter und nahm die Hand wieder weg.

»Meinst du, du kommst damit zurecht?«, fragte ich. »Du bist noch jung. Wahrscheinlich kaum älter, als die Jungs es waren.«

»Ich habe dieses Fahrrad gestohlen«, sagte er. »Und diese verdammte Trillerpfeife auch. Ich wollte sie ihr schenken. Es sollte ein Geschenk sein. Aber ich habe sie nicht gefunden. Sie war nicht mehr da.«

»Hm.«

»Alle haben Stricke in den Augen«, sagte er.

»Ich hab Wasser in meinem Wagen, möchtest du ein bisschen Wasser?«

»Selbst die Hunde hatten Stricke in den Augen. Ich hab genau hingeguckt. Ihre Augen sind noch offen. Sie können sich das selbst ansehen. Die waren auch da.«

Er erschauerte noch einmal, als er das gesagt hatte, dann sprang er auf.

»Wenn Sie dieses Fahrrad haben wollen, das ich gestohlen habe, nehmen Sie es. Es ist ein gutes Rad. Heute Nachmittag hat mir jemand Geld dafür geboten. Mit dem kommen Sie überall hin, wo sie hinwollen.«

»Ich habe einen Pritschenwagen. Wo kann ich dich hinfahren?«

»Haben Sie je einen toten Hund mit Stricken in den Augen gesehen?«

»Noch nie.«

»Tja, ich habe zwei gesehen.«

Kaum hatte der Junge das gesagt, rannte er los.

»Es ist ein gutes Rad. Mit dem können Sie die ganze Nacht fahren, wenn Sie Rad fahren können«, rief er mir über die Schulter zu. Dann blies er noch mal in seine Trillerpfeife, und weg war er.

Ich blieb ein bisschen dort sitzen und lauschte den

Schritten des großen Jungen, die immer leiser wurden, dann den Fröschen und Nachtvögeln, die durch die Dunkelheit riefen, und den Fledermäusen, die auf ihr Abendessen herabstießen, und irgendwo in der Ferne einem Hund, der nicht tot war und heulte. Als ich ihn heulen hörte, kam mir der Gedanke, dass ich mir diese toten Hunde an der Straße mal ansehen sollte, sie vielleicht irgendwo anders hin und dann unter die Erde bringen sollte, damit die Truthahngeier sie nicht kriegten und die Krähen sie nicht zum Frühstück verzehrten. Ich stand auf und wollte zu meinem Pritschenwagen zurückgehen, da fiel mir das Fahrrad ein, und ich beschloss, es hinten auf die Ladefläche zu legen – für die Hunde würde trotzdem noch genug Platz sein – und dann aufzubewahren, für den Fall, dass ich dem Jungen irgendwann noch mal begegnete.

Als ich es aufgehoben hatte, erkannte ich, dass es gut austariert war. Ich hatte das Gefühl, es würde von selbst stehen bleiben, wenn ich es losließ. Ich bewundere solche mechanischen Vorrichtungen. Sie strahlen Harmonie aus. Vermitteln den Eindruck, die Welt wäre stimmiger, als sie ist. Ich legte die Hand unter die Querstange und hob es in die Luft, und es war auch nicht sonderlich schwer. Ich hatte mal ein Fahrrad gehabt, das hatte sicher um die sechzig Pfund gewogen. Dieses hier wog bestimmt nicht mehr als vierzig. Es war ein gutes Rad, da hatte der Junge recht, und hatte einen schönen Ledersattel, und ich beschloss, zu meinem Pritschenwagen zu radeln.

Ich hatte schon so einige Jahre auf keinem Fahrrad mehr gesessen, aber da war es nun, und da fuhr ich nun. Die Luft zog rascher und frischer an meinem Gesicht vorbei, als ich fuhr, und ich war im Nu bei meinem Wagen angelangt. Dort lehnte ich mich einen Moment lang an das Seitenbrett, das sich jetzt in der Nacht warm anfühlte, dachte an das Knacken und Klicken des Motors, und überlegte, ob ich vielleicht auf dem Fahrrad zu den toten Hunden fahren sollte. Fast lautlos zu ihnen sausen und ihren Schlaf nicht stören. Später konnte ich dann mit dem Pritschenwagen wiederkommen und sie holen.

Ich stieß mich also vom Wagen meines toten Vaters ab und fuhr die dunkle Straße entlang. Das Fahrrad hatte keine Lampe, aber die Augen können sich ans Mondlicht gewöhnen, wenn sie es wollen, und ich sah so gut wie immer. Ich rollte dahin, am Mais vorbei, an den Bohnen vorbei, an der Gerste und der Kreuzung, den Bäumen, Häusern und Schuppen vorbei. Vorher waren überall Leute gewesen, aber jetzt war ringsum nur die Nacht. Ich hatte dem Jungen tief in die Augen geschaut, als er in meine schaute, und die Stricke gesehen, von denen er sprach. Ich fragte mich, ob in meinen Augen jetzt auch Stricke waren, weil ich sie in seinen Augen gesehen hatte, oder ob das nur so war, wenn man selbst unter dem Baum gestanden hatte. Zu dem hochgeschaut hatte, was daran hing. Zu diesen Jungen.

Ich hielt nach den toten Hunden Ausschau, während ich dahinradelte, aber ich sah sie nirgends. Auch nach Bud Lancer und Ottie Lee und Dale und Pops hielt ich Ausschau, aber auch die sah ich nicht. Und nach Esther Cotton schaute ich aus, denn ich vermutete jetzt, dass sie gar nicht zu Hause war, dass sie ihren Hund zurückgelassen hatte und irgendwo unterwegs war, aber auch von ihr keine Spur.

Bei einem meiner Besuche hatte ich die alte Esther draußen im Garten gefunden, wo sie mit dem Mond sprach und auch nicht aufhörte, als ich neben ihr stand und laut und deutlich »Hallo« sagte. Sie erzählte dem Mond eine Geschichte über einen Mann, der spazieren ging und erfuhr, dass ihn hinter der nächsten Ecke der Tod erwartete, also drehte er um und ging in die andere Richtung weiter. »Du weißt besser als jeder andere«, sagte Esther Cotton zum Mond, »wie diese Geschichte ausgeht.«

Und diese hier?

# DANK

*Die Vögel sangen ihr letztes Lied* hätte ohne die Hilfe, Unterstützung und Ermutigung von Eleni Sikelianos, Elayne Sikelianos, Lorna Hunt, Stephen Hunt, Percival Everett, Anna Stein, Claire Alexander, Juliet Brooke, Nicole Dewey, Pamela Marshall, und Tracy Roe nicht geschrieben werden können. Mein Lektor Joshua Kendall war besonders umsichtig und geduldig während der Überarbeitung: spezieller Dank geht an ihn.

Alle diejenigen, die an den tatsächlichen Ereignissen interessiert sind, die zu diesem Roman führten, können nachlesen, so wie ich es getan habe, bei *A Time of Terror: A Survivor's Story* von James Cameron, der dort war; *A Lynching in the heartland: Race and Memory in America* von James H. Madison und *Our Town: A Heartland Lynching, a Haunted Town, and the Hidden History of White America* von Cynthia Carr.

Ich danke dem Team des Marion Public Library's Indiana History and Genealogical Department für die Unterstützung, als ich Archivmaterial über die Nacht des 7. August 1930 und die Zeit danach studierte. Ein Beitrag in *All Things considered* auf National Public Radio mit dem Titel »Strange Fruit: Anniversary of a Lynching« war meine erste Anregung zu diesem Roman.

Die Originalausgabe erschien 2017 unter dem Titel
»The Evening Road« bei Little, Brown and Company, New York.



FSC www.fsc.org MIX Papier | Fördert gute Waldnutzung FSC® C083411

Penguin Random House Verlagsgruppe FSC® N001967

1. Auflage
Deutsche Erstausgabe Oktober 2022

Neumarkter Straße 28, 81673 München
Covergestaltung: semper smile, München
Covermotiv: © Arcangel Images/Ruby Del Angel
Satz: Uhl+Massopust, Aalen
Druck und Bindung: CPI books GmbH, Leck
MK · Herstellung: sc
Printed in the EU
ISBN 978-3-442-71685-2

www.btb-verlag.de
www.facebook.com/btbverlag